Naslov originala
Samantha Tonge
A Single Act of Kindness

Za izdavača
Tea Jovanović
Nenad Mladenović

Glavni i odgovorni urednik
Tea Jovanović

Lektura / Korektura
Agencija Tekstogradnja / Agencija TEA BOOKS

Prelom
Agencija TEA BOOKS

Dizajn korica / Crteži za korice
Lizzie Gardiner / Shutterstock

Izdavač
TEA BOOKS d.o.o.
Por. Spasića i Mašere 94
11134 Beograd
Tel. 069 4001965
info@teabooks.rs
www.teabooks.rs

ISBN 978-86-6142-203-4

SAMANTA TONG

JEDNO DOBRO DELO

Sa engleskog preveo
Danko Ješić

Za Dženi, koja radi u biblioteci u Viganu. Mnogo ti hvala na tvom dobrom delu.

1.

Tilda Rajt je bila ona vrsta žene što se raduje stvarima koje drugi ljudi jedva primećuju. Žurno je prošla Stejšn roudom i prošla kraj grafitima prekrivenog restorana za dostavu hrane, razmetljive kladionice i zapuštene perionice rublja. Željna da se zaustavi i preuredi ih, Tilda je počela da se zalaže za njih i zamišljala je kako bi ih preobrazila, jer je, uz velike snove, mogla da vidi ispod njihove spoljašnje ružnoće. Otkopčavši gornje dugme na bluzi, na blagom, večernjem vazduhu, nastavila je prema još neuglednijim zgradama, ružnog izgleda ublaženog živopisnim korpama okačenim ispred. S fasadom napola okrečenom a napola od crvene cigle, ta neobično smeštena, izdvojena kuća stajala je s tremom koji je bio samo drvena izbočina, s mahovinom prekrivenim crepovima i prozorskim okvirima s kojih se ljušti boja. A što se tiče izduvnih gasova vozila koja prolaze tuda... Pa ipak je to bio dom i unutra je bio blistav. Najzad, Tilda je bila vlasnica preduzeća za čišćenje.

Kraučden je bio pristupačan izbor za kupovinu prve nekretnine, zato što je jedna od najzapuštenijih četvrti Mančestera, s ponekim beskućnikom, kao što je čovek koji se pojavio prošlog meseca, niotkuda, čovek koga je osećala potrebu da posmatra, mada nije znala zašto. Ulepšavanje zapuštene fasade kuće bilo je njen trenutni projekat, nakon što je provela mesece uređujući unutrašnjost. Malo bočno dvorište nekad je bilo četvrtasto i prekriveno napuklim betonskim pločama, zaraslo u korov, ali ona ga je preuredila i napravila stazu na sredini, koja se završavala u skromnom unutrašnjem dvorištu. Ograda je bila postavljena sa strane, sve do ulice i Tilda se počastila sadnicama jasmina puzavice, koje su već bile dovoljno visoke da sakriju drvene table. Ovog leta će raditi na ispunjavanju ivičnjaka na dnu, blizu ruševne stare šupe koju će na kraju morati da sruši. Tilda je volela malo dvorište, privatan, prirodan prostor za odmor, koji je predstavljao kontrast prometnoj prljavoj ulici. Izgledao je neusklađeno sa okolinom – kao što se Tilda često osećala. I dok je hodala ulicom, Tildi nije smetalo da izbegava smeće ili prepune kante za đubre. Uskoro će stići do svoje privatne oaze.

Dok je veče padalo, približila se uličnoj svetiljci koja će se upaliti svakog trena. Ispod nje, na trotoaru, ponovo je ležao onaj muškarac, usred sparine, nedaleko od njene kuće. Glasno je kinuo i izduvao nos, kao da je zima a ne posebno prijatna poslednja nedelja maja. Mogla je da obiđe i njega, pretvarajući se da ne postoji, kao što su mnogi radili. Međutim, to bi je podsetilo na internat i učenike koji su se ponašali kao da je ona nevidljiva... osim ako je nisu maltretirali u spavaonici. Tilda je primetila iskrivljen osmeh pun nade koji je upućivao prolaznicima, izgledajući kao da mu je neprijatno. Svaki put kad bi prošla kraj njega, tokom poslednje dve nedelje, nešto u njoj se lomilo. Nije imala sitninu, nosila je samo platne kartice, ali da li ipak da ga pogleda u oči? Šta ako je nestabilan?

Ali često je čitao odbačene dnevne novine, smireno sedeći, prekrštenih nogu, sa olovkom u ruci, rešavajući ukrštene reči, a gusta kosa bi mu veselo klizila napred kad je gledao nadole. Takođe, postavio je vreću za spavanje i ranac u urednu hrpu kraj sebe. Klimnula mu je glavom nekoliko puta. Jednom mu je dala čokoladicu koja joj se nije svidela. Bila je jeftina, impulsivno kupljena. Tilda nije navikla da se ponaša spontano. Njegova majica i farmerke bili su izgužvani ali ne i prljavi i, uprkos tamnim podočnjacima i neurednoj bradi, nije izgledao zapušteno kao beskućnici u centru Mančestera.

Prvi put, Tilda je pomislila da on možda uopšte nije beskućnik, nego folirant koji nije spreman da radi vredno kao što je ona morala. Napućila je usne. Niko joj ništa nije poklonio, ribala je podove i čistila klozetske šolje da bi izgradila blistav, nov, bezbedan život. Namestila je naočari za sunce. Večernje sunce više nije bilo toliko sjajno, ali pomagale su joj da se oseća zaštićeno od kontakta s ljudima. Međutim, dva bademasta zelena oka gledala su je iz njegovog krila, a malo mačje šiljato lice gotovo se prezrivo osmehivalo zbog spoznaje da Tilda, ponosna na svoj dom, ne želi da očijuka sa sumnjivim neznancima.

Tilda se zaustavila. – Detol? – Skinula je naočari za sunce i gurnula ih nehajno u džep pantalona.

– Vaša je? – pitao je muškarac, i obrisao je nos ofucanom papirnom maramicom. – Lepo ime. – Usne mu se iskriviše. Pomilovao je mačkino smeđe-sivo prugasto krzno. – Lepa devojka, zar ne?

Detol je izvila leđa i počela da prede. Tilda se namrštila kad se sagnula i dodirnula mačku. Ali Detol je stajala na muškarčevim nogama, predući još glasnije kao da želi da je iznervira. Prethodni vlasnik kuće je ostavio mačku za sobom. Tilda nije želela da ima kućnog ljubimca, ali mačka na početku nije htela da ode, i Tilda je pomislila da bi mogla da bude korisna i hvata štetočine. Ne znajući kako da je nazove, Tilda joj je dala ime po omiljenom sredstvu za čišćenje i odvela je kod veterinara na tretman protiv buva. Najvažnije je što je napravila spisak kućnih pravila – nema mrtvih ptica u kući, nema spavanja po krevetima i nema pretvaranja da mari za Tildu. Previše ljudi je to radilo u prošlosti. Mačka nije morala da glumi ljubav da bi bila nahranjena i zaštićena. Detol je izgleda razumela to i nikad joj nije pokazivala naklonost.

– Zahvaljujući vašoj Detol, dobio sam danas gomilu novčića. Uskoro ću imati dovoljno za noćenje u nekom pansionu.

Tilda ga je ponovo pogledala i začkiljila. Roditelji u ovom kraju preskakali su obroke da bi nahranili svoju decu, neki su radili po dva posla da plate stanarinu. Zamislite samo da živite od izvlačenja para od drugih koji daju sve od sebe kako bi se izborili s rastom troškova. Možda je bio na trotoaru tokom dana, ali njegovi besprekorni nokti pričali su drugu priču o životu koji je vodio kad padne mrak.

– Sigurno ćete imati – kazala je i okrenula se da ode.

Nagnuo je glavu. – Molim?

Tilda je oklevala i onda pokazala rukom na njegovo telo. – Kao da idete kući svake večeri i kupate se.

Oči mu više nisu sijale. – O. Dobro. Mogu da budem pravi beskućnik samo ako izgledam tako? Ne uklapam se u kalup ako idem u javne toalete svakog jutra i spiram prljavštinu, ako se žena u perionici sažali i povremeno mi opere odeću, ako mi neki zadovoljni dobitnik ostavi deset funti po izlasku iz kladionice.

Tilda je mogla da se zakune da ju je Detol nezadovoljno pogledala.

– Nisam tako dugo na ulici, pa pretpostavljam da nisam previše ogrubeo. Bio sam kod prijatelja nakon što sam izgubio posao, a onda sam spavao u hostelu za beskućnike. – Podigao je kamičak i stegao ga. – Nikad više. Telefon su mi zamalo ukrali i prebili su me. Druge noći sam spavao držeći olovku, što je bilo moje jedino oružje. Na kraju mi je bilo bezbednije da spavam na ulici.

Sranje, sad je Tilda morala da ga sluša. Ali zašto? Nije mu ništa dugovala. Tako joj se sviđalo i... čekaj. Spavao je držeći olovku da bi se zaštitio? Pogledala ga je i, na tren, videla je mladu Tildu, u internatu, kako joj uzvraća pogled. Potisnula je te uspomene.

– Čime ste se bavili? – pitala je učtivo, jedva čekajući da ode kući i istušira se, da spere znoj od poslednjeg čišćenja. Danas počinje treća sezona njene omiljene serije na *Netfliksu*. Počela je da dobuje prstima po butini.

– Menadžer noćnog kluba. Dakle, poznajete sredstva za čišćenje. Pretpostavljam da ih volite, pa otud Detol?

– Vlasnica sam preduzeća za čišćenje – kazala je nevoljno.

– *Vauklin* je još jedna dobra marka, zar ne? Nema ničeg boljeg za skidanje povraćke s tepiha.

O. I on je poznavao sredstva za čišćenje. *Vauklin* je bio malo poznat brend, i Tilda je morala da ga naručuje preko interneta.

– Hvala vam na čokoladi, uzgred.

– Nema na čemu. Nije mi se svidelo ono belo.

Ponovo su mu usne zaigrale. Šta je bilo tako smešno? Samo je bila iskrena. Tilda nije dozvoljavala da joj se ljudi smeju. Više ne. Sagnula se i podigla Detol, koja se glasno pobunila i uzvrpoljila kao dete koje ima napad besa, a taj čovek ju je gledao dok je prelazila kratku udaljenost do svoje kuće. Kijanje je odjeknulo ulicom. Nadala se da Detol nije pokupila neke od njegovih bakterija... osim ako nije alergičan na polen. Hodala je kroz svoje dvorište, spustila mačku koja je grebala sporedna vrata što vode do vešernice, jer je Tilda retko ulazila na glavni ulaz. To je nekad bila trpezarija, ali je Tilda kupila stočić za kuhinju i pretvorila trpezariju u upotrebljivu perionicu rublja i ostavu. Prevrtljiva kao uvek, Detol nije pokušala da se vrati kod onog čoveka, bilo je vreme za večeru. Tilda je otvorila vrata i zastenjala.

Voda posvuda?

Ne, ne, ne, to je nemoguće! Taj linoleum na podu je potpuno nov; ovo je poslednja prostorija u kući koju je uredila. Šta je s klicama ako zbog vode sve pobuđa i... Tilda je duboko udahnula. Ostavila je uključenu mašinu za pranje rublja, kao i uvek. Šta je krenulo loše? Dok joj je srce glasno lupalo, stajala je ukočeno.

– Ovo vam je ispalo iz džepa – rekao je neki glas iza nje.

Okrenula se i videla onog muškarca, s vrećom za spavanje i rancem pod jednom rukom, kako čkilji na poslednjim sunčevim zracima. Dao joj je naočari za sunce. Podigla je pogled i ustuknula.

– Šta nije u redu? – pitao je.

– Ništa.

Zagledao se u nju.

– Samo... ne izgledate toliko visoki kad sedite na ulici.

Pogledao je preko njene glave i tiho zazviždao. – To se dogodilo u klubu, nedugo pre nego što sam otišao. Velika poplava. Izazvala je haos. – Bacio je svoje stvari na pod i prebacio vetrovku preko. Prvi put je primetila koliko je mršav, a njegova majica sa slikom nekog rok benda izgledala je preširoko. – Dozvolite da vam pomognem.

– Nema potrebe – kazala je Tilda naglo. Podigla je dlanove. – Snaći ću se. Hvala vam. – Niko ne ulazi u njenu kuću. Nije imala porodicu. Bila je sama i, nakon osamnaest meseci života ovde, i dalje nije znala imena komšija, niti je želela da ih sazna. Tilda nije poznavala tog muškarca. Možda je lagao o svojoj prošlosti i nedavno je izašao iz zatvora, možda je provalnik... ili nešto gore. A uskoro će pasti mrak.

Ugrizao se za usnu, prebledeo, a osmeh mu je nestao. – Ni ja ne bih pustio sebe u kuću – rekao je. – Dobro je što ste oprezni. Nikad ne možete biti sigurni. Mene su prevarili na poslu, prošlog leta.

Neki tip se uteturao unutra, kad sam zaključavao nakon radnog vremena. Kazao je da je opljačkan. Izgledao je prilično uzdrmano. Otišao sam do bara da mu skuvam jaku kafu. Kad sam se vratio, on je bio ispraznio kasu i pobegao.

Pogledala je vodom natopljen pod. Ljuta na sebe, praktična Tilda je prihvatila da ne može to da popravi. Mogla je da sklopi policu, zameni gumu na automobilu, da popravi utičnicu, odlučna da nikad više ne zavisi od drugih, ali nikad ranije nije imala pokvarenu mašinu za pranje rublja. Imala je dovoljno obaveza na poslu. Pozivanje vodoinstalatera će možda biti još jedna dodatna obaveza.

– Možete da pogledate – kazala je Tilda, uz dosta napora. Dok je donosila čiste peškire iz obližnje korpe za rublje i pažljivo ih spuštala na pod da upiju vodu, muškarac se ozario i ušao u kuću. Isključio je vodu i obrisao znojavo čelo podlakticom, pre nego što je pomerio mašinu. Pregledao je zadnju stranu dok je Tilda gledala kredence u ostavi u kojima je bilo dosta sredstava za čišćenje koja bi mogla da mu naprska u oči ako se samo pretvarao da je dobronameran.

– Probijeno crevo za odvod – kazao je na kraju i pokazao na rupicu. – Malo vodootporne izolir-trake će rešiti to.

– O. Dobro. Hvala. – Uspravila se, utonuvši u nelagodnu ćutnju. Pretpostavljala je da želi da mu se plati. Šta ako bude očekivao da uđe u kuću? Napustila je vešernicu, zatvarajući vrata za sobom, i vratila se nekoliko trenutaka kasnije s jedinom gotovinom koju je imala, novcem ostavljenim za perača prozora.

O. Taj čovek je već bio izašao napolje. Detol je sedela kraj njegovih nogu.

Dok je gurao zgužvanu vetrovku ispod miške, namrštio se. Nos mu je curio i obrisao ga je. – Ne morate da mi platite. Beskućništvo vam oduzima imovinu, dostojanstvo, ali ne oduzima spremnost da pomognete, sve dok je krijete od onih koji je vide kao slabost. – Podigao je ranac. – Dovoljna je nagrada biti koristan, što mi se u poslednje vreme ne događa često.

Tilda ga je radoznalo pogledala i treptaj nečeg toplog i nepoznatog zagolicao joj je stomak. Potisnula je to. Ljudi ne rade ništa tek tako... A farmerke su mu bile preširoke. Tilda mu je gurnula novčanicu u ruku. – Uštedećete mi trud da odem i naručim vam picu iz obližnje picerije... u znak zahvalnosti – kazala je osorno.

Oklevao je. – Dobro. Hvala. – Pogledao ju je u oči. – Zovem se Majlo, uzgred.

Kad je bolje pogledala, Majlove oči, smeđe kao zemlja, duboko usađene i prodorne, nisu odgovarale tom nehajnom govoru.

– Zovem se Tilda – izletelo joj je.

– Pitao sam se da nije možda Cilit Beng. Razočaran sam.

Detol se prevrnula i pokrila lice šapama, kao da se grohotom smeje.

Majlo se počešao po bradi i ponovo pogledao novac. – Počastiću sebe brijačem. Od ove brade mi je prokleto vruće i svrbi me po ovoj sparini. – Okrenuo se da ode.

– Sačekajte – promrmljala je i ponovo nestala. Vratila se s ružičastim brijačem. Tilda je uvek imala rezervni pribor za higijenu. To je bilo logično. Nikad joj ne bi ponestalo pribora. Majlo je uzeo brijač i, na trenutak, brada mu je zadrhtala. Ili nije? Ne. Tildi mora da se priviđa. U svakom slučaju, nije podlegla emocijama. Zaustio je da kaže nešto, ali Tilda je promrmljala pozdrav i zatvorila vrata. Biće potrebno više od poplave da bi se ona bolje upoznala s njim.

2.

Tilda se probudila u sedam ujutro. Pogledala je *Votsap* da bi pročitala najnovije poruke u vezi sa svojim tajnim projektom. Dok je čitala, osmehnula se jer ju je zgodni Iv nazvao *mon petit chou-fleur*, mada je Tilda bila zbunjena zašto su Francuzi smatrali da je *moj mali karfiol* tepanje. Zatim je sela na pod prekrštenih nogu i meditirala deset minuta. Pevušeći „La vie en rose", istуširala se hladnom vodom zbog dobrog zdravlja, očešljala se, a onda obukla crne pantalone i belu bluzu. Tilda je naprskala omiljeni parfem, koji je nosila godinama, s mirisom jasmina – omiljeni parfem njene bake. Tačno u sedam i trideset, ušla je u dnevnu sobu obojenu neutralnim tonovima, s hrpama časopisa i DVD-ja poređanih u staklenu vitrinu. Električna grejalica bila je mala i diskretna, i Tilda ju je uključivala uveče, tokom zime, da ne bi uključivala centralno grejanje u celoj kući. Navukla je zavese i pogledala, kroz prednji prozor, na ulicu koja je bila mnogo zakrčenija. Prošlo je nedelju dana od izlivanja mašine za pranje rublja, prvi petak u junu, i paperjasti beli oblaci razdvojili su se kao pozorišne zavese, označavajući početak još jednog napornog dana i, prema meteorolozima, još toplijeg meseca. Tilda je zurila u trotoar i, uprkos jutarnjim sunčevim zracima, jeza joj je prošla duž kičme dok je zamišljala kako izgleda spavati na betonu.

Ogorčeno mjaukanje doprlo je iz vešernice. Detolina plastična posuda za vršenje nužde preživela je poplavu, ali morala je da joj stavi stare peškire za spavanje, sve dok se krevet za mačke ne osuši. Tilda je uvek držala mačku u kući tokom noći, jer su vozači slabije videli u mraku. Veterinar nije bio jeftin. Pustila je Detol u kuhinju i sipala joj hranu za mačke u posudu. Dvadeset do osam, i bilo je

14

vreme za Tildin doručak, isti svakog dana, žitne pahuljice s voćem, pet polutki oraha, šakom suvog grožđa i dve kašike probiotskog jogurta.

Tačno u osam ujutro, nakon što je oprala zube i upotrebila zubni konac, i isprala usta vodicom za ispiranje, Tilda je sela za kuhinjski sto s laptopom, podsećajući sebe da nabavi mini-postolje za hlađenje. Osnovala je *Rajt čišćenje* pre tri godine nakon jednog... traumatičnog događaja. Koristila je *Pejpal* za plaćanje, a poslovne sajtove i oglase na *Fejsbuku* da bi pronašla čistače. Istraživanje ju je odvelo do jedne popularne onlajn platforme koja je upravljala zakazivanjem poslova i rasporedom čistača. Takođe je omogućila Tildi da napravi spisak poslova, tako da je osoblje moglo da ih preuzima ne morajući da kontaktira s njom. Prvo se sastajala sa svakim novim čistačem, kao i sa svakim klijentom. Trenutno je jedna od njenih najboljih radnica, Ajris, dobila letnji virus koji je kružio naokolo. Tilda je pristala da preuzme njene smene tokom radnih dana, počevši od kasnog popodneva, dok se ova ne oporavi. Administracija joj je u poslednje vreme oduzimala najviše vremena, tako da je jedva dočekala izgovor da ponovo zasuče rukave, iako nije imala dovoljno vremena za sve. Osnovala je firmu sa skromnim ciljevima, usredsređujući se na kućne poslove u Stokportu, ali s vremenom je počela da prihvata i korporativne klijente, a mnogi od njih su bili iz centra Mančestera.

Povremeno je razmišljala da unajmi sekretaricu, ali to bi značilo da sarađuje sa istom osobom, iz dana u dan, u najmanju ruku onlajn; to bi značilo zbližavanje.

Odlučno je bila protiv toga.

Glasno kucanje na vrata nateralo ju je da poskoči i slika Majla koji sedi među đubretom došla joj je u misli. I dalje je boravio u njenoj ulici. Bilo joj je teže da ga ignoriše sad kad joj je pomogao, mada je Tilda otad retko razgovarala s njim. Pričali su o kiši koja je pljuštala, što je prijalo nakon neočekivano toplog vremena. Lokalni sladoledžija je tokom juna prodavao sladoled upola cene, tako da je kupila jedan za Majla, prvo oprezno, jer nije želela da deluje potcenjivački, kao da ima posla s detetom. Međutim, lice mu se ozarilo, iako se sladoled istopio kad mu ga je dala. Majlo je uvek bio učtiv, dobro raspoložen, uprkos tome što mu se situacija nije popravila, uprkos tome što mu se kijavica pogoršala. Ali koliko god da je bio prijatan, nije mogla da ga pozove u kuću. Možda ju je smatrao naivnom, zbog novca koji mu je dala, i proveo je celu nedelju trudeći se da bude posebno ljubazan, pokušavajući da je prevari da mu ponudi još novca. Tilda je stisnula pesnice i otišla u hodnik. Mogla je da se nosi s prevarantima. Do trećeg razreda srednje škole, pre deset godina, razvila je oštar jezik i brzo reagovanje. Bila je primorana. Devojke koje su joj godinama zagorčavale život konačno su se držale podalje od nje.

Tilda je otvorila vrata, a jutarnje sunce joj je obasjalo lice. O. Poštar joj je predao dva koverta, jedan ružičast, jedan žut. O da, naravno. Prepoznala je oba rukopisa. Vratila se u kuhinju. Bacila je neotvorene koverte u kantu za otpatke, zasukala rukave i nastavila s poslom, razgovarajući sa zaposlenima u vezi s rasporedom, bolešću ili hitnim slučajevima, kao i sa zadovoljnim klijentima, ili onim ljutim jer je neka čistačica loše obavila posao ili se nije pojavila. To se nije događalo često... Tilda je detaljno razgovarala s ljudima i proveravala preporuke. Bila je veoma zaštitnički nastrojena prema svom osoblju. Bilo je važno da se brine o onima za koje je odgovorna. Da se neko brinuo o tinejdžerki Tildi, srednjoškolske godine bi joj bile mnogo srećnije. Drugi zadaci uključivali su večernje izlaske. Tokom dana Tilda je gledala oglase na društvenim mrežama, pravila nove i pratila potencijalno zanimljive, jer nije mnogo ljudi moglo da priušti čistačicu u današnje vreme. Najvažnije je da zaposleni stalno imaju šta da rade, inače će potražiti drugu kompaniju. Njen sajt je imao i blog, koji je redovno osvežavala savetima za čišćenje, i povremeno je kontaktirala s klijentima, ohrabrujući ih da ostavljaju komentare.

Tilda je volela da bude zauzeta, posebno danas. To je prigušivalo glas u njenoj glavi koji joj je govorio da otvori ona pisma u kanti za smeće, iako je znala kakve laži sadrže.

Ručala je sendvič, isečen na četiri trougla, uz pakovanje dijetalnog čipsa, jabuku i čašu hladne vode. U pet je užinala, a onda otišla da odradi Ajrisinu smenu, koja je počinjala u šest, s jednom od tamnoplavih radnih kecelja u torbi. Pozvala je Ajris nakon ručka, zabrinuta za tu ženu s tako srdačnim smehom i sklonošću da šalje Tildi duhovite imejlove ako bi se neki klijent ponašao čudno. Čak je na *Guglu* potražila kako se leči grip, pre nego što ju je pozvala.

– Zdravo, Ajris, kako si?

– Nisam dobro, Tilda. Izvini, možda ću se vratiti na posao tek za nekoliko dana.

– Ne brini se zbog toga, samo ozdravi. Unosi dosta tečnosti, a cink bi mogao da ti ojača imunitet. Možda možeš da pogledaš neki od onih ljubavnih filmova o kojima stalno pričaš.

I Detol je istrčala iz kuće na travnjak, a onda je legla na leđa i istegla se. Tilda je bila uverena da Detol misli kako su stare betonske ploče uklonjene samo zbog nje.

Bilo je lakše otići vozom na posao, posebno u saobraćajnom špicu. Obično bi vozila do privatnih klijenata, noseći svoja sredstva za čišćenje, ali ovo je bio korporativni klijent i imao je sve na licu mesta. Hvala bogu što je zgrada imala i klima-uređaj. Tilda je razmišljala da pređe na drugu stranu ulice kako bi izbegla Majla. Nije želela da se ponovo upusti u razgovor s njim. Jedini ljudi koji su se redovno pojavljivali u njenom životu i domu bili su oni iz knjiga ili TV serija. Pokušala je ranije to da ispravi, ali se ispostavilo kao teško.

A opet, prinuđena da ponovo vidi taj kiseli osmeh, krenula je ka njemu. U internatu, Tilda je na kraju naučila da je suočavanje sa strahom često manje strašno na duge staze. Takođe je naučila kako izgleda biti autsajder, izvan svega. Kako je prolazila, Tilda je bacila pogled sa strane. Zinula je.

Ugledala je taj osmeh. – Bilo mi je potrebno malo vremena da se obrijem. Gotovo sam zaboravio koliko sam zgodan. Zatim, moram da sredim kosu, neukrotiva je po ovako toplom vremenu. – Majlo je govorio prigušenim glasom, zbog prehlade, i onda je glasno kinuo.

Jedna policijska kola, sa upaljenom sirenom, prošla su pored i Tilda je prestala da ga proučava. – Moram da idem – promrmljala je i otišla. Dok se udaljavala, dvaput je pogledala preko ramena.

Bio je to posao za dve osobe u velikim poslovnim prostorijama u Stokportu, i Džez, koja je takođe imala nešto preko dvadeset godina, radila je s njom. Uprkos tome što je za uspešan posao potrebno usredsređivanje, Tilda nije mogla da izbaci iz glave Majla i njegov izmenjen izgled nakon brijanja brade. Setila se njegovih reči. *Zgodan tip?* Neki bi možda mislili tako, zbog te četvrtaste brade i dečačkih smejalica. Tilda je ribala klozetsku šolju još jače. Dobar izgled ne znači uvek i dobro srce. Kad je prošla kraj njega, nekoliko sati kasnije, Majlo je razgovarao s jednim starijim muškarcem koji mu je doneo hladno piće. Majlo je cuclao slamčicu koja je virila iz ledenog plavog napitka. Očigledno je, kao i Tilda, bio sposoban da se brine o sebi i u najtežim trenucima.

Nakon kasne večere – riba i krompirići u petak – Tilda je odmah oprala sudove. Zatim je nastavila da čita knjigu, sedeći u dnevnoj sobi koja je bila hladna uveče, odevena u majicu s kratkim rukavima i šorts. Završavanje knjige nikad nije rastuživalo Tildu, koja je u detinjstvu volela da piše, i koja je i dalje nastavljala priču romana u svojoj glavi. Tokom godina je mentalno napisala mnoge nastavke knjiga Pračeta i Gejmena. Tilda je volela da posećuje knjižaru *Voterstouns* u Mančesteru, koja je imala i kafić. Nije mnogo radila vikendom, što nije bilo previše teško, poslovi u privatnim kućama bili su manje traženi u poslednje vreme. Nakon tatine smrti, karijere Tildine majke i brata bile su u središtu pažnje, i stoga se subote i nedelje nisu razlikovale od radnih dana: posao, posao, posao. Makar je to naučila do jedanaeste godine, pre nego što su je poslali od kuće. Tilda se zaklela da će, kad odraste, rezervisati vikende za vreme provedeno s porodicom – iako se ta porodica sastojala od samo jedne osobe – kao što je bilo dok je tata bio živ, dok nije napunila devet godina. O, mama je uvek radila više nego što je trebalo, ali tata je bio slobodan vikendom, uprkos tome što ga je ona kritikovala i govorila da nikad neće napredovati u banci. Vodio je Tildu i njenog mlađeg brata, Logana, na plivanje, u park ili bioskop, smejući se glasno komedijama i sipajući previše čokoladnih mrvica u njihove sladolede. Poput Tilde, tata je uživao u sitnicama – ili je možda ona bila poput njega... oblaku neobičnog izgleda, ili posebno prhkom keksu. Mama je imala vremena samo za važne stvari, kao što je gledanje Loganovih fudbalskih utakmica u školi. Ono što je radila Tilda, njena ćerka, nikad nije smatrala važnim.

Nakon nekoliko pročitanih poglavlja, izašla je da pozove Detol. Danas je bio poseban dan za Tildu i jedva je čekala poslasticu koju je kupila sebi, da je kasnije pojede ispred televizora, gledajući ono što želi, u miru. Vrhunac njenog tajnog projekta, za nekoliko nedelja, čiji je Iv bio deo, mogao je da znači kraj tih prijatnih večeri koje je provodila sama. Ne sad.

Zabavne stvari i tajne postoje samo ako ih skrivaš od drugih ljudi. Ali Tilda nije imala nikog u svom životu od koga bi skrivala svoj projekat, tako da se on možda nije ni mogao nazvati tajnim.

Nešto ju je nateralo da poželi da sedi u nekom baru i sažaljeva sebe, uz čašu vina i činiju kikirikija. Glasno je uzdahnula, a onda se trgla, uzela telefon i poslala Ivu fotografiju svoje riblje večere. Uprkos glamuroznom životu u Parizu, gde je radio kao modni kreator, nadgledao fotografisanja, radio u otmenim ateljeima, voleo je s njom da razmenjuje slike večere. Iv je uživao u engleskoj hrani i kupovao je u obližnjoj *Marks i Spenser* prodavnici, u glavnom gradu Francuske. Bila je to navika koja je Tildi postala draga. Nikad nije razmenjivala duhovite poruke ni s kim drugim. Jedine fotografije koje joj je jedini dugogodišnji momak, Šejn, ikada slao nisu bile one koje mogu da se gledaju javno. Govorio je da je kao neka tetka i da su sve njegove bivše devojke volele takve fotografije. Rekao je mnogo stvari pred kraj veze i Tilda se namrštila kad se setila njegove reakcije kad je zaposlila ženu sa autizmom, Koni.

– Sličan se sličnom raduje – kazao je Šejn. – To se vidi po tvojim navikama, tvojoj nespretnosti. – Munuo je Tildu ramenom i prezrivo se osmehnuo. – Ne brini. Samo se šalim.

Stvarno je uopšte nije poznavao, mislio je da će ona smatrati uvredom ako je smatra spremnom da se druži s različitim ljudima. Tilda se nije trudila da mu objasni kako ju je oblikovao život, a ne njene mentalne sposobnosti. Kako je upoznavala Koni, koja je postala jedna od njenih najboljih radnica, Tilda je, malo-pomalo, upoznala izazove s kojima se ta žena susretala od rođenja, za razliku od Tilde, čiji je život bio lak dok nije izgubila voljenog oca.

Detol nije bila kraj vrata. Tilda ju je pozvala i pogledala je ispred kuće, a dozivanje mačke je zasmejalo grupu pijanih mladića u prolazu. Ne mogavši ponovo da se skrasi ispred televizora, vratila se u vešernicu pola sata kasnije. Dočekalo ju je grozničavo grebanje na sporedna vrata. Otključala ih je i otvorila. Nije ni čudo što je mačka jedva čekala da uđe. Vazduh, sad vlažan, ispuštao je stidljive kapi vode, kao da nebo nije moglo da odluči da li da pusti kišu.

Uprkos tome, glasno mjaučući, Detol je otišla dalje.

– Vrati se, blesava životinjo – kazala je Tilda, i ispružila je dlan. Kišne kapi su sad uporno padale, brže, krupnije.

Detol se vratila i zagledala u Tildino lice, a onda se ponovo udaljila, preko trotoara, prema kapiji. Kao da je želela da Tilda krene za njom, uprkos lošem vremenu. Dobro, ko ga šiša. Tilda je zatvorila vrata i vratila se u dnevnu sobu. Telefon joj je zazujao. Večeras je Iv jeo u restoranu i poslao je vrlo profesionalnu fotografiju zdele sa školjkama. Uzvratila mu je oduševljenim smajlijem i ponovo sela. Izražavanje osećanja emotikonima bilo je mnogo lakše nego njihovo izražavanje u stvarnom životu. Tilda se navikla na guranje osećanja duboko u sebe, gde ih niko ne vidi. Nakon nekoliko minuta vrpoljenja, isključila je televizor i bacila daljinski upravljač. Ta mačka je više smetala nego koristila. Tilda je obukla tanku jaknu i obula patike. Uzevši ključeve, izašla je i zaključala vrata. Navukla je kapuljaču, osećajući nedostatak melodične večernje pesme ptica koja se čula kad je vreme bilo veselije, jer je proleće predalo štafetu letu. Detol je ponovo mjauknula glasno i otišla na ulicu. Možda se posvađala s nekom drugom mačkom. Iskreno, šta ona misli da je Tilda, lokalna Samarićanka? Mrmljajući sebi u bradu, Tilda je pošla za njom i... Detol je skrenula desno. Stvarno? Vraćaju se do Majla? To je bilo besmisleno. Pošto je kiša sad pljuštala, Tilda je hodala brže, nadajući se da će sustići Detol pre nego što stignu do njega. Ali Detol je ubrzala, kao da oseća njene namere. Sva zadihana, Tilda se zaustavila kraj Majla. Zaustila je da kaže nešto, ali nešto nije bilo u redu. Bio je nagnut na jednu stranu i... da li mu je to krv na licu? Tilda je naglo uzdahnula. Sagnula se i nežno ga protresla. Odeća mu je već bila natopljena kišom.

– Samo uzmite novac – promumlao je, jedva svestan, ne otvarajući oči, stavljajući ruku na glavu, kao da se štiti.

Njegove reči i postupci dirnuli su Tildu, kao da je ona dobila udarac. Dodirnula mu je lice; bilo je hladno. Ispravila se. Detol se smestila na njegove grudi. – Ja sam, Tilda. Pozvaću policiju – kazala je. – Reći ću im da obaveste hitnu pomoć.

Majlo je pomerio glavu. – Ne – kazao je, oštrim tonom. – Dobro sam. Ostavite me na miru. Beskućništvo je krivično delo... ako me uhapse, otvoriće mi dosije, i biće mi teško da pronađem posao.

– Ali...

– Samo odjebi! – uzviknuo je.

Tilda je podigla obrve. Mogla je da se nosi s nevaspitanjem, nerazumni klijenti su dokazali da joj je to jača strana. Počela je da zove policiju, ali ponovo ga je pogledala. Majlo je odmahnuo glavom, privukao ranac do sebe i zagrlio ga. U tom trenutku, shvatila je. Jedino što mu je preostalo bila je kontrola nad sopstvenim životom. Mogla je da uradi samo jedno, ako se on saglasi. Tilda nije mogla da poveruje da razmišlja o tome, ali on je još čvršće stisnuo ranac, kao što je ona grlila jastuk u učeničkom domu, u srednjoj školi, kao da se vratila u detinjstvo, kad joj je stiskanje plišane igračke rešavalo mnoge probleme.

– Onda morate da dođete do mene i dozvolite mi da vas očistim. To je ono čime se inače bavim.

Majlo je obrisao nos rukom i umrljao je krvlju. – Ali vi me ne poznajete. To nije u redu.

Treptaj topline, ponovo, u njenom stomaku. – Da li je to pristanak? Nemam celu noć na raspolaganju. – Sagnula se i provukla ruku ispod njegove. Majlo se trgnuo kad je ustao i oslonio se na Tildu, hramajući do njene kuće. Jedva videvši išta pred sobom, zbog pljuska, ušli su u Tildino dvorište i u vešernicu. Svukla je svoju mokru jaknu i okačila je na čiviluk kraj vrata. Zastala je pre nego što je otvorila vrata kuhinje. Oklevala je. Bio je tako... zastrašujući, uprkos mršavoj građi, s tim dugim nogama i ramenima širim od glavnog glumca u njenoj omiljenoj TV seriji. A ipak je nekako, na ulici, pored vreće za spavanje i šolje za novčiće, izgledao veoma, veoma sitno.

– Bolje je da se sagnete, naredna vrata su niža – promumlala je, skidajući pogled s njegove kovrdžave tamnosmeđe kose, neuredne kao što mu je bila brada, ulepljene krvlju.

– Šta nije u redu? – promumlao je. – Kladim se da mislite kako bih ja sa svojih metar i devedeset trebalo da mogu sebe da odbranim? – kazao je to postiđeno, više zvučeći kao i obično. – Naravno. Shvatam. Iako su bila dvojica. Voleo bih da sam im uzvratio udarce.

– Ne razmišljam o tome.

– Onda se brinete da ne dobijete ovu prokletu zarazu? – kazao je i nakašljao se. – Ne krivim vas, imam paklenu glavobolju. Ali obećavam da ću staviti ruku na usta kad budem kijao i kašljao.

Podigla je bradu. – Samo... ništa.

Majlo je pogledao sebe, pa onda nju, izgledajući zaprepašćeno. Zatvorio je oči na tren dok ih je trljao rukama. – Uplašeni ste. Stvarno verujete da ću vas povrediti? – Glas mu je bio isprekidan. – Tilda, *nikad* ne bih... – Povukao se malo dalje.

Da, bila je bojažljiva. Ali i nije. Tilda je naučila u internatu da nije uvek fizička snaga oružje kojim ljudi nanose najveće povrede. Otvorila je vrata. Detol je pojurila napred, u kuhinju.

– Ostaću tamo ako tako želite – rekao je Majlo, ostajući u vešernici. Zateturao se i oslonio na radni pult. Tilda je odmahnula glavom, uhvatila ga za lakat i uvela u kuhinju. Stavila je vodu da se greje, a Majlo se svalio na stolicu kraj stola. Uhvatio se za glavu.

– Prvo ću vam umiti lice – kazala je, odmerenim tonom – a onda...

Tilda se ukočila kad se Majlo rasplakao.

3.

Jecao je. Pred njom. Niko to nikada nije uradio, ni sa kim nije bila toliko bliska, od detinjstva. Čak ni njen bivši, Šejn. Njihova veza je trajala manje od godinu dana i okončala se prošlog jula, kad je otkrila pravi razlog što je s njom. Nisu razgovarali o osećanjima i Tildi se to sviđalo, Šejn nikad nije pričao ni o čemu intimnijem od svog posla, *Mančester junajteda* i pilećih medaljona.

Da li da navede Majla da govori? Ili da ništa ne kaže? Internat joj je usadio u glavu kako je iskazivanje osećanja neprihvatljivo, samo-živo. Profesori su govorili devojkama da njihovi roditelji ne žele da one plaču. Kad je tek stigla, bilo je kao da je ožalošćena, napustila je Logana, čak i mamu, i kuću koja se još osmehivala od sećanja na tatu; ostavila je dvorište u kojem je volela da se igra i spavaću sobu koju je imala za sebe. Tilda se u internatu osećala kao da služi sed-mogodišnju zatvorsku kaznu.

Ali podnela je to, stisla je zube, znajući da nikad neće izneveriti sebe. Tilda je uvek mogla da se osloni na Tildu.

Uzela je rolnu kuhinjskih ubrusa i sela za sto. Majlo je otkinuo dva lista papira, izduvao glasno nos i nakašljao se u ubrus.

– Izvinite – rekao je. – Sve me je sustiglo.

Ne govori ništa. On ti nije prijatelj. – Šta to? – pitala je.

– Život. – Glas mu je zadrhtao. – Ja. Kako je došlo do ovoga? Povrh svega drugog, nikad nisam imao ovako gadnu prehladu. – Pretražio je svoj ranac. – Da. Nema ga. – Glas mu je zastao. – Moj novčanik. Gotovo sam imao dovoljno da noćas prespavam u nekom pansionu. Sanjao sam da pronađem neki gde im je potreban domar ili pomoćno osoblje. Ako bih mogao da platim za jednu noć, oči-stim se, onda bih im ispričao kako sam radio u klubu... – Pritisnuo je dlanove na oči, brišući suze. – Onda bih imao stalnu adresu i mogao bih da konkurišem za menadžerske pozicije. – Tilda je podigla ruke sa stola i spustila ih u krilo, čvrsto ih stežući. – U redu je. Ne očekujem da ostanem ovde. Pošto je vreme toplo, imam sreće što spavam napolju. – Kiselo se osmehnuo. – Zamalo.

Podigla je obrve. Ljudi je obično nisu tako dobro razumeli i nikad nije shvatala zašto. Sigurno je Tilda *bila* knjiga o kojoj ste mogli da sudite po koricama. Nije se smejala tuđim šalama ako nisu bile smešne, nije očijukala sa strancima niti im se osmehivala, korice romana koje je čitala nisu bile vedre i bezbrižne, a skrivale nešto ozbiljnije. A opet su se ljudi čudili njenom nepristojnom ponašanju. – Uštogljena – tako ju je Šejn nazvao na kraju. Korice njenih knjiga bile su vedrije kad je bila mala, kao te pozitivne ljubavne priče koje čitaju žene – pune pastelnih boja i plaža. Tata je činio da se Tilda oseća izuzetno voljeno i nekako je i mama bila nežnija. Ali onda je poslala Tildu od kuće, i svet te devojke postao je mračnije mesto, gde su je pokušaji da se smeje šalama drugih učenica i želja da se uklopi samo učinile predmetom sprdnje. Pravile su vršnjačke grupice, psovale na kul način, pričale o stvarima koje su radile s momcima, što Tilda nije razumela. Uprkos trudu, na početku, da se uklopi, da prilagodi svoju ličnost, Tilda se nije uklopila. Ali to na kraju nije bilo važno jer je shvatila da je najvažnije uklopiti se sa svojom savešću.

Uzela je jednu kuhinjsku krpu i dva peškira, jedan da bi obrisao kosu. Napunila je posudu toplom sapunicom. Oprala je Majlovo lice, kao da je to neki vredan predmet koji pripada nekom klijentu ili ram slike koji treba dobro očistiti. Kakvo je to bilo zadovoljstvo prati krv s njegovih obraza, s tog jakog nosa. Osušila mu je oko i čelo, i gornju usnu koja nije bila sasvim prava.

Ali je čišćenje imovine klijenata nikad je nije činilo nervoznom niti izuzetno svesnom svakog daha.

Tilda je nanela antiseptik i zalepila flastere, pomerajući se unatrag kad je on kijao i kašljao, mada je održao reč i koristio je kuhinjski ubrus.

– Imate li posekotine još negde? – pitala je.

– Ruke i grudi me bole. – Glas mu je bio jednoličan.

– Bolje da pogledamo to – kazala je odsečno i pokazala mu da ustane. Tilda je bila izuzetno temeljna.

Na trenutak su mu oči ponovo zasuzile. Ustao je i ona mu je prvo očistila šake, ožiljak na desnoj, star i dubok, vrlo vidljiv. Tilda mu je pregledala ruke. Samo modrice.

Samo. To nije bila prava reč, ublažavala je povrede. Ružne ljubičaste fleke već su se pojavile na povređenim delovima kože. Majlo je svukao majicu, trzajući se od bola. Tilda je stisla zube, odlučna da ne pokaže reakciju, ali bes protiv ljudi koji su uradili to goreo je u njoj. Mora da su ga šutirali cipelama s blokejima, ili udarili nečim oštrim. Oprala mu je grudi toliko nežno da je iznenadila sebe, ovlašno dodirujući prstima njegovu kožu, smeđe malje.

Iz nekog razloga, obuzelo ju je razočaranje kad je završila. Poslednji muškarac koga je dodirivala tako intimno bio je Šejn, mada nikad nije morala da bude nežna s njim. Da je on bio samo malo nežniji s njenim osećanjima, umesto da dokazuje, ponovo, da Tilda nije osoba koju bi iko mogao da voli... To je bila još jedna nepobitna činjenica njene prošlosti, njenog života, i prihvatila je to. Tilda nije išla na zabave, posebno na one samosažaljive.

– Izvinite zbog smrada. – Obrazi su mu se zarumeneli. – Dezodorans je skup.

– Imate veće brige – rekla je preko ramena, dok je odlazila u vešernicu da donese bočicu antiseptika za ruke, iz džepa letnje jakne. Vratila se i naprskala malo na dlan, spustila bočicu na kuhinjski pult i protrljala šake. Majlo je gledao u pod. Pa, nije želela da dobije impetigo, lišajeve, šugu ili neku drugu bolest koju beskućnici imaju. Ali njegovo lice ju je vratilo u mladost i setila se kako su joj se, nakon raspusta u sedmoj godini, ostale devojke smejale na fizičkom. Pojavile su joj se dlake ispod pazuha, a mama je bila previše zauzeta bratom da bi joj rekla šta da radi tokom te dve nedelje koje je provela kod kuće nakon letnjeg kampa. Oprezno mu se osmehnula. – Samo sam oprezna, stvarno ne želim da pokupim tu vašu gadnu prehladu. Vodim svoju firmu, a nemam nikog da me zameni.

Majlovo lice se opustilo.

Ugledala je Detol koja je upravo pojela svoju dnevnu dozu mačjih keksića. – Dobro. Da li želite da pojedete nešto? – Da li je stvarno rekla to? Tilda se zagledala kroz prozor, nalevo, iznad sudopere. I dalje je padala kiša. – Imam ostatak goveđeg gulaša od juče, u frižideru. Podgrejaću ga.

– *Domaća* hrana? – rekao je, kao da mu je ponudila vrhunski kavijar. Deset minuta kasnije, proždrao je gulaš, drobeći hleb u njega. Kiša je nastavila da pljušti, ritmička buka bila je utešna. Majlo je glasno uzdahnuo kad je pojeo sve. – Ovo je najbolji obrok koji sam pojeo u poslednje vreme – rekao je i podigao palčeve.

– Ne morate da radite to – kazala je. – Ne ponašajte se kao da je to nešto posebno, kad nije.

Šejn joj je jednom rekao da je njeno kuvanje vrhunsko, a da zbog crne kose i blede kože izgleda seksi, i kako je bilo tako kul što se ne trudi oko odeće i šminke, a njen ozbiljan, razuman stav je vrlo osvežavajući. To je ono što ju je najviše zabolelo kad su raskinuli, kad je otkrila da je sve to vreme dok su izlazili on samo glumio da je smatra vrednom svoje pažnje, a imao je tajni plan. Makar je Detol bila iskrena u tome da je ne voli i, u stvari, bila je to jedina pozitivna stvar koju je mogla da kaže o svojim školskim drugaricama, koje su je nazivale čudakinjom zbog knjiga koje je čitala i što je volela priče o likovima koji imaju rogove i krila.

Majlo se namrštio. – Ali *jeste* bilo ukusno. Podsetilo me je na... – Glas mu je zamro pre nego što se ispravio. – Te narandžaste kocke bile su od uljane repice, zar ne? I mogao sam da osetim majčinu dušicu, a ako ne grešim, i malo roštiljskog sosa?

Tilda je spustila dve šolje sa zelenim čajem na sto i gotovo se ponovo osmehnula. Prepoznao je njen tajni sastojak. Otišla je do frižidera, zastala i onda izvadila malu čokoladnu tortu, prekrivenu prelivom i bombonicama, retku poslasticu koju je kupila za sebe te večeri. Presekla ju je nadvoje i dodala Majlu komad na tanjiriću.

– Da li slavimo nešto? – pitao je, gledajući oprezno posluženje.

Detol je zahtevno mjauknula. Zatresla je zadnji deo tela, kao da će skočiti. Majlo je pomerio stolicu i potapšao se po kolenima.

– Ne brinite – rekla je Tilda – ona ne skače ljudima u krilo.

Detol je skočila i udarila glavom u Majlov stomak.

– Predivna si, jesi, jesi – rekao je i počeškao je iza ušiju.

Tilda nikad nije videla Detol da se ponaša tako nedostojanstveno. Jeli su ćutke, dok je Detol sedela sklupčana u njegovom krilu – besmisleno nehigijenski, Tilda je trebalo da je vrati na pod. Otišla je u toalet i kad se vratila, Majlo je stajao kraj kante za otpatke, s dva koverta u ruci.

– Otišao sam da bacim kuhinjski ubrus i ovo mi je privuklo pažnju. Mora da ste ih slučajno bacili.

Uzela je koverte. – Volela bih da ne njuškate po mojim privatnim stvarima.

– Izvinite, nisam. Samo... sam pokušavao da očistim.

Tilda ih je bacila u smeće. Okrenula je glavu ka prozoru. Kiša je sad samo rosila. A njegova odeća se malo osušila. – Vreme se popravilo.

– Tako je. Naravno. Idem. Hvala... hvala na svemu. – Otišao je do Detol koja je sad spavala na njegovoj stolici. Majlo se sagnuo i počešao je iza ušiju, pre nego što ju je poljubio u glavu. Ljubljenje životinje? Zar nije čuo za ešerihiju koli i parazite? Tilda je odjurila u vešernicu i otvorila sporedna vrata.

– Hvala još jednom, Tilda. Najbolji gulaš koji sam jeo – rekao je Majlo i othramao prema kapiji gde je glasno kinuo i nastavio dalje. Zatvorila je vrata za njim i vratila se u kuhinju, nameravajući da uzme telefon i proveri *Votsap*. Detol joj je uputila pogled prljaviji nego što je bila većina toaleta njenih klijenata. Tilda je otišla do kante za otpatke i uzela dva koverta. Spustila ih je na sto. Polako je pocepala svaki napola i onda ih ponovo bacila. Postupci, kao te čestitke, ne znače ništa kad iza njih ne stoji iskrenost.

A nije stajala.

Pogodilo ju je nešto što je upravo shvatila, i na trenutak nije mogla da diše.

Nema šanse da će *ona* biti kao jedan od tih foliranata koji su ih poslali.

Ne izuvajući kućne papuče, Tilda je otključala sporedna vrata i istrčala na ulicu, psujući kad je ugazila u baru.

– Majlo! – zaurlala je. *Ne iznosi mu ponudi, nećeš moći da je po-vučeš.* – Možete da prespavate na sofi. Samo jednu noć.

Pogrbljena figura se okrenula. Olakšanje i zahvalnost prešli su mu preko lica. Dohramao je natrag.

– Jeste li sigurni u to? – pitao je kad su se vratili u kuhinju. Tilda je cedila vodu iz papuča. – To što mi dozvoljavate da ostanem ovde znatno je vrednije od otkrivanja rupe u odvodnom crevu.

– Imam bravu na vratima spavaće sobe – kazala je odmerenim tonom. To je posledica boravka u internatu. To je bio jedini način da mirno spava, mada je Tilda pretpostavljala da neće ni trenuti dok on bude u kući. Njena voljena baka klela se u čašu šerija pre spavanja. Na tren, Tilda je požela da ima bocu tog starinskog žestokog pića.

– Dobro. Da. Naravno. U redu. Mislim... – Duboko je udahnuo. – Mnogo vam hvala na ovom.

– Spremiću krevet u dnevnoj sobi. Ako želite, istuširajte se sutra ujutro, pre nego što krenete – kazala je odlučno i krenula ka vratima.

– Hvala. Mnogo hvala. I... Tilda?

Okrenula se.

– Kolač je bio ukusan. Srećan rođendan.

4.

Tilda se probudila u sedam ujutro. Pogledala je *Votsap* da vidi poslednje poruke od Iva, koji je nehotice postao središte njenog tajnog projekta.

Chére Tilda, ma belle, jutarnji pozdrav od mene. Tako se radujem tvojim odgovorima, pao sam u nesvest što tako zaposlena poslovna žena pronalazi vreme da mi odgovori. Znam koliko truda treba da bi bio svoj šef. Želim tebi i Detol sjajan dan! Bon, moram da žurim, igle me čekaju. Hajde da kasnije duže razgovaramo. Nadam se da ti mašina za pranje rublja radi kako treba. Iv xxxxx

Pet poljubaca? Tilda je prešla prstom preko njih. Niko joj nikad nije poslao toliko. To joj je delovalo kao dostignuće i osetila je poriv da kupi bocu šampanjca i nazdravi tom trenutku. Ponovo je pročitala njegove reči, primećujući, kao i uvek, koliko mu je engleski dobar, i da koristi kolokvijalne izraze kao „pao sam u nesvest".

Dvadeset... šest dana, toliko, od danas, i njen projekat će se završiti, i sav njen trud će se isplatiti.

Ili možda neće.

Često je pominjao Detol, jer je prethodno ispričao Tildi o mački koju je imao u detinjstvu i koja je spavala u umivaoniku u kupatilu. Divna ličnost skrivena iza ostalih glamuroznih poruka o slavnim klijentima i prijateljima iz sveta mode, kao kad se maločas raspitivao o poplavi u njenoj vešernici. Bio je neobična osoba. Tilda je napisala odgovor.

Zdravo, Iv, srećno sa šivenjem. Ne mogu da zamislim da sašijem čitav komad odeće, meni je i krpljenje rupa previše. Žao mi je što moraš da radiš u subotu, umesto da uživaš u Parizu. Možda možeš da odeš na ručak u Ajfelovu kulu, kao što kažeš da često radiš. Neverovatno je da si tamo jednom video predsednika Makrona, i da je razgovarao s tobom. Da, hvala, mašina sad radi dobro. Danas je dan za kućne poslove. Čujemo se uskoro. Tilda.

„Čujemo se uskoro" bilo je najbliže što se Tilda primakla izražavanju neke pažnje. Nije slala poljupce, ne u porukama, nikad, nije bila naviknuta na to. Razigranost nikad nije bila deo njenog zrelog života. Nekad je verovala da se Šejnu to sviđalo kod nje, sve dok joj nije jasno rekao da je ona previše konzervativna za njega. Pročitala je svoju poruku Ivu, pitajući se da li će modnom kreatoru iz Pariza ona biti dosadna. A opet, nastavio je da joj piše. Možda je trebalo da pomene pomaganje beskućniku, da poveća dramski efekat. Međutim, osećala je odanost prema Majlu, napaćenom čoveku sa ulice koga je jedva poznavala. Stvarno besmisleno.

Tilda je sedela na podu prekrštenih nogu i meditirala deset minuta. Istuširala se hladnom vodom, iščetkala kosu i onda obukla sive pantalone i običnu bež majicu kratkih rukava. Stavila je omiljeni parfem, koji ju je podsećao na baku i sate koje je provodila čitajući Tildi i Loganu. Tačno u sedam i trideset, otišla je u kuhinju, iako je bio vikend. Ogorčeno mjaukanje doprlo je iz vešernice. Pustila je Detol u kuhinju i sipala joj hranu za mačke u posudu. U dvadeset do osam bilo je vreme da Tilda doručkuje, žitne pahuljice s voćem, pet polutki oraha, šakom suvog grožđa i dve supene kašike probiotskog jogurta.

Samo što će danas morati da spremi doručak za dvoje i, nevoljno, odložila je jedenje. Tilda je podigla roletne u kuhinji. Prozor je gledao na prodavnicu jeftine gvožđare u susednoj zgradi. Preko noći se vreme prolepšalo. Obično je išla u nedeljnu kupovinu subotom popodne, nakon što bi oprala rublje. Ako to pomeri nekoliko sati, kaže da mora da ide jutros, biće joj lakše da se otarasi Majla, i on bi morao da ode. Nadala se da će shvatiti mig, ustati i istuširati se. Namrštenog lica, otišla je da kucne na vrata dnevne sobe, ali je oklevala.

Zašto mu je dozvolila da prenoći? Da, bila je zaključana u svojoj spavaćoj sobi, ali on je mogao da uzme drogu, odlepi i provali vrata.

A opet, duboko u sebi, imala je osećaj da neće.

Možda se već išunjao, pošto joj je ukrao televizor i ajped koji je ostavila tamo. Tilda je trebalo da ukloni vredne stvari iz dnevne sobe. Pokucala je na vrata pre nego što je ušla. Dobro. I dalje je tu. Namrštila se, zadovoljna što ima dovoljno osveživača vazduha. Ispod vreće za spavanje, i dalje je ležao na sofi, sa stopalima koja vise preko ivice. Tilda je otvorila prozor i saobraćajna buka je ušla.

– Kupatilo je slobodno – rekla je, oštrim glasom. – Tamo je veliki crni peškir, upotrebite njega. Popnite se na sprat, skrenite levo, to je mala prostorija na kraju. Ostavite peškir ispred tuš-kabine kad završite. I možda biste mogli da požurite? Moram uskoro da krenem u kupovinu.

Ništa.

Nagnula se nad Majla i protresla mu rame. Nije se pomerio ni za milimetar. Na trenutak se uplašila najgoreg i preplavila su je bolna osećanja... To mora da je bila nezainteresovanost, ali nezainteresovanost ne boli, ne ostavlja trag, ne na osobi koja je oseća... samo na onoj kojoj je upućena. Sa olakšanjem je uzdahnula kad je Majlo zastenjao jer bi pozivanje policije bilo neprijatno, odnosno objašnjavanje šta mrtav beskućnik radi u njenoj kući. Detol je utrčala, pre nego što je Tilda stigla da je otera, i skočila na njega, hodajući mu telom do lica. Mjauknula je i liznula mu uvo. Tilda je začkiljila. Da li se Majlo pomerio? Dobro, dakle pretvara se da spava.

Protresla mu je rame mnogo energičnije. Majlo je zaurlao i naglo se uspravio. Zastenjala je i otišla na drugi kraj sobe. Detol je pala na tepih.

– Beži od mene! – zakreštao je. – Nemam više novca! – Sedeo je zbunjeno, gledajući oko sebe. Grudi su mu zazvečale i glasno se nakašljao. Grlo mu je zvučalo kao da je puno šlajma. Protrlja je oči.

– Tilda? To ste vi? Naravno. Izvinite... – Glas mu je zadrhtao i ona se ponovo primakla. Majlo je pregledao sobu i spustio šake na sofu, sa obe strane uzdrhtalog tela. Pokušao je da ustane, ali se zadihao. – Ja... mislim da će mi pozliti – rekao je i počeo da se grči.

Tilda je otrčala u kuhinju i vratila se s posudom. Možda je ipak preterivao sa simptomima. Pridržala mu je rukom preplanulo čelo. Goreo je. Adam, jedan od njenih čistača, takođe joj je sinoć poslao poruku, govoreći kako ga je uhvatio grip i neće moći da odradi smene za vikend. Bilo je vrlo neobično da se on razboli. Star oko trideset pet godina, Adam je ispričao – na razgovoru za posao – kako je trčao maratone. Ali kazao je da je drugi čistač pristao da ga zameni. Očigledno je Majlo imao istu bolest kao Ajris i Adam.

Majlo je uzeo posudu. – Izvinite, izvinite – stalno je ponavljao, a reči su mu zvučale nepovezano. Polako je ustao i stajao je nesigurno. – Ne mogu da se istuširam. Ja... sedeću u kupatilu, ako vam ne smeta... za slučaj da sam bolestan, onda... Samo ću se kratko oprati... i skloniću se da vam ne smetam... – Glasno dišući, ponovo je pao na sofu. Protrljao je glavu i zastenjao.

Nekako je, uprkos njegovoj visini, uprkos nesigurnom hodu, pomogla Majlu da se popne do kupatila na spratu i pao je na pod kraj klozetske šolje, ponovo povraćajući. Donela mu je čašu vode, i izašla je ispred kupatila, zaustavljajući se ispred sobe na suprotnoj strani hodnika. Otvorila je vrata i ušla, a besprekoran tepih i vojnički uredan krevet su je smirili. Tilda nikad nije imala goste, ali je uvek imala spreman taj mali krevet za jednu osobu koji su prethodni vlasnici ostavili. Uza sve više troškove života, kazala je sebi, to će biti korisno za slučaj da mora da primi podstanara.

A ipak nije dozvolila ni Šejnu da se useli u vreme kad je njegov stanodavac želeo da proda stan. Čitavog života se naporno trudila da živi sama. Želela je privatnost. Bezbednost. Želela je da joj niko ne popuje. Slobodu da stvori okruženje kakvo želi. Tek nakon što je raskinula s njim Tilda je razmotrila svoje životne izbore. Ako ćemo potpuno iskreno, u nekom krajičku srca imala je san da pronađe svoje *pleme*, kako su to nazivali na društvenim mrežama – nekog čoveka ili neke ljude s kojima će moći da deli prostor, a da se ne oseća zarobljeno, bez potrebe da postavlja pravila ili granice, bez potrebe da bude... uplašena. Poslednji put je taj prijatni osećaj pripadanja osetila kad je bila mala. Zbog toga što su roditelji često bili zauzeti poslom, posebno tokom nedelje, Tilda i njen brat su uvek jeli zajedno, igrali se zajedno... bio je samo dve godine mlađi. Spavali su u istoj sobi, pravili smešna zastrašujuća lica koristeći baterijske lampe. U njegovom društvu živela je bezbrižan život. Stvari su počele da se menjaju tokom poslednje dve godine koje je provela kod kuće, nakon tatine smrti i kad je Loganov talenat izbio na površinu, ali bili su i dalje bliski. Mama ga je upisala na fudbal, da bi ga pripremila za odlazak u lokalnu fudbalsku akademiju. Nije mogla da priča ni o čemu drugom, kao da će joj planiranje Loganove budućnosti pomoći da zaboravi snove koje je imala dok joj je muž bio živ.

Tilda je postala nevidljiva za svoju majku i pre nego što je poslata u internat, ali Logan ju je i dalje video, ili je verovala da jeste, ali nije joj se javljao nakon što je otišla.

Tildi je nedostajalo to opušteno druženje.

Zvuk povraćanja iz kupatila vratio je Tildu u sadašnjost. Sela je na gostinski krevet i oslonila bradu na ruke. Pre tri godine, za vreme tog traumatičnog događaja, u Market stritu u gradu kojeg nije želela da se seća – koji je promenio sve – Tilda je dosegla dno. Bila joj je potrebna pomoć da izađe iz ambisa.

Da li joj je to svemir tražio da se oduži? Da, to mora da je to, milo za drago, jer nemoguće je da je iskreno želela da pomogne tom neznancu, ne Tilda koja nije imala nijednog prijatelja na svetu. Prijateljstvo joj je uvek izgledalo kao velika obaveza, gušilo ju je, nakon što je bila prinuđena da živi, godinama, danonoćno, s ljudima koji joj nisu bili rođaci. A ipak je razvila iskrenu... naklonost prema svojim zaposlenima. O, oni ne bi razumeli, Tilda se ponašala strogo profesionalno, osim rođendanskih čestitki koje je slala i božićnih čokolada. Granice... granice su je činile bezbednom.

Do trenutka kad je Tilda doručkovala i oprala sudove povraćanje na spratu je prestalo. Kucnula je na vrata toaleta. Majlo je sedeo na ivici bele kade i pio vodu. Uhvatila ga je za ruku i pomogla mu da ustane, što je bolje mogla. Naslonio se na njeno rame i odvela ga je u gostinsku sobu. Tilda je pokazala na krevet, a on nije mogao da poveruje svojim očima.

– Dve noći, dok prvi udar gripa ne prođe. Imate li još odeće u rancu u prizemlju? Opraću je, i možete da je obučete kasnije.

– Ne morate da radite to. – Nestabilno se klatio.

– Stvarno? – kazala je odsečno. – Mislim da ne biste stigli do moje kapije, a dan će ponovo biti vreo. To neće pomoći vašoj povišenoj temperaturi, a napolju nećete imati gde da se sklonite.

Odmahnuo je glavom. – Ne... verujte mi. Ne zaslužujem ovo. – Reči su mu zastale u grlu. Želeo je da ode. – Ja donosim nesreću.

– Dobro je što mogu da se brinem o sebi, zar ne? – kazala je i prekrstila je ruke, nadajući se da je tačno ono što se pričalo o životinjskim instinktima i da Detol nije izuzetak koji voli užasne ljude.

Majlo je promrmljao kako želi da vidi menadžera hostela, kako bi dao svoju sobu nekom drugom, nije želeo da ostane tamo, nije to zasluživao. Visoka temperatura može da izazove halucinacije, Tilda se nadala da je to sve. Kad se vratila u kuhinju, otvorila je njegov ranac. Izvadila je jednu majicu, svetlosmeđe pantalone, stare čarape i donji veš. Jedan džemper se zaglavio i povukla ga je. Nešto metalno i četvrtasto poletelo je preko kuhinjskog stola. I jedna plastična kartica... vozačka dozvola koja je govorila da Majlo ima trideset godina, dve godine je stariji od nje. Podigla je metalni predmet. O. Bila je to uramljena fotografija. Bila je u lošem stanju, ali on je živeo na ulici. Bila je to devojčica koja je, osim riđe kose, bila pljunuti on. Majlo je imao ćerku. Izgledalo je da ima otprilike osam godina. Vratila je dozvolu i ram u ranac, pored otvorenog nesesera, i ubacila njegovo rublje u mašinu za pranje.

Sela je za kuhinjski sto. Njen raspored pranja rublja je sad narušen, njena prijatna vikend kolotečina je razbijena. Ostatak Majlove odeće, sve što je posedovao, mora da je u nekom skladištu. Pijaca u Kraučdenu se subotom otvara u devet. Mogla bi da mu kupi malo jeftine odeće. Tilda nije mogla da dozvoli da se on kreće po njenoj besprekornoj kući u prljavoj odeći.

Otišla je u dnevnu sobu i isključila televizor iz struje, uzela svoj ajped, i odnela ih u svoju spavaću sobu; i laptop, uz čitavu kolekciju DVD-ja, prvo izdanje nekog romana, sliku iz predsoblja, i zbirku starinskih šoljica za čaj. Kad je poslednji put izašla iz svoje spavaće sobe, pošto je odnela sve tamo, i stajala s torbom na ramenu, spremajući se da ode do pijace, Detol je besno grebala ispred gostinske sobe. Oznojenog čela, Tilda je pokušala da je otera, ali mačka je sedela i prkosno je gledala bademastim očima. Tilda joj je uzvratila pogled i, što ju je naljutilo, prva je trepnula. Stisnula je usne i otvorila vrata. Detol je jurnula unutra, skočila na krevet, kršeći kućna pravila. Mačka je legla kraj Majlovih grudi, pripijajući se uz njega, proučavajući ga, kao i Tilda, dok su mu se grudi dizale i spuštale uz glasan šum. Tilda je otišla do prozora i odškrinula ga, puštajući slab povetarac, a onda je navukla zavese.

Kad se spremala da ode, jedna olovka joj je privukla pažnju. Majlo ju je čvrsto držao u ruci. Namršten izraz joj je nestao s lica. Tilda je prišla krevetu i nežno ju je izvukla iz njegovih prstiju. Spustila ju je na stočić kraj njega, boreći se s porivom da pruži ruku i nežno mu skloni pramen kose s lica.

5.

Pre nego što je krenula na pijacu, Tilda je već stavila na spisak za kupovinu preparat sa cinkom, za Majla. Šejnovo zdravlje je uvek bilo sjajno, osim kad je dobio kovid. Bio je prilično živahan preko telefona, ali insistirao je da se ne viđaju deset dana. Kad su se konačno videli, on je blistao, koža mu je bila preplanula i izgledao je opušteno. Rekao je kako to pokazuje koliko je bio bolestan kad ga je poslednji put videla i Tilda je klimnula glavom, ne želeći da veruje da je bio na odmoru bez nje.

Boravak u internatu joj je oduzeo te trenutke kad bi se, kako je postajala starija, možda brinula za Logana, čak i za svoju mamu, ako bi bili bolesni, ili kućnog ljubimca da ga je imala. Dok je njen brat ostao kod kuće među prijateljima i svojim stvarima, mama je kazala kako joj je previše stresno da se istovremeno brine o dvoje dece i radi uz to. Tilda je uglavnom provodila raspuste kod bake, žene koja je retko bolovala, ako izuzmemo kijavicu – sve do trenutka kad je dobila upalu pluća. Većina učenika je izgleda volela da živi van kuće s vršnjacima, bez sumnje srećni što mogu da izbegnu takve odgovornosti. Sve što je trebalo da rade kao stanari internata, uključujući i Tildu, jeste da se brinu o sebi. Osim onog trenutka kad je zatekla svoju profesorku muzičkog, gospođicu Tejlor, ispred školske kapije kako sedi u kolima sa ugašenim motorom. Izgledalo je kao da je plakala. Tilda je tad bila u drugom razredu srednje škole i konačno je imala dovoljno samopouzdanja da se suprotstavi siledžijama, da gleda ljude u oči i razgovara s profesorima. Nežno je pokucala na prozor i gospođica Tejlor se trgla i otvorila ga. Nije bila kao ostali profesori. Primećivala je sitnice, kao što su crvene oči nakon loše noći, da sanjarenje nije uvek znak lenjosti nego služi kao neophodno bekstvo.

– Izvinite što vas uznemiravam, gospođice... Da li je sve u redu?

Gospođica Tejlor je obrisala oči. – Ništa što ne mogu da rešim, Matilda, hvala ti. – Zastala je. – Problemi s muškarcima.

– Ja nikad ne izlazim s momcima – rekla je Tilda, i dalje stidljiva s pripadnicama suprotnog pola koje nije često ni sretala.

Profesorka je prestala da plače i osmehnula se. Posao je obavljen. Mlada Tilda iskusila je redak osećaj postignuća, jer nije imala uspeha u školi, možda pomalo namerno. Zašto da se trudi? Nijedan uspeh u maminim očima ne može da se meri sa uspehom njenog sina, buduće fudbalske zvezde.

– Možda se predomisliš, u narednih nekoliko godina – kazala je gospođica Tejlor. – Ali obećaj mi nešto, kad upoznaš nekog mladića... Ne igraj kako on svira, jer kad se rastanete, nećeš znati šta da radiš. Usklađenost je prava stvar, približavanje pojedinačnih želja, različitih tonova, da bi se stvorilo nešto prilično lepo, gde svaki deo zadržava svoj karakter.

Bila je to stvar kakvu bi Tildina pokojna baka rekla; umrla je godinu dana ranije. – Da li ste vi to uradili, gospođice? I sad ne znate šta da radite?

– Da. Ljubav može da ti uradi to. Da ti ukrade nezavisnost. Recimo, on je bio opsednut vežbanjem, i toliko meseci sam se odricala čokolade kako bih se uskladila s njegovim režimom niskog unosa šećera. – Odmahnula je glavom. – Ne zaboravi, Tilda, moraš sebe da staviš na prvo mesto. Ulaziš u vezu sama... i izlaziš sama. Možeš da se osloniš samo na sebe. Nikad se ne prilagođavaj niti se skrivaj zbog nekog momka.

Nakon Šejna, Tilda je shvatila da je izgubila svoju ličnost zbog njega, usudila se da sanja kako će upoznati „Onog Pravog" iz filmova i romana, ponašajući se kao da je vredelo biti manje Tilda, a više žena koja mu stvarno odgovara. I zato je jela pileće odreske iako je mrzela njihovu teksturu i gledala je kako *Mančester junajted* igra, čekajući kraj utakmice.

Nikad više.

Kupila je profesorki muzičkog bombonjeru i dala joj je dan nakon razgovora. Godinama kasnije, dan nakon što je saznala istinu o Šejnu, i pravi razlog zbog koga ju je saletao nakon onog dana kad su prvi put razgovarali, kupila je istu bombonjeru sebi i pojela ju je ispred televizora, gledajući emisije koje je volela, u dukserici s kapuljačom koju je on nazvao neprivlačnom.

Kad se Tilda vratila s pijace, zadovoljna što je popila hladno piće, u kući je bilo tiho. Kuća nije bila uništena niti ispražnjena. Detol se pojavila u kuhinji. Hrana pre momaka, Tilda je morala da joj oda priznanje. Nakon što je nahranila Detol, Tilda je otišla na sprat, noseći u ruci jeftinu pidžamu koju je kupila na pijaci. Napunila je Majlovu čašu vodom i prodrmala ga je. Otvorio je oči. Stenjući, pokušao je da ustane. Dodala mu je čašu i dva paracetamola i tabletu cinka.

– Progutajte to – kazala je i pokazala na pidžamu na krevetu. – Obucite je, biće vam mnogo udobnije. Biću ispred i kad završite, odneću stvari koje sad imate na sebi.

– Ne razumem – promrmljao je. – Zašto radite ovo?

Nemam pojma.

– Što se pre oporavite, pre ću ponovo imati kuću samo za sebe – kazala je, i prekrstila ruke.

Tilda je odložila nedeljnu kupovinu do sutra, žrtvujući svoje uobičajeno nedeljno jutarnje plivanje u lokalnom bazenu. Majlo je prespavao ceo jučerašnji dan, nije mogao da jede sinoć, i nakon što mu je ostavila šolju čaja, provela je ostatak večeri čisteći dnevnu sobu – nakon što je Ivu poslala fotografiju fahita koje je napravila. Zamolila ga je da joj pošalje fotografiju poslednjeg dizajna na kojem je radio, ali Iv je kazao kako ne sme da rizikuje i šalje stvari preko interneta, kako fotografija nekako ne bi pala u pogrešne ruke i njegova ideja bila ukradena. Tilda je obišla Majla pre nego što je otišla tog jutra. Soba je bila zagušljiva kao sauna, dodatno je otvorila njegov prozor, udišući lubeničasti miris pokošene trave, pomešan sa izduvnim gasovima. Ljudi iz gradskog zelenila mora da su počeli rano da rade u obližnjem parku. On je hrkao i ako bude brza, neće primetiti da je izašla. Tilda je kupila supu, dezodorans za njega, žilete i četkicu za zube da zameni onu ofucanu iz njegovog nesesera. Parkirala je kola ispred kuće, na svom parking mestu. To je bio jedini dan u nedelji kad je ulazila na prednji ulaz. Kad je otvorila vrata, zvuk tekuće vode i kašljanja dopro je iz kuhinje. Ostavila je torbe u hodniku, zaključala i pohitala tamo.

Majlo je stajao, u pidžami s dugačkim nogavicama, i dalje pet--šest centimetara prekratkim.

– Samo sam došao po vodu – rekao je, promuklim glasom. – A noć je bila vlažna. Mislim da je ovaj jun topao gotovo kao prošli jul.

– Mogli ste da uradite to na spratu – rekla je i sumnjičavo ga je pogledala.

– Uvek su me učili da ne pijem vodu iz kupatila – rekao je i bojažljivo ju je pogledao.

Lice joj se opustilo. – Kako ste, sad? – Njena radnica, Ajris, preležala je grip, ali sad je dobila bronhitis, javio je maločas njen muž. Tilda joj je kupila čestitku sa željama za brzo ozdravljenje.

– I dalje me užasno boli glava, ali sve u svemu malo mi je bolje. Nemam pojma kako bih se proveo na ulici. Hvala još jednom, ja...

Pružila je ruku ka bočici paracetamola pored čajnika. – Uzmite još tableta. – Izvadila je pribor za higijenu iz jedne torbe. – Stavite ovo u svoju sobu... Mislim, u gostinsku sobu – dodala je brzo.

– Kupili ste ovo za mene?

Dodala mu je četkicu za zube. – Pa, ne mislim da Detol mnogo mari za oralnu higijenu. Dobro. Spremiću supu.

– Ne znam šta da kažem... – Ponovo se zakašljao.

– Verovatno je najbolje da ništa ne govorite – kazala je odsečno, mada joj se sviđao način na koji je govorio. Gledao ju je u oči kao da mu je važno što ga ona sluša.

Oklevao je, otišao do svog ranca, i seo na stolicu.

– Ne morate da krijete stvari – rekao je, ravnim tonom.

Tilda se ukočila. – Kako to mislite?

– Televizor iz dnevne sobe... otišao sam po svoj telefon, pao je na pod i bio je ispod sofe. Zar u hodniku nije bila jedna slika? Neću ništa da ukradem, Tilda. U stvari...

Sranje. Neprijatno. Ali zašto se onda oseća loše? – Majlo. Idite u krevet. Izgledate užasno.

– Detol mi je rekla da ste vešti s rečima – kazao je i gotovo se osmehnuo. A ona mu je gotovo uzvratila osmeh. Dodirnuo je dezodorans. – Želim... da vam platim. – Otkopčao je unutrašnji džep u rancu. – Sačuvao sam ovo, da odnesem u zalagaonicu, kako bih mogao da platim boravak u pansionu. Ali nakon svega što ste uradili za mene... zaslužili ste to. – Dodao joj je prsten.

Tilda je spustila limenku supe i sela naspram Majla. Podigla je prsten. Možda opal. Bio je beo, s prelivima ljubičaste, zlatne i svetlozelene boje.

– Oblikovan je kao zmajevo jaje – uskliknula je. – Predivno.

Majlo se razveselio. – Tako sam i mislio.

Stvarno?

– Neki tip mi ga je dao pre nekoliko dana. Prolazio je kraj mene, nehajno, sporo... kao da strepi od dolaska na odredište. Mumlao je nešto. Tresao je glavom. Zatim je hodao tamo-amo i ubacio prsten u moju šolju. Kazao je: „Ona nikad neće pristati."

– Verenički prsten – rekla je Tilda, i dalje zadivljena oblikom i bojom.

– Uplašio se, ko zna zašto. Hteo sam da mu ga vratim, za slučaj da se predomislio, ali on je odmahnuo glavom i odjurio.

– Stvarno je neverovatan – rekla je. Ali nije bio njen. Majlu je bio potreban sav novac koga može da se dokopa. A ipak, to bi bio dobar način da ga navede da ode. – Čuvaću ga za vas – rekla je i ubacila ga u džep farmerki. – Vratiću vam ga kad se oporavite. – Pokazala je na sprat. – Idite. Možda će vam sutra biti dobro. Doneću vam supu.

Nakrivio je glavu. – Zašto ste ga uporedili sa zmajevim jajetom? Mislim da većina ljudi ne bi rekla to.

Tilda je ponovo pomislila na svoju profesorku muzičkog, na Šejna, na biranje svog načina života, bez ikakvog stida. – Volim zmajeve. Uvek sam ih volela. Imam set starinskih šolja za čaj s drškama u obliku zmajeva. – Okrenula se ka staklenoj vitrini iznad sudopere. – Mislim...

Majlo je klimnuo glavom. – Sakrili ste ih od mene. U redu je. Shvatam. Nešto ste govorili?

– Bila sam opsednuta filmom *Eragon* kad sam imala deset godina, *Kako da dresirate svog zmaja* kad sam bila tinejdžerka, a uvek sam volela *Zmajevo srce*...

– A šta je s Falkorom, Srećnim Zmajem iz *Beskrajne priče*?

– Da!

– Jeste li pročitali sve knjige o *Eragonu*? Genijalne su.

– Čekajte... i vi ste ljubitelj zmajeva? – pitala je.

– Jašta. Volim fantastiku... uprkos tome što su me drugovi uvek zezali, mada su gotovo ukapirali kad je *Igra prestola* nakratko osvojila svet. *Netfliks* stalno izbacuje nešto novo. *Senka i kost, Ambrela akademija*...

– A šta je s *Rogatim dečakom*?

– Sviđa mi se. I sve knjige Nila Gejmena ili Stivena Kinga...

– Pračet, Tolkin... – dodala je.

– Ta slika koja mi je privukla pažnju... divan vrt na prvi pogled, ali u njemu su vile, zar ne? – Iznenada iscrpljen, Majlo je sedeo ćutke dok se nije ponovo zakašljao.

Dok je izlazio iz sobe, da ode u krevet na spratu, Tilda je izvadila prsten i ponovo ga pogledala. U kineskoj kulturi, zmajevi su predstavljali sreću, smatrani su prijateljskim, pozitivnim na Istoku, mudrim stvorenjima... za razliku od Zapada, gde predstavljaju zlo i razaranje. Podigla je dragi kamen i pogledala ga na sunčevoj svetlosti koja je dopirala kroz prozor, i pokušala je da dokuči koje se od dva verovanja može primeniti na Majla.

6.

Nakon vrele noći, Tilda se probudila u sedam ujutro u sredu. Pre nego što je išta uradila, proverila je *Votsap* da vidi najnovije poruke.

Izvini chére *Tilda što sam ti ovako kasno poslao fotografiju večere. Morao sam da radim da bih prepravio neki sako za svoju predstojeću reviju. Sve mora da bude kako treba, i nadam se da će ova nova kolekcija dodatno povećati moj ugled. Zato sam večerao prebranac i dvopek. Laku noć. Iv xxxxx*

Ispravila se. U sitne sate poslao je još jednu poruku.

Tilda, ma mie, *ne mogu da spavam. Kako sam se šokirao juče. Nisam želeo da se brineš zbog toga, ali ti si tako dobrodušna, tako dobar slušalac. Pozvala me je moja sestra, Beatris. Ponovo je upala u nevolju i duguje dve hiljade evra narko kartelu koji će je povrediti ako ne plati do jula. Uložio sam sve u svoju novu reviju koja će, sigurno, biti trijumf, ali u ovom trenutku, kad Beatris treba novac, nemam ni pare. Sve je uloženo u posao. Nemamo roditelje, nemamo rođake. Ja sam joj jedina nada da pronađe novac. Eh bien, ali to je moj problem. Izvini što dajem sebi oduška, ali lepo je razgovarati. Skinuti taj... kamen sa srca, kako Englezi kažu. Zagrli malu Detol od njenog prijatelja, Iva. Onaj mačak lutalica se ponovo ušunjao sinoć. Siguran sam da me je usvojio. Ja... ne znam zašto. Nisam uvek dobra osoba. Iv xxxxx*

Poslao joj je fotografiju riđe mačke koja sedi na prozorskoj dasci. Tilda je začkiljila, gledajući ulicu u pozadini, primećujući kako francuski stubovi ulične rasvete izgledaju isto kao engleski. Nazvao ju je *ma mie* i Tilda je potražila prevod. *Mie* je bila mekana, rastresita sredina hleba. Čudno. Lepo. Većina ljudi bi Tildu verovatno uporedila s tvrdom korom.

Sela je na pod, prekrštenih nogu i meditirala deset minuta. Stalno je mislila na Ivovu sestru. I ranije je pominjao Beatrisine probleme s drogom. Razmišljala je o najnovijoj poruci. Iv je bio takva mešavina glamura i jednostavnosti, samouverenosti i sumnje u sebe. Njegova dobrodušnost sijala je sa ekrana. Mogao je da postane nadmen zbog uspeha u svetu mode, ali uvek je govorio kao da je neki običan tip sa ulice. Bez sumnje, mačka iz njegovog komšiluka dobro procenjuje karaktere, kao Detol, koja nikad nije zavolela Šejna. Spustila bi uši uz glavu u retkim prilikama kad bi pokušao da je počeška po leđima.

Tilda se istuširala hladnom vodom, očešljala se, a onda obukla smeđe pantalone i sivu bluzu. Stavila je svoj omiljeni parfem. Tačno u sedam i trideset, otišla je u kuhinju. Ogorčeno mjaukanje doprlo je iz vešernice. Pustila je Detol u kuhinju i sipala joj hranu za mačke u posudu. U dvadeset do osam bilo je vreme da Tilda doručkuje, žitne pahuljice s voćem, pet polutki oraha, šakom suvog grožđa i dve supene kašike...

O. Bolje da prvo obiđe bolesnika. Detol je nestala u kuhinji, uzdignutog repa, kao da je predvodnica. Juče i prekjuče, Majlo je uglavnom bio u krevetu, mada je sad mogao da pojede više hrane i pojeo je dvopek sa supom za kuhinjskim stolom sinoć. Našalio se, ali uz tamne podočnjake i bolno grlo, reči su mu i dalje zvučale promuklo. Tilda je rekla kako bi mogao da ostane još jednu noć, iako je jedva čekala da ima kuću za sebe. Tilda je pokucala na vrata gostinske sobe i ušla. Detol je skočila na krevet. Stajala je napeto, čekajući da on reaguje, da pretpostavi da je u hostelu ili na ulici i da je napadnut. Umesto toga, pružio je ruku ka Detolinoj glavi. Majlo je zevnuo, zatvorenih očiju.

– Kako je moja najdraža devojčica? – prošaputao je.

Detol je počela da prede, kao Erta Kit koja kotrlja slovo R.

Postiđena zbog oboje, Tilda se nakašljala.

– O, nisam znao da nismo sami. – Pomerio se, sklonio kosu sa očiju i ponovo zevnuo.

– Kako ste danas?

– Grlo me ne boli i noćas gotovo da nisam kašljao.

Krenula je napred i opipala mu je čelo. – Nemate visoku temperaturu.

Izvadio je papirnu maramicu iz kutije kraj kreveta i izduvao nos. – Sad ću se istuširati, ako vam ne smeta?

– Naravno. Ostaviću vam čistu odeću... Šta biste želeli za doručak? Pre nego što odete. – Oštro ga je pogledala. – Pahuljice? Dvopek? Čaj ili sok od pomorandže?

Detol mu se popela na grudi i dodirnula mu bradu. Na trenutak je zario lice u njeno krzno. Na kraju je podigao glavu. – Mnogo sam zahvalan na svemu – rekao je, snažnim glasom. – Šta vam je najlakše. Bili ste sjajni. Hvala vam, hvala vam.

– Laskanje vam neće pomoći – kazala je oštro.

Majlo je nakrivio glavu.

– Doručak će biti na stolu za dvadeset minuta... a onda moram da krenem na posao. – Izašla je što je brže mogla i otišla u dvorište, gde je nekoliko minuta uživala u pesmi ptica, miru. Jedan kos je skakutao po travi, i nakrivio glavu, kao Majlo, osim što je to stvorenje tražilo crve. Trenuci kao što je taj mnogo su joj značili, i dok joj je jutarnje sunce grejalo lice, izgubila se u mirisima i zvucima prirode, i nakratko pobegla od očekivanja drugih ljudi. Životinje, biljke, priroda, oni su prihvatali Tildu takvu kakva je.

Na njeno iznenađenje, Majlo se pojavio dvadeset minuta kasnije, umiven, istuširan i spakovan. Ponovo se obrijao i očešljao čistu kosu. Izgledao je dobro u jeftinoj beloj majici koju mu je kupila na pijaci. Dobro u smislu čisto, zdravo... na to je Tilda mislila... ne zbog toga što je imao čvrste grudi i jaku vilicu, smeđe duboke oči koje mora da su skrivale tako mnogo priča nakon poslednjih nekoliko meseci. Namazao je komad dvopeka maslacem i stavio džem preko. Jeli su ćutke, dok je Tilda gledala svoj poslovni telefon, pregledajući poruke zaposlenih i klijenata. Odsustvo razgovora među njima delovalo je neočekivano prijatno. Kad je završio, Majlo je odgurnuo tanjir i popio kafu. Uočio je teglu kraj čajnika i pitao je može li dobiti kafu umesto čaja.

– Dobro. Polazim za minut. Hoćete li da prvo operem sudove?

To je bilo nešto novo. Šejn nikad nije ponudio to. Ne radi se o tome da je poredila Majla s bivšim dečkom, Šejn je jednostavno bio jedina osoba u ovoj kući pre njega, uopšte. Kad sad razmišlja o tome, Tildi nije jasno zašto je trpela to njegovo sebično ponašanje. Nakon raskida je shvatila da je njihova veza bila gotova nekoliko nedelja ranije, ali ona je nastavljala da igra ulogu žene s momkom, govoreći sebi da svi imaju partnera, i da nije u redu biti sâm.

Šejn ju je naterao da shvati kako je veoma pogrešno podilaziti kretenu koji je osuđivao razlike umesto da ih slavi.

– Ne, u redu je. Ja ću. Ali... hvala – odgovorila je Tilda.

– Jedno pitanje pre polaska – kazao je Majlo. – Mislim, nemam šta da izgubim njuškanjem. Nećemo se ponovo videti jer odlazim iz ove ulice, za slučaj da se one propalice vrate.

Sjajne vesti. Nisu mogle biti bolje. Poslednje što je Tildi bilo potrebno je da je on ponovo smara. Ali kako će se on snaći? Prekorila je sebe što se vezala za njega za tako kratko vreme.

– Nije vam se svidelo kad sam rekao da ste sjajni, iako ste mi ulepšali život u poslednjih nekoliko dana, i hteo sam da znate...

– Majlo. Pokušaću da vam jednostavnije objasnim... šta kod da kažete, ne možete ostati duže.

– Evo vas opet. Zašto odbijate kompliment? Šta... ko... vas je naveo da se ponašate tako?

– Nemam pojma o čemu govorite... – rekla je, a obraz joj se trznuo.

– Nemam šta da izgubim, Tilda. Izlazim iz vašeg života za deset minuta. Kažite mi... radoznao sam.

Bio je u pravu. Majlo je bio stranac, koji će uskoro otići. Čega se toliko bojala? Iskrenost će je učiniti ranjivom. On neće biti ovde da to iskoristi.

– Dobro. Onda ću ja vama postaviti jedno pitanje. Dogovoreno?

Pružio je ruku da se rukuje s njom, ali Tildine ruke su bile prekrštene na grudima. – Evo vam odgovora... Prvo, moja mama... tata je umro kad sam imala devet godina... iako nisam želela da odem, kazala je da vredi da mi plati internat jer sam „pametna i procveta-ću tamo". Godinama kasnije, shvatila sam da je laskanje bilo obično sranje da me se otarasi, kako bi mogla da se posveti mom bratu. – Tilda se cimnula kao da je probala sredstvo za čišćenje. – Drugo, moj poslednji momak. Pa, moj prvi, hoću reći. Mislim, nikad nisam izlazila ni sa kim toliko dugo. Gotovo godinu dana. Dobro. – Obra-zi su joj goreli. – Šejn mi je rekao da sam lepa. Ne pre pijanog seksa za jednu noć. Ne sledećeg jutra. Nego nekoliko dana kasnije, nakon što je otkrio nešto u mom životu što ga je zanimalo više nego ja. Nije trebalo da mu poverujem, s obzirom na to da mu je prethodna devojka bila glamurozna stjuardesa.

– Ali Tilda, vi...

– Prekinite da mi se obraćete potcenjivački – kazala je i prošla rukom kroz crnu kosu. – Znam kako izgledam. Devojke iz interna-ta su me zvale Sreda iz *Porodice Adams.*

Napaćen izraz mu se pojavio na licu. Mora da su ga grudi i dalje bolele posle višednevnog kašljanja.

– Šta je to Šejn saznao o vama?

– To su dva pitanja – oštro je rekla.

– Izvinjavam se. Trebalo je da objasnim. Moje pitanje je imalo dva dela. – Podigao je jednu obrvu, i polako ju je pomerio. U dru-gim okolnostima bi to smatrala smešnim.

– Dobro. Da moj brat profesionalno igra fudbal – *Bolton von-derersi.* Prema Šejnovim rečima, *Mančester junajted* se raspituje za njega. – Kad se setila radosti na Šejnovom licu kad je saznao za nje-nog brata, kako je bio radosniji nego ikad s Tildom, poželela je da udovolji sebi na način koji nije sebi dozvoljavala u poslednje vreme: da otera brige plesanjem, s pićem kupljenim upola cene, pre nego što ode do kioska s kebabom, a onda ode kasno na spavanje, što je bio život dvadesetogodišnjakinje kojeg se odrekla kako bi postigla svoje ciljeve.

– Opa...

– Nisam iznenađena što ste i vi zadivljeni, svi u Mančesteru piju i pišaju fudbal.

– Ne. Nisam ljubitelj fudbala, nikad nisam bio na utakmici, ali opa... taj Šejn zvuči kao pravi kreten.

Eto ga opet, Majlo ju je stvarno slušao.

– Sad je vreme za moje pitanje – rekla je. Tilda je spustila šake na sto. – Zašto sabotirate sebe?

Majlo je spustio šolju. Nije je stavio na podmetač koji mu je dala. Tilda ju je podigla i spustila na mesto.

– Ha? – kazao je, ne gledajući je u oči. – Govorite kao da sam želeo da izgubim posao, sjajan stan, niko ne bi namerno to upropastio.

– Ali evo vas. – Mahnula je rukom. – Ne kažem da ste to uradili svesno, ali sigurno znate, u izvesnom smislu, zašto niste dovoljno cenili sebe da biste zadržali te stvari.

Otvorio je usta.

– Nema vrdanja. Dogovor je dogovor.

Majlo je promucao. – Ja... uradio sam nešto loše. Davno. – Majlova stolica je zaškripala, ustao je.

– Drugi deo mog pitanja – izletelo joj je, želela je da nije, ali odlučila je da stvari među njima budu ravnopravne. – Ta uramljena fotografija u vašem rancu... ispala je kad sam vadila vašu odeću. Da li ta loša stvar koju ste uradili ima veze s vašom ćerkom?

Tilda nije videla kako Majlu zastaje dah, jer joj je telefon zazvonio i javila se.

– O, sjajno, to je sve što mi je trebalo – promumlala je kad se razgovor završio.

– Šta se dogodilo? – pitao je, malo se oporavivši, a boja mu se vratila u obraze dok se saginjao da pomazi Detol pred rastanak.

– Džez, jedna od mojih radnica, sad se *ona* razbolela od ovog letnjeg gripa. Ona i Ajris čiste veliki poslovni prostor u Stokportu svake večeri. Menjala sam Ajris dok se nije oporavila, jer je imala isti grip. Poslednja dva dana, dok ste bili ovde, ubedila sam drugu radnicu da se pridruži Džez, ali od danas više ne može. To je posao za dve osobe, i nikad neću pronaći nekog da uskoči večeras. Pretpostavljam da ću raditi dokasno. – Uzdahnula je i stavila ruku u džep farmerki. Izvadila je prsten i dala ga je Majlu. – Sad kad odlazite, biće vam potrebno ovo.

Odmahnuo je glavom. – To je za vas. Hvala vam što ste mi dozvolili da ostanem.

Svetlucave boje, oblik zmajevog jajeta, očarali su Tildu. Bilo bi lako prihvatiti Majlovu ponudu, ali to ne bi bilo pošteno. – Pročitala sam jednu knjigu. Glavna junakinja, devojka, bila je ostavljena u šumi, da umre od gladi. Pronašla je zmajevo jaje i morala je da ga pojede ili umre. Postala je besmrtna.

– *Unutrašnji zmaj?* Da, svidela mi se ta priča!

– I vi ste je pročitali?

Majlo je klimnuo glavom.

– Šta kažete na onaj obrt u zapletu na sredini knjige kad je upoznala zmaja koji je sneo to jaje – rekla je Tilda, očiju blistavih od oduševljenja. – Nisam mogla da okrećem stranice dovoljno brzo da bih saznala šta se dogodilo. Zmaj je onjušio devojku i prihvatio ju je kao jednu od svojih. Tako srceparajuća priča.

Majlo je spustio ranac. – Ta devojka je na kraju spasla jedno od zmajevih mladunaca – kao da je vratila dug. Kao što ste vi pomogli meni da se oporavim. To je obavljeno. Ali dozvolite sad meni da pomognem vama.

– Šta? – Bore su se pojavile na Tildinom čelu.

– Mogu da čistim. Ionako večeras ne radim ništa.

– Vi? Da radite uz mene? – Ali svako drugi bi rekao da je on bio gotovo neznanac. Neznanac koji je proveo pet noći u njenoj kući.

– Zašto da ne? Onda ću otići ujutro. Samo ću vas zamoliti za još jedno tuširanje i doručak. – Izvadio je svoj telefon. – Danas imam priliku da zakažem razgovor za posao sutra, gde mogu da se pojavim istuširan i obrijan, i u ovoj novoj odeći koju ste mi dali, pre nego što postane ofucana i prljava. – Podigao je Detol i pomilovao ju je po glavi. – I obećavam da neću pominjati vašeg brata.

Detol je ležala na njegovom krilu i okrenula mu je stomak za češkanje. Stomak je mačkin najosetljiviji deo, a ona je bila spremna da ga izloži Majlu.

– Dobro... ali biće mi potreban broj noćnog kluba u kojem ste radili. Pozvaću ih i raspitati se za vas. – Ili razgovarati s Majlovim šefom i proveriti razlog zbog koga je otišao; da upozna čoveka koji je želeo da ostane u njenoj kući još dvadeset četiri sata. Tilda je uvek proveravala prostorije novih klijenata, da bi zaštitila svoje osoblje od rizika. Provera Majlove prošlosti, da bi sebe zaštitila od rizika, nije se razlikovala.

– Da pozovete mog poslednjeg poslodavca? Dobro. Naravno. – Vrat mu se zacrveneo, kao da ponovo ima visoku temperaturu.

– Ako iskrsne u razgovoru, smem li da pomenem vašu trenutnu situaciju?

Majlo je protrljao čelo. – Stvarno mislite na sve, zar ne? Da. Pretpostavljam. Sve dok imate u vidu... Bio sam pomalo sluđen kad sam otišao. Izneverio sam svog šefa, priznajem. Ali radio sam tamo četiri godine, od barmena do menadžera.

Pružila je ruku da uzme beležnicu i olovku sa stola, i gurnula ih je prema njemu, ignorišući iznenadan poriv da mu stegne šaku – znak pažnje nekog ko je jednom takođe pao na dno, i razume izazove koji se javljaju kad pokušaš da se vratiš na pravi put.

– Zove se *Šejkers*. U Vilmslouu. – Nažvrljao je broj telefona.

– Vilmslou? Vrlo lepo.

– Naravno, skup kraj, fensi automobili i izbeljeni zubi. Otmeni butici i sjajan park. Da nisam dobio smeštaj iznad noćnog kluba, nikad ne bih mogao da priuštim da živim tamo. Taj fenseraj je olakšavao posao. Meštani su se više brinuli za to kako izgledaju, pa nisu često upadali u tuče. Uprkos ponekoj pompeznoj budali koja traži opskurne dodatke uz piće, poput jestivog cveća, bili su učtivi i uglavnom vedro raspoloženi.

Privukla je beležnicu k sebi i pomerala ju je levo-desno, dok nije stajala potpuno pravo ispred nje. – Još nešto. Morate obećati da mi više nećete davati komplimente.

Majlo se osmehnuo. – Dogovoreno. Tako samouverenoj, uspešnoj osobi kao što ste vi oni ionako nisu potrebni.

7.

Tilda je predložila da Majlo ode u dnevnu sobu i popuni prijavu za posao. Detol je krenula za njim. Zatvorila je kuhinjska vrata i pokupila sudove, obrisala sto i izvadila dve smrznute večere iz zamrzivača, za večeras kad se budu vratili. Tilda je stalno kuvala ista jela i držala se toga. Sredom je na meniju bila pita s mesom. Nakon što je isterala jednu muvu iz vešernice, u vrt prepun pčela i crvenih leptira koji su zujali i lepršali, sela je za sto, ispred laptopa i pozvala broj *Šejkersa*. Neki konobar se javio i spojio Tildu s vlasnikom koji se predstavio kao Kofi.

– Zdravo. Zovem se Tilda Rajt. Zovem zbog Majla... – Tilda je prislonila olovku na beležnicu. Mrzela je da bude nepripremljena i trudila se da se seti njegove vozačke dozvole koju je nakratko videla... da, to je to: – Majla Kembela. Vlasnica sam firme za čišćenje, a on mi... pomaže. Ovo nije uobičajena procedura, ali u stisci sam s vremenom. Možete li mi dati verbalnu preporuku?

– Majlo? Pronašao je posao? – Olakšanje se začulo s druge strane veze.

– Otprilike. Večeras će mu biti prva smena. Bio je bolestan, znate, i...

Taj čovek nije govorio na tren. – Da li ga dobro poznajete?

– Ne. Mislim... ja... komplikovano je.

– Dobro. Da li i dalje živi u Vilmslouu?

I Kofi i Tilda su izbegavali očigledno. To nije ličilo na Tildu, koja je bila iskrena i kad je bila dete, govorila je mami koliko je loše u internatu... ili je makar pokušavala, uprkos spoznaji da ona ne shvata ćerku ozbiljno i da će reći kako Tilda treba da bude zahvalna na prilici koju njena majka nije imala. Na kraju je odustala. Tata bi je saslušao, naterao bi i mamu da sluša. Tih godina je bila izuzetno usamljena.

Tilda se nakašljala. – Majlo je bio beskućnik, ali boravio je kod mene u Kraučdenu kad je imao grip. Da li je pouzdan?

Kofi je tiho zazviždao. – Jadnik. Poslednje što sam čuo je da je spavao na sofi kod ortaka, a jedan od njih je bio u Redišu. Majlo je dobar momak. Ima neke probleme i pokušao sam da mu pružim potrebnu podršku, ali na kraju, nije mu bilo pomoći. Sve se dogodilo tako brzo.

– Možete li biti određeniji? – pitala je.

Ćutanje na drugoj strani veze. – Nije mi prijatno da pričam o tome. To je lična stvar i nema veze s čovekom koji mi je postao drag i kome sam verovao. Samo kažem da je, kad je u punoj formi, Majlo sjajan zaposleni i bio je takav gotovo četiri godine. Dolazio je na vreme, čistio je toalete ako bi neko povratio, radnici su se osećali kao porodica. Međutim, tokom poslednjeg meseca s nama, sve se raspalo i morao sam da ga otpustim... najviše za njegovo dobro. – Zaćutao je. Tilda nije govorila, slušala je pažljivo. – Začudo, to je počelo kad je gledao neki šou za talente na televiziji i... Ne razumem šta se dogodilo, ali ako iko zaslužuje drugu priliku, to je on. – Neki glas je viknuo iz pozadine. – Dolazim! – odgovorio je Kofi. – Izvinite. Moram da idem. Prokleta mašina za pranje rublja ponovo curi. Majlo je uvek znao kako da je popravi. Pozdravite ga. – Prekinuo je vezu.

Taj Kofi je i dalje verovao u Majla, iako ga je otpustio.

Kuhinjska vrata su se otvorila. Majlo je izgledao bojažljivo. – Žao mi je što pitam, ali smem li da napravim sebi kafu? Pravi je luksuz kad ti je sve nadohvat ruke. Želim da iskoristim to najviše što mogu pre nego što odem sutra.

– Naravno. – Iako nije pila kafu, Tilda je imala kafu i šećer za goste koje nikad nije pozivala.

Protresao je čajnik. – Zeleni čaj za vas?

– Hvala. – Šejn nikad nije zapamtio to. Na kraju je odustala i na silu je pila kafu s mlekom koju je naručivao za nju kad su izlazili.

– Upravo sam razgovarala s Kofijem – kazala je.

Majlo se zagledao u frižider.

– Pohvalio vas je. Nije rekao zašto ste otišli, samo je pomenuo neki šou za talente na televiziji... – Majlo se trgnuo kad je otvorio vrata frižidera. – ... kazao je da se sve raspalo nakon toga.

Majlo se naglo okrenuo, kao da je već popio previše kofeina. – Dobro. Svaka čast za otvorenost. Kofi je bio sjajan poslodavac i nije me osuđivao. Kad su stvari postale... izazovne, dao je sve od sebe da me urazumi.

– Ali to ne može tako. *Vi* morate želeti da uložite napor.

Radoznalo ju je pogledao.

– Pričala sam vam o svojim roditeljima i školi – kazala je. – Niko drugi mi nije pomogao da učinim nešto od svog života.

– Ko vam je onda pomogao?

– Bolje je reći *šta*. Doživela sam... – Nije pričala o tome, čak ni Šejnu. Ali Majlo neće ostati u njenom životu, samo je prolaznik, i mora da joj je zato bilo tako lako da razgovara s njim... – traumatičan susret sa smrću zbog koga sam počela drugačije da gledam na svoj život.

Majlo je slušao svaku reč.

– Sve dotad sam prihvatala povremene poslove, delimično da teram inat mami. Jednom je došlo do kritične situacije. Telefonski poziv preko *Fejsbuka*, nisam joj dala svoju adresu niti telefonski broj. Zamolila me je da dođem kući za svoj dvadeset prvi rođendan, Logan nije mogao da dođe. Nadala sam se da će se ponašati drugačije prema meni, da ćemo se upoznati kao odrasle osobe, i da nećemo razgovarati o petogodišnjim planovima i ambicijama. Ali nakon ručka koji je poručila iz restorana – morski plodovi, njena omiljena hrana – mama je stalno zaboravljala da ih ja ne volim – kazala je da me nije poslala u skupu školu da bih radila kao čistačica. – Tilda se nakašljala. – Izvinite. Blebećem.

– Ne... nastavite – rekao je.

– Mama nije htela da promeni svoj nepovoljan pogled na posao koji sam izabrala, i zato sam pomenula njene laži, rekla sam joj da je posao nevažan jer znam da je jedini razlog zbog koga me je poslala u internat to da može da se usredsredi na Logana. Otad nismo razgovarale. – Tilda je spustila telefon. – U svakom slučaju, zamalo nesreća koju sam imala donela mi je saznanje da se, zapravo, vrlo ponosim time što čistim i da volim fleksibilnost i rad na različitim lokacijama, i da život ne služi da bi se inatio s ljudima koji su te povredili. Služi da bi živeo najbolje što možeš, *u inat* njima. Tad sam osnovala svoju firmu.

– Uradili ste to sami, bez podrške prijatelja?

– Postala sam usamljenica u pubertetu. To mi je olakšalo život. Valjda sam upala u kolotečinu i to mi sad ne smeta. – Tilda je osetila kako se otvara sve više. Da li je to zbog toga što je Majlo izgubio sve i nije imala osećaj da mora da ga zadivi? Gledala je njegovo lice, pažnju koju joj je posvećivao, bez prekidanja, prezrivih osmeha ili zevanja. Ne, bilo je to nešto više od toga.

Udahnula je miris kafe, udahnula je različitost, i onda joj je sinulo: Tildi će nedostajati prisustvo ovog muškarca koji je došao u njen život... Ili koga joj je dovela jedna mačka.

– Drugovi su meni spasli život u prethodnih nekoliko meseci – rekao je. – Čak i kad sam video da sam ostao predugo na njihovim sofama, uvek su pokušavali da me ubede da ostanem.

– Ali odabrali ste da odete.

– Prijatelji ne iskorišćavaju jedni druge. Zato ću rado otići sad ako ne želite da vam pomažem večeras.

– Sad smo prijatelji? – Tilda ga je zadirkivala, iznenađena time.

– U mom svetu... da.

Glupost, to što je rekao ne bi smelo da znači toliko koliko je značilo. Možda je zato nastavila da se dopisuje sa Ivom, koji ju je nazivao karfiolom i slao joj poljupce... bilo kakva bliskost joj je delovala čudno, ali primamljivo.

– Krećemo u pet – kazala je i ponovo uzela telefon, baveći se čitanjem imejlova. – Treba da stignemo tamo oko šest, a posao će trajati oko dva sata, ako oboje budemo radili. Vratićemo se do devet, na večeru.

Kad je uključio ketler, Majlo je seo za sto. – Hvala, Tilda. Prošlo je neko vreme otkako nisam imao izlazak. – Oči su mu zablistale.

Tilda je naterala sebe da ode na mnoge izlaske prošle godine, nakon Šejna, obično u pabove i restorane. Osim sastanaka sa Ivom. Oni su bili samo onlajn. Nije joj juče pisao, što je bilo neobično. Proverila je *Votsap* jutros i ponovo sad.

Chére Tilda, izvini što se nisam javio sinoć. Stvarno sam zabrinut za sestru. Pokušavam da pozajmim dve hiljade evra od nekog pouzdanog. Moći ću da vratim s kamatom narednog meseca, nakon modne revije. U svakom slučaju, dosta o meni, mon rayon de soleil. *Evo fotografije moje riđe prijateljice. Nisam znao da mačke vole ljusku od krompira.*

Iv xxxxx

Tilda se osmehnula fotografiji mačke, na kuhinjskom pultu, koja jede ostatke od hrane. Primerak *Tajmsa* nalazio se kraj nje. To bi objasnilo zašto je Ivov engleski tako dobar. Na *Guglu* je potražila *mon rayon de soleil...* Iv ju je nazvao sunčevim zrakom. Tilda je podigla pogled i Majlo ju je pažljivo posmatrao. Pocrvenela je i spustila telefon.

– Još više vremena je prošlo otkako sam imao sastanak za Dan zaljubljenih – rekao je. – Ne žalim se, pričam o pritisku. – Sunčevi zraci koji su prolazili kroz prozor plesali su u njegovim očima. – Kladim se da imate neke žive uspomene na prethodne momke. Hajde, recite. Najgori sastanak za Dan zaljubljenih. Da uporedimo.

– Nisam sigurna da ih je bilo tako mnogo. Često sam samo večerala sama kod kuće.

Podigao je obrve. – Iznenađen sam. Dobro. Prvi sastanci, uopšteno.

Sastanci na kojima je bila u prethodnih nekoliko meseci bili su brojniji nego oni koje je imala dotad. Tilda se namrštila. – Moram li?

Majlovo lice se ozarilo kad se nasmejao, i izgledao je potpuno drugačije od muškarca koga je zatekla prebijenog na ulici. Osećala se dobro, na neuobičajen način.

Prošla je kroz neprijatne uspomene i noći kad je odlazila kući razočarana. – Ovaj je nepobediv. Moj momak je poveo roditelje. Nikad nije imao dužu vezu. Sanjao je da izađe učetvoro s njima.

– Bože, e to znači podići lestvicu – rekao je Majlo i prasnuo u smeh. Prijatan i srdačan, njegov smeh se odbijao od zidova, stvarajući energiju u kakvoj Tilda dugo nije uživala. I ona se nasmejala. Bilo je dobro šaliti se s nesrećama koje su je zadesile na izlascima, tokom poslednje godine.

– Dobro – kazao je. – Na jednom od mojih sastanaka, moja devojka se zapalila. Nagnula se da kaže nešto i zapalila kosu svećom.

– Opa. Da li je bila dobro?

– Nakon što sam je polio čašom vode da ugasim vatru.

– Niste valjda! Zar to nije bilo pomalo drastično?

Glas mu je zadrhtao. – Verovatno jeste ali… izneverio sam nekog ranije – to je ona loša stvar koju sam pomenuo – koja se dogodila zbog mene. Otad sam rešen da niko ne bude povređen, ne dok sam ja prisutan. – Tilda je osetila stezanje u grudima, a on je ustao i spremio napitke, a onda ponovo seo.

– Ponovo je red na mene – kazala je, radujući se nastavku razgovora. – Jedan momak je zapalio nekoliko minuta pre nego što je stigao račun. Cela priča: pre šest meseci, zaposlila sam novu čistačicu, koja je odmah rekla kako bih ja bila idealna devojka za njenog brata. Nije odustajala. Naravno, nisam htela da imam nikakve lične odnose sa zaposlenima niti njihovim porodicama, ali odlučila sam da nemam šta da izgubim ako ga upoznam. Ispostavilo se da sam imala. Cenu njegove hrane. Bio je računovođa. Trebalo je da pretpostavim da će iskoristiti priliku da uštedi novac.

– Kakav gubitnik… ali ja imam nešto bolje. Jedna devojka je naručila salatu, ali onda je pojela moj pomfrit.

– Neoprostivo – kazala je ozbiljno Tilda, kikoćući se u sebi. Na trenutak je zaboravila da je Majlo beskućnik, da spava na ulici. Bog zna da je pre tri godine njen život bio u velikoj krizi, Tilda je mogla da greje trotoare, a zaposleni, produktivni Majlo mogao je da prolazi kraj nje. Mislila je o tome prethodnih nekoliko dana. To što je Majlu sreća okrenula leđa ne znači da je on nekakav nevaljalac.

– Drugi tip je otišao u toalet usred večere i nije se vratio. Kasnije mi je poslao poruku da sam ćutljivija uživo nego onlajn.

– Još jedan gubitnik. – Majlo je odmahnuo glavom.

– Delimično shvatam to. To nije nešto što bih ja uradila, ali pretpostavljam da nema svrhe izlaziti s nekim ako ne funkcioniše.

– I te kako ima svrhe – rekao je Majlo, crvenog lica. – Šta je s lepim ponašanjem i uvažavanjem druge osobe? Naravno da neće svaki prvi sastanak biti savršen, to je očekivano, ali ne možeš da ustaneš i odeš bez pozdrava. Zaslužuješ bolje od toga.

Tilda se promeškoljila na stolici i malo uspravila. Šejn se uvek žalio da ona ne govori dovoljno, da više voli da čita ili gleda fantastične serije, ili da kuva. Stoga je radila ono što svaka žena u dvadeset prvom veku treba da radi – dobro, ona koja ne razgovara s majkom, nema sestru, najbolju prijateljicu, pravu ili kompjuterski stvorenu – i potražila je na *Guglu* zašto bi to moglo da mu smeta. Savet sa ekrana bio je da njen partner traži ohrabrenje i oseća se nedovoljno cenjeno. Uvek je pitala Šejna kako je proveo dan, ali pojačala je te napore, iako je njegov posao prodavca nije zanimao. Tilda je pitala za njegove kolege, hvalila mu odeću i zahvaljivala mu se u retkim prilikama kad je vikendom pravio doručak. Izgledalo je da deluje, sve dok to nije samo naglasilo koliko su različiti. Šejn jedva da je nju ikada pitao za njen posao ili hobije. Onog dana kad ju je ostavio Šejn je Tildu nazvao dosadnom. Stajala je kraj frižidera, nameravala je da napravi omlet, i odbila je, otvoreno, po milioniti put, da pozove Logana. Šejn je prezrivo rekao da je jedino zanimljivo kod Tilde to što ima brata fudbalera, da se zato što vodi svoju firmu ponaša kao četrdesetogodišnjakinja, ne dvadesetogodišnjakinja, ide rano na spavanje, nikad nije bila mamurna. Nikad mu se nije sviđalo što zarađuje više od njega, iako je jedne večeri on bio taj koji je to pitao i insistirao da mu odgovori. Durio se ostatak večeri.

– Bilo je izlazaka suviše beznačajnih da bi bili zapamćeni – nastavila je – i tu su i sve subote uveče kad sam ostala kod kuće. Mada se ne žalim. Volim svoju firmu. Svoj prostor.

Nije mu ispričala za svog francuskog prijatelja i kako se njen obožavalac nadao da će on izmeniti njenu situaciju.

– Ja ne – rekao je Majlo. – Ne volim da budem ostavljen s previše slobodnog vremena za razmišljanje. – Neka senka mu je prešla preko lica.

– Da li to ima veze s vašom ćerkom? – pitala je nežno. – Smem li da ponovo vidim njenu fotografiju? Baš je slatka.

Majlo je odgurnuo šolju s kafom i ustao. – Ja... predomislio sam se. Ovo je bila greška, Tilda. Bolje mi je na ulici.

Ustala je dok je on pregledao svoj ranac, i otišao u vešernicu da uzme svoju vreću za spavanje. Ramena su mu izgledala napeto, vilice su mu bile stisnute, a oči bez osmeha koji su malopre podelili. Gotovo neprimetno, izgledalo je kao da gleda u ogledalo pre godinu dana i Tilda je stavila ruku na usta.

On štiti sebe.

Da.

Od istine.

Od svoje istine, kakva god da je.

Kao i Tilda nekad, pre nesreće koja joj je razbistrila um. Kao što je otkrila, možeš da bežiš koliko god želiš, ali to samo znači da se očaj nikad neće okončati. O, nikad neće zaboraviti mamino odbijanje, nikad neće zaboraviti što je morala da se odvoji od brata, ali Tilda je sad imala svoje korenje, posao koji je volela – smisao koji je promenio sve.

Misli su joj se kovitlale u glavi dok je Majlo vezivao pertle. Ne može. Može. Ne bi trebao.

Trebalo bi.

Otišao je do sporednog ulaza i osvrnuo se. Tilda je krenula za njim do vešernice. Pružila je ruku i on je krenuo da se rukuje s njom. Umesto toga, čvrsto ga je uhvatila za prste i povukla natrag u kuhinju.

– Ne. Nećete pobeći. Više ne. Ne ako se ja nešto pitam. Ako budete dobro radili večeras, primiću vas na određeno vreme, makar dok mi se osoblje ne vrati s bolovanja. Zadržaću pola vaše zarade za troškove hrane i stanovanja. I određujem kućni red.

– Šta? Ali vi... ne poznajete me – promucao je Majlo.

Knedla joj se stvorila u grlu. Poznavala ga je. Bolje nego što je mogao da zamisli.

– Uradio sam nešto užasno – nastavio je. – Ne zaslužujem ovo.

– Prvo pravilo – rekla je kao da ga nije čula. – Morate da se usredsredite na posao iz snova, na budućnost koju želite da izgradite. Drugo pravilo, ne smete da hodate po kući u cipelama.

Gledao ju je nekoliko trenutaka, pa obrisao nos rukavom pre nego što mu je tih jecaj napustio usne. Majlo se sagnuo da odveže pertle, ohrabren time što mu je Detol glavom dodirivala gležnjeve.

8.

KUĆNI RED

Nema cipela u kući.
Doručak u 7.40
Raspored večernjih obroka:
Subota – fahite
Nedelja – pečena piletina
Ponedeljak – kiš i salata
Utorak – rižoto
Sreda – pita s mesom
Četvrtak – goveđi gulaš
Petak – riba i krompir
Svako pere svoje rublje – ja subotom ujutro, vi nedeljom popodne,
dok sam ja u nedeljnoj kupovini
Ne ostavljajte svoje stvari po kući
Svetla se gase u 23.30
Ja hranim Detol
Kažite ako vam nešto smeta
NI U KOM SLUČAJU ne ulazite u moju spavaću sobu

Dok je sedela u vozu na povratku iz Stokporta te noći, Tilda je imejlom poslala spisak Majlu, uredno formatiran. Bio je potišten, ali pokazalo se da je vrlo vešt čistač. Veliki poslovni prostor bio je prekriven tepihom, tako da je trebalo usisati, a sobu za osoblje je trebalo detaljno očistiti svake večeri, nakon čitavog dana prosipanja kafe i obroka podgrejanih u mikrotalasnoj, mrvica sendviča i čipsa koje zapadaju iza fotelja. Majlo je rado očistio toalete, četiri kabine su blistale kad je završio. Oprao je i ogledala, dopunio posude za tečni sapun, što nisu radili svi ljudi koje je Tilda tek zaposlila. Zato je, bez obzira na preporuke, uvek pregledala njihov prvi posao, i kasnije im davala zapažanja u pisanom obliku. Oboje su obrisali prašinu s radnih pultova, ispraznili kante za smeće, a Tilda se posebno potrudila da obriše te rezervoare bakterija, tastature. Majlo je odneo sve bačene papirne šolje za kafu i ispravio gomile dokumenata. Kad su završili, Tilda je stavila ruke na kukove, dok joj se znoj slivao niz leđa, želeći da na sebi ima šorts umesto pantalona i tamnoplave kecelje s logom *Rajt čišćenje*, i udahnula je miris sredstva za dezinfekciju kao da stoji usred cvetne livade.

Voz je prošao kroz jednu stanicu, na peronu su bile devojke koje su se spremale za devojačko veče, bez sumnje u Mančesteru, a sve su bile odevene u letnju odeću u Barbi fazonu, što je verovatno bilo podsećanje na prošlogodišnji uspešni film. Majlov telefon je zavibrirao i on je dodirnuo ekran.

– *Bili* ste vrlo ozbiljni u vezi s pravilima – kazao je.

– Naravno. Red i kolotečina, to je jedini način da se nosite sa životom ako imate svoju firmu.

– Da... – kazao je nesigurno, i pogledao je tekst. – Doručkujete svakog dana u isto vreme, čak i vikendom?

Tilda je samo klimnula glavom. Nakon raskida sa Šejnom donela je odluku da se nikad ne pravda zbog onog što radi, da ne objašnjava svoje navike. Da bude više kao draga baba, koja je bez stida uživala u svojoj posebnosti. Bila je udovica godinama i živela je u Londonu, imala je mnogo prijatelja i život koji se mami nije sviđao, s gledanjem u tarot karte i spiritističkim seansama. Takođe je pisala ljubavne romane, što Tildina majka nikad nije shvatala ozbiljno. Međutim, tata se ponosio bakom i podržavao je njenu karijeru i oštro je gledao mamu ako bi rekla nešto sarkastično. Odrastanje s roditeljem koji je uspešno pisao o ljubavi sigurno je oblikovalo tatu u ljubaznog, velikodušnog čoveka. Kako je samo baka bila živopisna osoba, sa svojim šalovima i kaftanima, pripovedanjem i komplimentima na račun domaćih zadataka iz engleskog. Tildin deda je radio u banci, kao mama i tata, ali njena baba je dobro zarađivala od pisanja i, na kraju, isto koliko i njen muž. Uprkos tome, Tildina majka je koristila svaku priliku da govori kako je njeno pisanje hobi, ne mogavši da shvati karijeru koja nije zahtevala formalno obrazovanje.

– Zar vam se nikad ne smuči taj plan ishrane? Nema spontane pice ili testenine?

– Kuvam veće količine. Sve je zamrznuto i spremno, osim vikend obroka, fahita i pečene piletine. To znači da ne moram da gubim vreme smišljajući svake večeri šta ću jesti.

Nastavio je da gleda spisak i oči su mu zasijale, a usta se izvila.
– Policijski čas?

– Moram da se naspavam. Ako to ne uradim, sve će se raspasti. Gašenje svetla mi je vrlo važno.

– Ne želite da hranim Detol?

– Ne želim da se ugoji. Veterinar je skup.

– Shvatam. – Ponovo je pogledao ekran. – Treba da kažem ako mi nešto smeta?

– Da. To je tatina mantra. Bio je vrlo pravičan kad god bih se na nešto požalila, i objašnjavao mi je zašto, na primer, moram rano da odem na spavanje, ali povremeno bi ubedio mamu kako je u redu da dozvoli meni i Loganu da ostanemo duže vikendom. Nakon što je umro... on... imao je rak... brzo je umro. – Tilda je zaćutala.

– Žao mi je zbog toga – kazao je nežno Majlo.

– Pokušala sam da razgovaram s mamom, ali nikad me nije slušala. Pokušala sam i s Loganom, bili smo bliski kao deca, ali često su se retki raspusti koje smo provodili zajedno završavali svađama. Oboje smo bili tinejdžeri, možda je to razlog. Na kraju sam odustala. Ništa se neće promeniti kod njih. Međutim, sve to me je ostavilo u uverenju, jačem nego ikad, da probleme treba izneti na videlo, inače se situacija pogoršava i ništa se ne menja. Jasno sam to stavila do znanja svakom čistaču kojeg sam zaposlila, i mislim da je zato komunikacija dobra. To znači da mi je lakše da razgovaram s njima o primedbama klijenata i obrnuto, ako oni nisu zadovoljni poslom ili mojim upravljanjem.

Majlo je odmahnuo glavom. – Vaš život je tako... sređen, Tilda. Toliko ste posvećeni tome, tako ispravno živite. Sušta suprotnost mom životu. Ali... zar nikad ne poželite da izađete iz kolotečine? Da ostanete duže budni u petak uveče? Da ostavite prljave sudove do jutra?

– Ne. Meditiram. Trčim. Kuvam sve sama. Trudim se da mi svakodnevni život bude jednostavan. Imam dovoljno problema na poslu.

– Vaša spavaća soba... – pogledao ju je. – Tilda, nikad ne bih ušao tamo bez dozvole. Ionako je zaključana, zar ne?

– Drago mi je što to čujem – kazala je, namrštenog lica.

Tilda je skrenula pogled, prema prozoru, i videla je Majlov odraz i način na koji ju je gledao. Nije ga se ticalo zašto su stvari u njenoj sobi toliko privatne. Razgovor je usahnuo dok se nisu vratili do njene kuće. Detol ih je pozdravila, ili je pozdravila Majla, skačući mu u krilo čim je seo za kuhinjski sto. Tilda im je spremila po veliku čašu razblaženog voćnog sirupa i oboje su iskapili svoje piće.

– Da li biste voleli da jedemo napolju? – pitala je. – Veče je lepo. Imam dve stolice i stočić u šupi. Baterijska lampa se nalazi u kredencu, desno od šporeta.

– Rado – odgovorio je Majlo i uzeo baterijsku lampu pre nego što je izašao u dvorište. Vratio se nekoliko minuta kasnije. – Jeste li sigurni da vam ne treba pomoć? – pitao je dok je Tilda podgrevala pitu s mesom i kuvala smrznuto povrće.

– Sve je gotovo – odgovorila je i dodala mu tanjir. Krenuli su napolje, u mrak, i seli na stolice. Jasmin koji je rastao kraj ograde počeo je da cveta pre neki dan, dajući zadnjem dvorištu posebnu lepotu svojim nežnim, bledoružičastim laticama. Tilda je imala običaj da stavlja velike količine bakinog omiljenog parfema od jasmina. Baka je počela da se bavi slikanjem nakon odlaska u penziju, i kad im je bila u poseti, nedugo pre njenog odlaska u internat, donela je dva kompleta vodenih bojica za oboje dece, planirajući da provede jutro u slikanju s njima. Međutim, mama je rekla da će napraviti previše nereda. Noć uoči bakinog odlaska, Tilda i Logan su, sedeći na stepenicama, u mraku, čuli kako se njih dve svađaju. Baba je rekla da *oboje* dece treba da žive kod kuće i idu u lokalnu školu. Mama ju je nazvala hipikom, onim njenim glasom kada se pretvara da se šali, i kazala joj je da je se to ne tiče. Baka je rekla nešto o ostavštini i tome da neće koristiti njen novac za školarinu. Baka mora da je htela da se pobrine da Tilda i Logan imaju svoj novac, da urade ono što žele. Tilda je pogledala po dvorištu, u mislima se zahvaljujući baki na novcu koji joj je pomogao da kupi prvu kuću.

– Možda biste mogli da operete sudove posle? – kazala je Majlu.

– Želim da pogledam oglase na *Fejsbuku.*

– Tilda! Gotovo je devet sati. Kad se odmarate?

– Kad čitam. Kad gledam televiziju. Ali uvek radim. Nemam na koga da se oslonim. Moram da obezbedim pristojnu penziju, iako je dovoljno teško plaćati visoke hipoteke. Uvek postoji potreba da radim više, da radim duže. Ne smeta mi jer ulažem u sebe, ne u nekog šefa koji isplaćuje radnicima minimalac. – Oboje su zagrizli pitu s mesom. Majlo je zastenjao od zadovoljstva kad ju je probao. Šejn je uvek komplikovao životna zadovoljstva. Šetnja u parku morala je da bude ispunjen selfijima, odlazak u kafić uključivao je sirupe i čokoladne mrvice. – A što se tiče pravila, možda nisam napisala to, ali nisam se šalila kad sam kazala da je najvažnije da planirate svoju budućnost. Želite li da nastavite da radite u noćnim klubovima?

Slegnuo je ramenima. Jeli su ćutke, dok se Detol protezala na travnjaku, pokazujući svoje predivne pruge. Glasni povici začuli su se kraj visoke ograde i kapije na drugom kraju, i videli su grupu mladića u fudbalskim dresovima i farmerkama, kose ulepljene gelom i s metalnim vojničkim ogrlicama oko vrata.

– Kad sam gotovo fatalno stradala pre tri godine, to me je nateralo da preispitam stvari – rekla je Tilda. – Morala sam iz korena da promenim život... zbog sebe, ni zbog koga drugog.

– Ja ne zaslužujem srećnu budućnost – promumlao je.

– Zašto ne? – Tilda se nagnula napred. – Prekinite da bežite, Majlo. Suočite se s problemima.

Napućio je usne. – Šta vi znate o suočavanju s greškama? Vi ste bili osoba kojoj je porodica nanela nepravdu, oni su pravili greške. Razumljivo je da vam je život postao težak, ali čak i tad ste uspeli da se iščupate. Nisam kao vi, Tilda. – Spustio je tanjir i ustao. Detol se izazovno protegla, a on je legao na travu i češkao mački uši. – Imali ste nesreću, Tilda, niko nije kriv za to. A ja sam odgovoran za ono što se dogodilo u mom životu, što me je dovelo do gubitka posla, do čitave ove zbrke.

– Zbog čega vas je Kofi otpustio? – Tilda se nagnula napred. – Ispričajte mi, Majlo.

– Vi se baš ne ustručavate, zar ne?

Tilda nije ni trepnula.

Seo je i prekrstio noge, a onda uzeo dugu vlat trave i počeo da je žvaće. – Postao sam nepouzdan. Mogli su da mu zatvore lokal zbog mene. Točio sam alkohol maloletnicima i bio drzak prema stalnim mušterijama. Zaboravljao sam da zaključam, i gotovo sam se potukao.

– Ali zašto? – bila je uporna. – Da li ste imali nervni slom? Da li je zato Kofi pun razumevanja? Kakve veze televizijski talent šou ima s tim?

– Radije ne bih o tome, ako vam ne smeta. To je sad gotovo...

Ustala je i otišla u kuću da donese laptop, i vratila se nekoliko minuta kasnije.

– Jeste li sigurni da želite da ostanem? – promumlao je kad se vratila. – Samo vam stvaram probleme.

– Opa. Baš sažaljevate sebe – kazala je. – To vam neće pomoći.

Ustao je. – Ne mogu da se merim s vama, s vašim savršenim životom i profesionalnim uspehom, vi ste žena koja je pobedonosno izašla iz nevolja...

– Govorite kao da mi je život bio lak. I ja sam imala periode kad sam sažaljevala sebe, tokom puberteta i oko dvadesete godine. Kakvo gubljenje vremena.

Majlo je stisnuo vilice, prošao kraj nje, i otvorio vrata uz škripu.

– Možda vidim sebe u vama – promrmljala je.

Koraci su se vratili. Stao je ispred nje. – Sumnjam u to.

– Zašto?

– Vi i ja nemamo *ništa* zajedničko.

– Iskušajte me. Hajde. Iskreno mi kažite zašto vam se život raspao. Dokažite da grešim – kazala je, čikajući ga.

Majlo je stisnuo pesnice. – Dobro. – Duboko je udahnuo. – Imao sam problem sa alkoholom. Čitavog života.

Tilda nije ni trepnula.

– Nisam pio pet godina, ali bio sam tako blizu kad sam... kad je ta televizijska emisija počela da mi budi užasne uspomene. Zato je sve krenulo loše u klubu. Haos se vratio. Kao da sam bio pijan bez alkohola, ta sebična, zavisnička ličnost me je obuzela, iako nisam ni liznuo alkohol. Izgubio sam posao, kuću, ušteđevinu i zdravlje. I zdrav razum. Ponovo mi je život postao sranje. – Podigao je ruke. – I dalje mislite da imamo nešto zajedničko?

I dalje nije bilo reakcije.

– Ali uspeo sam da se klonim pića.

– Šta, sasvim sami?

– Ne izgledate zaprepašćeno... zbog mog problema.

– Zaključila sam to. Samo vam je trebalo malo... ohrabrenja da to kažete naglas.

Zastenjao je. – Uživate kad vidite da je neko na dnu, zar ne? Zato ste me pozvali da prenoćim? – kazao je, hodajući po travnjaku i gotovo se sapleo na Detol koja je bila u senci. – Ne mogu da radim s vama. Ne sad.

– Zašto ne?

– Imam dovoljno loše mišljenje o sebi. Loše mišljenje drugih ljudi samo bi me gurnulo preko ivice. Poslednje što mi je potrebno je da ponovo počnem da pijem.

– Onda nemojte.

– Kao da je to lako.

– Nije.

– Nego šta. To je najteže što sam ikad uradio.

– Znam.

Zamahnuo je rukom, pokazujući na njenu kuću, blistave prozore, savršeno četvrtast travnjak. – Kako biste mogli da znate kako izgleda kad vam je život u rasulu?

Tilda je otvorila laptop i ulogovala se. – Jer sam i ja tri godine trezna.

9.

Majlo se zaustavio u mestu dok je jedan slepi miš preletao preko krova, a svetlo iz večernice delovalo je kao upaljena sveća u restoranu. – Šta?

Pogledala ga je u oči. – Shvatam. Prezir prema sebi, sebično, rizično, uvredljivo, štetno ponašanje. Kao ogromno dugme za sjebavanje, a ti osećaš kako moraš da ga pritisneš.

Svalio se u stolicu, i ona je zaškripala pod njegovom težinom. Detol je podigla glavu i zevnula. Prešla je preko travnjaka i skočila mu u krilo. – Ne, ne verujem vam, šalite se. Opa. Baš imate uvrnut smisao za humor... zezate nekog kako biste mu pomogli.

– Da li vam izgledam kao neko ko ima urnebesno smešnu stranu? U stvari, ne odgovarajte na to.

Prve godine u internatu, mlada Tilda je imala veliku svađu s mamom, nije želela da ide, a onda je poslata i u letnju školu. Preživela je drugo polugodište sanjajući da je u svojoj spavaćoj sobi. Mama se brecnula i pitala zašto Tilda mora da bude toliko nesrećna, kazala je da je letnji raspust bio dosadan kad je *ona* bila mala, da bi Tilda trebalo da bude zahvalna na nedeljama planiranih aktivnosti – i da je potpuno lišena smisla za zabavu i humor. Tilda je ispričala bratu koliko je nesrećna, ali ni on je nije razumeo; kazao je da joj zavidi na zabavi. Bilo mu je lako da to kaže kad je jul i avgust provodio unapređujući svoje fudbalske veštine, drugim rečima, radio je ono što najviše voli.

Majlo je pogledao po urednom vrtu i urednoj večernici. Pogledao je u Tildu. – Naravno. Sav taj red, kolotečina... to je vaš način da ostanete trezni, zar ne?

– Šta ako jeste?

– Ali to nije život... nikad ne radite ništa spontano.

Okrenula se ka njemu i prekrstila ruke. – A završiti na ulici i dobiti batine je spontano? Ne, hvala. Držaću se svojih metoda. Videla sam kuda vodi spontanost – rekla je. – Nije mi se svidela. Kasnila sam na posao, govorila šefu da odjebe, imala seks s drugim čistačima u ostavi, jela ostatke pice iz kante za đubre jer nisam imala drugu hranu. A što se tiče pomračenja svesti, jednom sam dva dana temeljno čistila neku veliku, otmenu kuću, i nisam se sećala toga. Međutim, moje kolege jesu. Rekle su da sam odbila da radim s timom i preturala sam po vlasnikovim privatnim stvarima, probala odeću, uzimala stvari iz frižidera. – Glas joj je bio ozbiljan, kao da je ponovo na grupnoj terapiji gde ništa nije moglo da zaprepasti ostale. Majlo takođe nije bio zaprepašćen. Drugi zavisnici, uprkos svojim manama, spadaju u ljude koji najmanje osuđuju druge.

– Vi *stvarno* razumete – promrmljao je Majlo i odmahnuo glavom, dok je češao Detoline uši. – Na kakve ste terapije išli?

– Dvanaest nedelja grupne terapije, na klinici za zavisnost, i dvanaest nedelja seansi u službi za socijalni rad, gde sam imala pojedinačne terapije i naučila sve o meditaciji, zdravoj ishrani, o svesti, budizmu i kontroli besa. Postala sam svesna da je deo razloga što sam pila bio taj što mama to ne bi odobrila. – Jeftino vino bilo je njeno omiljeno piće, a mami je više smetao njen izbor pića nego povraćanje u umivaonik. U svojoj dnevnoj sobi, nasamo, smatrala je sebe civilizovanim alkoholičarem, jer je pila na sofi, uz pakovanje čipsa, gledajući televiziju dok ne zaspi. I bila je civilizovana, sve dok se ne bi probudila i ustala iz kreveta u sitne sate jer čuje glasove kojih nema, i postajala paranoična zbog svake senke. Grupna terapija joj je obezbedila ogromno prosvetljenje da nema ničeg civilizovanog u načinu na koji se ponašala kod kuće, gde je toliko malo čistila da su se pojavili pacovi, i upišavala se u gaće tokom pomračenja svesti.

– Na koliko ste sastanaka *Anonimnih alkoholičara* nedeljno išli? – pitao ju je.

Tilda se primetno trgla. – Nijedan. Nikad nisam bila. Da poverim sebe višoj sili? Mora da se šalite. Ja sam jedina koja sam se ikada brinula o sebi. Ateizam je jedino što imam zajedničko sa svojom majkom.

– Ali viša sila ne mora biti bog. Može da bude...

– Čula sam sve argumente. To može da bude moć grupe ili tvoja sopstvena ideja o nekom tvorcu... kao što je Majka Priroda. – Zakolutala je očima. – A što se tiče kenjkavog grljenja i deljenja... dovoljno mi je da slušam svoje podmukle glasove u glavi, koji mi i dalje govore da pijem, i ne moram da slušam nekog drugog, iz nedelje u nedelju. Čula sam dovoljno tokom terapije.

– Stvarno mislite da je tako?

– Jašta. Na klinici za zavisnost dali su sve od sebe da me ubede da idem, ali moja dnevna kolotečina je jedina podrška koja mi je potrebna. Nismo svi isti – rekla je.

– Istina – kazao je nesigurno. – Šta god da vam koristi. – Nakrivio je glavu u stranu. – Nikad niste verovali? Nikad niste verovali ni u šta?

Tilda je stisnula usne. Kad je bila mala, jeste. Tilda je verovala u dobro, u anđele i raj. Tata i baka su joj govorili o važnosti pomaganja onima koji su imali manje sreće, o ljubaznosti, a otac joj je pokazivao to svojim delima, koseći travnjake komšinici udovici preko leta, ostavljajući novac u kutije za dobrovoljne priloge, a mama je prolazila pravo pored njih. Ali nakon tatine smrti, pokušavajući da uradi pravu stvar, pokušavajući neuspešno da zadovolji mamu, Tilda se nije osećala srećno. Kad je krenula u srednju školu, jedino je verovala u svoju povezanost s Loganom, ali i to je nestalo.

– A šta je s vama? – Spustila je ruke kraj tela. – Da li su vama *Anonimni alkoholičari* pomogli da ostanete trezni?

– Nisu. Četiri nedelje rehabilitacije jeste. Potrošio sam čitavu ušteđevinu, toliko sam očajnički želeo da promenim nešto, obećavao sam sebi da više neću piti, verovao sam u to dok ne bih počeo da osećam fizičku potrebu ili dok me nešto ne bi iznerviralo ili zabrinulo. Čim sam napustio kliniku, išao sam na sastanke *Anonimnih alkoholičara* nekoliko puta nedeljno. – Pričao je o prijateljima koje je stekao, kako je nakon nekoliko meseci počeo da dolazi ranije i pomaže u pripremi sastanka, kuvao je čaj, ređao keks, čistio kasnije.

– Da li su vam *Anonimni alkoholičari* pomogli nedavno da ostanete trezni?

Majlovi obrazi su se zacrveneli kao cvekla. – U neku ruku. Išao sam povremeno na sastanke u centru grada, kad sam imao para za autobus. Nedostaje mi moja stara grupa, ali šta je tu je.

– Zašto ste otišli odande?

– Nisam mogao da podnesem da idem na uobičajene sastanke i pričam o tome kako sam ponovo sve izgubio. Više se nisam osećao anonimno kad sam počeo da idem redovno, i to je bilo sjajno, biti deo nečeg... ali teško je sad kad sam posrnuo. Manje sam uočljiv na velikim sastancima.

Tilda je izvadila telefon i uključila ga. – Poslaću vam unapređenu verziju kućnog reda. Na vrhu će pisati: „Posećujte sastanak lokalnih *Anonimnih alkoholičara* dvaput nedeljno, ako želite da ostanete.“

Majlo je zastenjao. – Prilično licemerno. Vi niste išli! I radije bih spavao na ulici nego išao na manji sastanak i rizikovao da naletim na nekog poznatog.

– Nisam spremna da rizikujem i delim kuću s nekim ko bi mogao, u nekom trenutku, iznenada, da donese alkohol – rekla je, smirenije nego što se osećala. Poslednje što joj je potrebno u životu jeste neizlečeni alkoholičar. Niti je bila spremna da rizikuju s tuđim problemima, s nekim ko je na dnu, kao što je ona bila, i kome je potrebno da ga neko vrati na pravi put. Štaviše, neko ko bi je zasmejavao, s kim bi ćutnja bila prijatna. Neko s kim nije morala da *glumi* sve vreme.

Majlo je bio drugačiji.

– Hajde – kazala je, nežnije. – Većina ljudi na tim sastancima poklekla je u nekom trenutku, a vi niste ponovo počeli da pijete. Ako se ne vratite sad, koji vam je plan B, da biste sprečili najgore?

– Mogu da isprobam vaš kućni red, za dodatnu sigurnost, ali iskreno, jak sam kao stena. Nisam ni razmišljao o piću da bih se zagrejao, kad su noći bile hladne. Ali ne škodi da probam vaš metod, ako će vas to usrećiti.

– Ozbiljni ste?

– Mislim...

– Čikam vas! – Ustala je i ozarila se. – Možete početi odmah. Idemo da popijemo zeleni čaj. Nema kafe ni za vas, odsad – rekla je veselo. – Naći ćemo se u dnevnoj sobi u sedam ujutro, zbog meditacije. Imaćemo seansu pažljivosti za vreme ručka. A onda ćemo nakon večere vratiti moje posuđe u kredenac i...

Majlo je zapisivao beleške u svoj telefon. Na kraju je podigao pogled. – Pronašao sam jedan sastanak *Anonimnih alkoholičara* u crkvi, na drugom kraju Kraučdena. Tačno u podne, neki od mojih poznanika sa starih sastanaka idu tamo. I ja ću ići.

Tilda je morala da se osmehne. Njen plan je uspeo da ga vrati u sistem podrške. Majlo očigledno nikad nije osetio potrebu da odgovori na izazov, dok je izazivati Tildu uvek bila greška. Kao kad joj je Logan rekao da maše neznancima sa zadnjeg sedišta automobila i pokazuje na njihove prednje točkove, sa zabrinutim izrazom lica. Više vozača se zaustavilo. Kao kad ju je začikavao da kuca na vrata jezivog komšije, muškarca koji je uvek bio namršten i puštao svog psa da juri posetioce. Kao kad je mama rekla Tildi da nikad neće ništa postići bez fakulteta. Pokazala joj je... na kraju. Osmeh joj je nestao kad se setila noći kad su ona i Šejn raskinuli i njegovo začikavanje dovelo do njenog tajnog projekta, čiji je rok za završetak bio za svega tri nedelje...

– Ti si smešna! Doživotna usedelica! Ni za pedeset godina ne bi pronašla dovoljno velikog gubitnika da se oženi tobom. – Grohotom se nasmejao. – Čikam te da pokušaš.

Mislila je: pokazaću mu.

Tog vrelog julskog dana, pozvala ga je kod sebe, bojeći se njegove reakcije u javnosti. Sedeli su u dnevnoj sobi i ona je počela da drži pripremljeni govor. Zbog neverice na njegovom licu gotovo se nasmejala.

– *Ti* raskidaš *sa mnom*? – Bes mu je prošao telom, počeo je da je vređa, da govori kako niko ne bi mogao da ga krivi što je želeo da provodi više vreme s fudbalerom nego s tupavom čistačicom.

To je bilo nešto najbliže što je prišla voljenju Detol tokom meseci koje su provele zajedno. Na Tildino iznenađenje, mačka je ušla u dnevnu sobu i sela kraj Šejnovih nogu i mrko ga je gledala. Njeno siktanje je govorilo: *Uvek sam znala da si pizda.* To je bilo jedino veče kad joj je Tilda dala pileća prsa.

Provela je dovoljno veliki deo svog detinjstva živeći u senci majčinog odbijanja, i neće uraditi isto sa Šejnom, niti mu dozvoliti da on ima zadnju reč o njenoj budućnosti i o tome hoće li se ikad udati. Nije joj bio potreban muž iz praktičnih razloga. Tilda je sama zarađivala, bila je vlasnica kuće, nije se ni na koga oslanjala. Tako joj se sviđalo. Jeste. Ali niko nije imao pravo da joj kaže kako se nikad neće udati. Izazov je izazov. I duboko u sebi, morala je da veruje kako je Šejn dokazao da je nije lako voleti. Mali deo nje je stvarno verovao da je nijedan muškarac nikad neće zaprositi, da nikad neće želeti da bude trajno s njom. Bilo joj je jasno da mora biti proaktivna ako želi da dobije opkladu koju je on nesvesno postavio. Odlučila je tog dana kad su raskinuli, dana kad je postala nezavisna od njega, četvrtog jula 2023, da će do četvrtog jula 2024, upoznati nekog muškarca i da će je on zaprositi... iako je to prestupna godina, on je sigurno mogao da preuzme inicijativu.

Iako je Tilda bila izuzetno jaka, nezavisna, otporna, kao da sama plovi u čamčiću na uzburkanom moru, mali deo nje, tihim glasom koji nije uvek čula, nekad je želeo da se neko ukrca i brine se o njoj; da neko bude tu, da joj pomogne da oblikuje budućnost.

Tilda je uživala u svom razigranom projektu i obavila je onlajn istraživanje. Naučila je tri načina da pronađe partnera: onlajn, da izlazi sama i da ne bude probirljiva. Takođe je napravila spisak kvaliteta koje je želela kod muža iz mašte:

Pola ljudsko biće, s krilima, molim, ili kozjim rogovima, ili nekom moći kao što je teleportacija, ili sposobnošću da razgovara sa životinjama, Detol bi možda postala poslušnija.

Ili, nažalost, ozbiljno...

Da poštuje ograničenja, da poštuje mene i moj prostor.

Da bude ljubazan prema drugim ljudima.

Da mu posao ne bude važniji od svega.

Da bude potpuno veran, zauvek, bez obzira na sve.

Nije joj bio bitan izgled, rekla je sebi, ignorišući glas u glavi koji se potajno slagao s devojčicama u školi oko Roberta Patinsona.

Kao i kod svakog drugog projekta, s vremenom je bivala sve uključenija, terala je sebe da ide na sastanke, čekajući da postanu lakši. Nisu postali. Mada nisu svi bili potpune katastrofe. Povremeno joj se javljao tračak nade da će pronaći pažljivog, brižnog muškarca. Kao tipa koji je pustio pesmu „Matilda" Harija Stajlsa na džuboksu kad je ušla u pab; ljubaznog tipa koji je rekao da treba da ostanu prijatelji, kad je postalo jasno da nema hemije, i pozvao ju je na kuglanje; kuvara koji joj je poklonio kesu domaćih čokoladnih bombona s njenim inicijalima.

Onda se to dogodilo. Iv je ušao u njen život šest meseci kasnije, uz zaprepašćujuće zgodnu profilnu sliku, i s glamuroznom biografijom. Stvarno je poverovala, nakon nekoliko nedelja, da će dokazati Šejnu kako je grdno pogrešio. Iv nije mogao da shvati zašto je Tilda neudata. Bilo je lako i zabavno razgovarati s njim tokom video-poziva. Pa, imali su samo dva, uz tri kratka telefonska poziva; izgledao je pomalo oprezno, što je savršeno razumljivo. Ali mnogo su uživali i razmenili mnogo pisanih i glasovnih poruka, Tildi se sviđao njegov zavodljiv francuski naglasak, Iv je izjavljivao kako je ona idealna žena. Niko joj ranije nije to rekao. Kazao je Tildi da je lepa i njegov seksi naglasak zvučao je... svetski, prefinjeno, uz njegovu privlačnu stidljivost koju nije očekivala kod nekog tako uspešnog.

I tad je njen projekat, koji je započeo iz šale, dobio ozbiljnu notu. Uprkos olakšanju što je prekinula otrovnu vezu sa Šejnom, nedostajalo joj je društvo, nije mogla to da porekne. Bilo je i dobrih trenutaka, mada tu i tamo. Maženje nakon seksa, onda kad se ne bi odmah okrenuo i zaspao; povremeno zajedničko gledanje neke serije na *Netfliksu*, uz grickalice i piće. Neki od njegovih prijatelja bili su dobri, devojka njegovog najboljeg ortaka uvek je bila zainteresovana, raspitivala se za Tildin posao i tražila savete kako da očisti kožnu sofu. To je dalo Tildi uvid kako izgleda biti deo grupe prijatelja koja se ne sastoji samo od jedne osobe i mačke.

Usred noći, sama u tami, Tilda se usuđivala da sanja kako će, uprkos svemu, pronaći srodnu dušu. I da će ta osoba biti iz Pariza.

10.

Tilda je pogledala na kuhinjski sat. Dva po podne. Izvadila je večeru iz zamrzivača, a pošto je bio četvrtak, to je značilo dve porcije goveđeg gulaša. Majlo bi trebalo da se vrati svakog časa. Obično je ručala u jedan, ali odložila je to kako bi jela s njim. Nije znala zašto. Dva tanjira su bila istovetna, na svakom se nalazio sendvič sa sirom i kiselim krastavcima isečen na trouglove, pakovanje dijetalnog čipsa i jabuka. Nahranila je Detol u normalno vreme, u jedan, ne želeći da potpuno zanemari kućni red.

Taj osećaj. Unutra. Jedva primetan. Osećaj koji je podsećao Tildu da nikad nije nedostajala Detol. Osećaj koji je sezao do detinjstva dok se udaljavala od kola kad bi je mama ostavila ispred škole početkom polugodišta, dok radio veselo svira. Nije čak ni mahala Tildi.

Zvuk kucanja na vrata naveo je Detol da poskoči. Tilda je ušla u vešernicu i otvorila vrata. Mora da mu dâ rezervni ključ. Detol se prenemagala i glasno mjaukala, a Tilda se namrštila zbog mačjeg nedostatka samopoštovanja. Majlo je ušao i sagnuo se da je počeška ispod brade, a onda se ispravio. Nakašljao se i podigao obrvu.

Njegova kosa. Bila je podšišana, kratka sa strane i duža na vrhu, s razdeljkom na levoj strani. Prošao je rukom kroz kestenjaste pramenove, a ožiljak na šaci završavao mu se kod malog prsta. Bez zapuštenih pramenova koji su mu padali sa strane, frizura mu je otvorila lice i istakla četvrtastu vilicu zbog koje je izgledao odlučno, a smejalice su mu sad izgledale gotovo suviše meko. Devojčice u školi bi se opasno ložile na njega. Ime tamnokosog i preko metar i osamdeset visokog Roberta Patinsona bilo je nažvrljano po toaletima i stolovima, zahvaljujući hormonskoj opsednutosti *Sumrak sagom.* Tilda je volela te filmove iz drugog razloga. I ona se osećala kao autsajder. Nije mogla da menja oblik ili da trči velikom brzinom, nije mogla da čita misli ili živi zauvek, ali mogla je da vidi pravo lice ljudi. Da vidi da su kučke iz škole, potajno nesigurne kao ona, skrivale to pretvarajući se da su kao popularna deca. Naletela je na jednu od njih nekoliko godina kasnije. Jedna od Tildinih starih neprijateljica bila je vlasnica kuće koju je čistila. Usred problema sa alkoholom, Tilda je skupila hrabrost i pozdravila ju je, želeći da je ponela pljosku s pićem na posao. Međutim, ženino lice se zacrvenelo kad je prepoznala Tildu. Izvinila joj se zbog maltretiranja, rekla da bi volela da je bila dovoljno jaka da se ne pridruži tome.

– Da li vam se sviđa? – pitao je Majlo, okrećući glavu i osmehujući se. – Mnogo je prijatnije po ovakvom vremenu.

– Izgleda da *Anonimni alkoholičari* nisu ono što sam mislila da jesu. Da li nude i manikir? Gotovo poželim da odem.

– Izgleda da je jedna od starijih članica godinama šišala ljude nakon završetka sastanaka. Nekoliko beskućnika je bilo tamo danas i takođe im je skratila brade.

Majlo je izuo cipele i krenuo za Tildom u kuhinju, saginjući se dok je prolazio kroz vrata. Oprao je ruke, obrisao ih malim peškirom koji je visio na kuki iznad, odmah pored prozora. Majlo je pogledao tanjire na stolu.

– Da li je jedan za mene?

– Ne. Detol je pomalo gladna, voli sendviče.

Širok osmeh mu se pojavio na licu. – Ne volim da nagađam. – Protrljao je potiljak i seo. – Hvala, Tilda.

– Ma, sitnica – kazala je i slegnula ramenima, pomerajući svoj laptop.

– Sitnica? Nakon nedelja na ulici kad sam jeo ostatke iz kanti za đubre? Kako ste samo uredno isekli hleb, a kladim se i da je jabuka oprana... Ovo je *strava.*

Tilda ga je sumnjičavo pogledala. – Jao, jao. Neko je preplavljen zahvalnošću nakon sastanka.

Usne su mu zaigrale i oboje su se široko osmehnuli. Bilo je prijatno deliti smisao za humor, koji je teško objasniti svakom ko nije bio alkoholičar. Tilda nikad ranije nije uživala u privatnim šalama, a nije imala ni s kim, nakon što je napustila roditeljski dom.

– Da. Drago mi je što sam otišao. Hvala vam što ste me juče naterali. *Anonimni alkoholičari* me podsećaju na ono što i dalje imam – rekao je. – Zdravlje, prijatelje, knjige epske fantastike, mada u skladištu kod ortaka... i lepotu, naravno.

– To je bukvalno jedini razlog zbog koga vam dozvoljavam da ostanete. – Taj osmeh ponovo. Tilda je uzela još jedan sendvič. – Dobro, kako je prošlo? – Da li je život s drugim alkoholičarem rizik za njenu trezvenost? *Ne. Ona je jaka, i ako on donese alkohol u kuću, ona će biti dobro, zar ne?*

Nije bilo odgovora na pitanje u njenoj glavi. Majlov oporavak je ključan za oboje. Uglavnom za njega. Da. Sigurno. Tildu štite njena pravila. Prestala je da se mršti i zagrizla je hleb.

– Da li se ti manji sastanci toliko razlikuju od velikih u gradu? – pitala je.

– Pomalo. Niko ne mora da bude izbačen.

– Zbog pića?

– A-ha. O, i smeš da dođeš pijan, ali ne smeš da praviš probleme. I nema mnogo žena u džemperima na zakopčavanje i s biserima, kao u Vilmslouu.

– Na grupnoj terapiji me je iznenadilo što su neki od ljudi bili uspešni biznismeni, a bilo je i otmenih penzionera. Imala sam određenu predstavu kako izgledaju zavisnici.

– Niste prihvatili da ste i vi bili zavisnica, u tom trenutku?

– Nisam. Moja zamalo nesreća nasmrt me je uplašila. Morala sam da prestanem da pijem, ali nikad nisam nazivala sebe alkoholičarkom. Ne dok nisam čula da drugi imaju slične priče kao što je moja. – Kiselo se osmehnula. Telefon joj je zavibrirao. Obično je ignorisala poruke dok jede, ali nije mogla da skine pogled sa one koja joj je treperila na ekranu. Tilda je uključila telefon, više puta pročitala poruku i sedela je vrlo mirno.

– Da li je sve u redu? – pitao je Majlo.

– Šta? O... da... samo aplikacija s vestima, želim da pratim šta se događa u svetu. Osim što je ova stvar malo ličnije prirode. – Spustila je sendvič i odmahnula glavom. – Šta se, dođavola, događa? Moj brat se povlači iz fudbala. Ko se povlači iz *bilo kakvog posla* u dvadeset šestoj godini?

Majlo je otvorio čips. – Verovatno ima dosta para i može to da priušti.

– Ne. Verovatno zarađuje pristojne pare u drugoligaškom klubu, vodi glamurozan i udoban život, sudeći prema tekstovima koje sam videla, tokom godina... ali ne zarađuje ni izbliza kao igrači u prvoj ligi. Verovatno je dospeo u vesti jer su mu uvek predviđali veliku karijeru. – Začkiljila je. – Piše „iz privatnih razloga". – Srce joj se štrecnulo. Štrec, štrec, štrec. Da nije bolestan? Tilda je odagnala taj strah, i kazala je sebi kako je se to ne tiče, više ne. – Znate, oko milion i po igrača trenira fudbal po klubovima u omladinskim kategorijama, i to vam daje predstavu koliko dobri morate da budete da biste potpisali za neki klub – kazala je, iznervirana zadovoljnim i razmetljivim tonom koji joj se uvukao u glas, kao kad su njih dvoje bili mali, a Logan dobio dobru ocenu u školi. Tilda je spustila telefon. – Nema veze.

– Smem li da vidim? – pitao je Majlo.

Tilda je gurnula telefon preko stola. Majlo je pročitao vest, pogledao Loganovu fotografiju. Gotovo se zagrcnuo pićem, obrisao je usta nadlanicom i povećao fotografiju pokretom prstiju.

– *Ovo* je vaš brat?

– Da, da, pročitala sam sve komentare o tome kako izgleda kao filmska zvezda. – Svi su govorili isto dok su odrastali – dalji rođaci, susedi, neznanci. Tildina kosa je bila manje bujna, lice manje simetrično, a on se, za razliku od nje, stalno osmehivao. Iznenada joj je ručak preseo. Da li ju je Majlo smatrao *toliko* neprivlačnom? Za razliku od Iva, koji je opisivao njenu kosu i oči kao zanosnije od punog meseca. Rekao je to tokom jednog od video-poziva, a ona nikad nije čula muškarca koji je zvučao postiđenije. Možda stereotip nije bio tačan i nisu svi Francuzi bili vešti s rečima.

Majlo nije mogao da skine pogled sa ekrana. – Zašto mu se ne javite? Da saznate šta se događa?

Njegove reči su je veoma zabolele. Ne sad i Majlo. – Divljenje prema poznatim ličnostima, zar ne? – Kao i Šejn.

– Da li ste ozbiljni? Tilda, brinem se za vas, nakon sastanka gde sam bio s ljudima koji pate zbog otuđenosti od porodice.

Stisnula je usne. – Izvinite. Slušajte. Neću mu se javiti. Nikad. Koristila bi mi njegova podrška kad sam napustila školu. Nisam mogla da se vratim kući nakon četvrtog razreda i suočim se sa svakodnevnim pritiskom odlaska na fakultet, komentarima o mojim jadnim ocenama. Bio mi je potreban neko s kim bih razgovarala. Jednom sam mu napisala pismo. Nisam mogla da mu pošaljem SMS, neko vreme nismo bili u kontaktu. Ali nikad nije odgovorio, očigledno je bio previše zauzet svojom karijerom.

– Niste imali nikakav kontakt?

– Javio mi se dvaput. Godinu dana kasnije, pozvao me je preko *Fejsbuka*. Bilo je to čudno. Rekao je da je pritisnuo pogrešan link, da me je pozvao greškom. A onda ništa. Tišina, i pretpostavila sam da glumi i da zapravo želi da razgovara. U tom trenutku sam zaboravila godine razdvojenosti i zamislila sam ga kao dečaka, kako se igra žmurke i šuge. Ohrabrila sam ga da govori, ispričala sam mu da radim kao čistačica, kako sam uredila svoj stančić, pitala ga da li je sve u redu, mogu li da mu pomognem. Prekinuo je vezu.

Majlo se naslonio na laktove.

– Pozvao me je ponovo, nedelju dana pre mog dvadeset trećeg rođendana, počeo je od neobaveznog ćaskanja, pitao je da li sam i dalje čistačica... a onda je rekao kako je mama spremna da zakopa ratnu sekiru ako se vratim kući i pristanem da odem na fakultet iako sam malo starija, i da postanem ćerka na kakvu bi mogla da bude ponosna...

Majlo ju je potapšao po ruci... mali gest koji joj je značio tako mnogo.

– Logan je kazao da razmislim o njihovom predlogu. Okuražena alkoholom, i ignorišući majku, predložila sam mu da se sastanemo na moj rođendan, samo on i ja. Izgledao je uzbuđeno, rekao je kako ima nešto da mi kaže, kao da je postojao još neki razlog zbog koga me je zvao. – Uzdahnula je. – Ali deset minuta kasnije, pitao me je da li sam pijana, bio je to jutarnji poziv, a već sam zaplitala jezikom. Onda je rekao da će mi platiti rehabilitaciju, ali nije želeo da se sastane sa mnom dok ne pristanem na lečenje. – Odmahnula je glavom. – Tad nisam bila pala na dno, tako da nisam znala da imam tako veliki problem. Možda je trebalo da budem zahvalnija, kad sad mislim o tome, i da imam više razumevanja zašto nije želeo da ima pijanicu u svom životu. Kad sam odbila, rekao je kako mu je mama kazala da ne gubi vreme... To... me je povredilo. – Tildin glas je postao oštriji. – Ali onda je Logan prekinuo vezu kad sam odbila njen predlog, njih dvoje su očigledno bili veoma bliski, kao i uvek. Kao i mama, nastavio je besmislenu predstavu šaljući mi glupe rođendanske i božićne čestitke.

– Uvek ste im davali svoju trenutnu adresu?

– Otkako sam se otreznila. Slala sam je Loganu preko društvenih mreža – uz poruku da možemo da se sastanemo samo u hitnom slučaju. Nisam im davala svoj telefonski broj. Nisam želela da dobijam nadmene, neprijatne pozive od majke. On mi je poslao svoju adresu. – Ponekad se Tilda pitala kako bi reagovala ako bi se Logan javio i rekao da je mama u nevolji ili na samrti. Da li bi ostavila sve i odjurila da je vidi?

– U ovom trenutku, prešla bih na drugu stranu ulice kad bih ga videla. – I bi. Iako je prestajao da igra fudbal. Iako mora da postoji neki veliki razlog za to. – Igrao je manju ulogu u mom životu nego tritoni i jednorozi o kojima sam čitala. – U glavi joj se pojavila slika pune vinske čaše, kao da je to doza nekog leka protiv bolova.

Majlo joj je vratio telefon. – Iskreno ne želite da se vrati u vaš život?

– Ponekad sanjam o tome kako bi to izgledalo. Bili smo tako bliski. Imali smo igru gde smo po čitave dane govorili da čitamo jedno drugom misli. Pogađali smo šta ono drugo želi da jede za doručak, čega želi da se igra... Ta čarolija je delovala stvarno, obično smo tačno pogađali. Logan je uvek voleo marmeladu i dvopek, sa onim što smo nazivali „barice maslaca" – velike grumenove namazane na hleb odmah po vađenju iz tostera, koji bi se istopili i upili. A on je znao da je moj omiljeni doručak zdela žitnih pahuljica, s mlekom u čaši pored. – Tilda je zagrizla jabuku, polako je žvaćući. Glas joj je postao oštriji. – Ali dok sam verovala da su neka mitološka bića nekada bila stvarna – kao kraken, koji je inspirisan velikom lignjom, ili grifoni dinosaurusima – savršeni Logan koji me nikad ne bi odbacio nije bio jedan od njih.

Majlo je zaustio da kaže nešto, ali Tilda ga je prekinula.

– Ne očekujem da razumete. Mada možda razumete, jer nijednom niste pomenuli svoju porodicu kao deo svog oporavka, a kamoli života. Nisam insistirala na tome jer znam, iz ličnog iskustva, kako porodica može da te sjebe.

– U mom slučaju nije bilo tako – kazao je tiho. – Držim se podalje jer sam ja sjebao njih.

– Imate li braću ili sestre?

– Više nemam.

– Znači da nas ima dvoje – kazala je.

– Ali voleo bih da imam. Jeste li sigurni da ne želite da vidite svog brata?

– Sestra čistačica ne uklapa se u njegov uzbudljivi životni stil, odlazak u otmene restorane, druženje s vrhunskim sportistima, umetnicima, glumcima... Možda krene putem drugih bivših fudbalera i postane bokser, ili pevač. Mora da ima kontakte. Mada nije da mene to zanima. – Zaćutala je i ustala da opere sudove. – A šta je s vama? Da li biste ikad kontaktirali sa svojim... bratom? Ili sestrom?

– Sestrom. Ne, ne bih to mogao.

– Isto kao ja, dakle. Sranje, zar ne? – Pustila je vodu, prikrivajući jedva čujno drhtanje u glasu za koje se nadala ga on nije čuo.

Majlo je razmišljao na tren, a onda izvadio svoj telefon. – Moram da izađem na svež vazduh. Vratiću se do pet. – Nakon toga se obuo u vešernici i otvorio je sporedna vrata. Zatvorio ih je za sobom i krenuo, na sunce, koracima koji su postajali sve odlučniji, oborene glave, dok je dodirivao ekran telefona.

11.

Majlo je odgurnuo prazan tanjir u kojem je bio goveđi gulaš, a čelo mu je bilo orošeno znojem. Tilda je prvi put pomislila kako bi trebalo da promeni jelovnik da bi bolje odgovarao godišnjem dobu. Obrisao je usta, popio ostatak vode i zadovoljno uzdahnuo. Majlo je ustao i počeo da pere sudove. Tilda nije morala ništa da mu govori. *To je nešto novo.* Ali Tilda nije volela novo, ne u poslednje vreme, volela je sigurnost repetitivnog života koji je stvorila za sebe. Da li ga je prihvatala jer je bio alkoholičar? Kolotečina njenog života delovala je bezbedno. Šta ako Majlo ponovo počne da pije i izazove haos koji će ući u njen dom? Tilda je pogledala njegova široka ramena. Duge noge. Uprkos zastrašujućem fizičkom prisustvu, uprkos njenoj zabrinutosti, on se lako uklopio u njen život, ponekad joj se činilo kao da uopšte nije tu.

To ju je podsetilo na Logana.

U kakvog je muškarca izrastao njen brat? Razmaženog i povlašćenog? Ko bi mogao da ga krivi, nakon što je odmalena smatran čudom od deteta? Nikad neće zaboraviti jedno polugodište, u prvoj godini u internatu, kad baka nije mogla da primi Tildu, a Logan je u poslednjem trenutku otišao u neki fudbalski kamp. Mama ih je držala razdvojenim za vreme tog raspusta, bilo joj je previše da oboje dece budu kod kuće. Tilda ju je čula kako razgovara preko telefona sa sinom. – Drago mi je što si stekao prijatelja, Logane. Samo zapamti, možeš da postigneš šta god želiš. Ti si kao ja. Tilda je drugačija, ona nema tu želju. Predviđam ti sjajnu budućnost. Ne traći svoj urođeni talenat. Kao što tvoja sestra dokazuje, nemaju ga svi.

Tilda je zastala da razmisli. To ju je i dalje bolelo nakon svih tih godina, zbog majčinog nedostatka ponosa, vere u svoju ćerku...

Tata ih nikad nije poredio. Nikad nije govorio o očekivanjima. Suprotnosti mora da se stvarno privlače, dokaz za to su njeni roditelji, osim ako se nisu venčali jer je mama bila trudna. Venčanje je održano mesec dana pre Tildinog rođenja. Mama nije imala fotografije, uvek je govorila da ih je trudnički stomak pokvario.

Logan... da li je imao poslugu, čistačicu? Ako je tako, da li se prema njima ponaša kao prema jednakima? Tilda je vodila računa koje nove klijente preuzima, i trudila se da proveri na prvom sastanku da li su ljudi koji će se odnositi prema njenom osoblju sa zasluženim poštovanjem. Nekoliko puta je raskidala ugovore. Niko se nije nadmeno obraćao njenim zaposlenima, uključujući i bankara koji je Ajris nazivao „sluškinjom" i modnog kreatora koji je puckao prstima kad doziva Adama. Jedna penzionerka je počela da prati mladu Džez i lupala je štapom kako bi joj privukla pažnju, ako pomisli da je Džez propustila da očisti nešto. To nije bilo dozvoljeno.

– Večeras je na *Netfliksu* premijera jedne dramske serije o vukodlacima – kazala je Tilda. – Zove se *Vuk Odlak*? Kao, napravili su foru sa imenom. Mogla bih da je pogledam.

Majlo je uzeo kariranu kuhinjsku krpu. – *Američki vukodlak u Londonu* mi je jedan od omiljenih filmova. Kakav klasik. Moraćete da mi kažete kakva je ta serija.

– Gledajte je sa mnom, ako želite. Mada mi ne smeta ni ako ne želite. – Skinula je pogled s njega i obrazi su joj se zarumeneli kao da je njena unutrašnjost upila toplotu junskog sunca i ispušta je u naletima.

Majlo se okrenuo. – Jeste li ozbiljni? Tilda, baš bih voleo!

– To je samo TV serija – kazala je, ne mogavši da suzbije osmeh. – Nisam vam ponudila da odete u studio gde snimaju *Igru prestola*.

– Ali prošlo je sto godina otkako sam gledao televiziju... i to ne samo zato što sam bio beskućnik. U svom stanu sam, na kraju, ili spavao ili vikao na ekran. – Osmehnuo se. – Kad već pominjem neprijatne osobine – sreća je što nisam imao komšije, često bi se žalili zbog buke – imam još jedan sastanak *Anonimnih alkoholičara* sutra, da bih ih držao pod kontrolom. Isto mesto, isto vreme. Zašto ne biste pošli sa mnom?

Tilda je napravila grimasu i glasan smeh odjeknuo je prostorijom. Nije navaljivao. Ne kao Šejn koji je koristio sve svoje moći ubeđivanja da je tera na fudbalske utakmice i u pabove, sa svojim ortacima.

– Ne možemo da gledamo ovu fantastičnu seriju bez grickalica – kazao je. – Stvarno. Moramo malo da odstupimo od nedeljnog menija.

Ustala je i iz kredenca desno od šporeta izvadila veliku kesu kokica čvrsto vezanu gumicom, s nalepnicom sa strane na kojoj je pisalo kad ju je otvorila. – Nisam totalni robot – kazala je.

Taj smeh ponovo. Odskok, odskok.

Sipala je kokice u činiju i onda izvadila dve kole iz frižidera, stavljajući nove dve iz pakovanja od šest komada s police kraj svojih nogu. Obično je častila sebe gaziranim pićima za vikend. Majlo je krenuo za Tildom u dnevnu sobu i nakon što je navukla zavese i uključila malu stonu lampu, ispravila hrpu časopisa i obrisala nevidljivu prašinu sa stare električne grejalice koja je pripadala prethodnim vlasnicima, sela je na sofu kraj njega. Detol se, već u njegovom krilu, lizala i ne podigavši glavu. *Znak krivice*, pomislila je Tilda. Detol je znala da ne sme da sedi u dnevnoj sobi.

– Kako radite to? – pitala je Majla. – Kako ste se skapirali s mačkom? Nikad ne sedi u mom krilu. Ne želim to, zbog toga što se linja – dodala je brzo. Moraće kasnije da očetka sofu.

– Sledim svoje nagone – rekao je i počeškao je Detol po obrazu.

– Pomazila sam je svega nekoliko puta. Uvek se izmakne.

– Pokažite mi kako to radite.

– Šta da vam pokažem? – kazala je i krenula da dodirne vrh Detoline glave. Naravno, životinja se izmakla.

– Dolazite odozgo. To je pretnja – rekao je. – Mačke se boje grabljivaca koji napadaju iz vazduha, kao što su ptice grabljivice. Priđite joj sa strane. U stvari, dozvolite da vam prvo onjuši šaku.

– Toliko je komplikovano?

Majlo se široko osmehnuo. – Meni je lako, bio sam okružen životinjama kad sam bio mlađi... prve komšije su uvek imale kućnog ljubimca.

Tilda je oprezno stavila prste ispred Detoline njuške. Mačka joj je dodirnula palac, hladnim i vlažnim nosom.

– Sad joj počeškajte obraz – rekao je Majlo.

Tilda je pomerila prste do obraza i počešala ga. Detol ju je oprezno pogledala pre nego što je zatvorila oko i nagnula glavu.

– Nastavite dok joj ne pronađete slabu tačku – prošaputao je Majlo.

Tilda je pomerala ruku. Detol je podigla vrat i... Tilda je naglo podigla obrve. Predenje? Osećaj uspešno obavljenog zadatka prošao je kroz Tildu.

– Kažite joj da je lepa – promrmljao je Majlo.

– Ne. Osećala bih se glupo.

– Samo biste govorili istinu – kazao je. – Nema ničeg glupog u tome. Te zadivljujuće crne pruge koje predstavljaju kontrast belim grudima. A što se tiče oznake u obliku slova M iznad očiju, deluje kao da je stvorena za vlasnicu po imenu Matilda.

O, slovo M, koje je sad jasno videla na Detolinom čelu. Saglasila se, kao da je svemir iz nekog razloga dodelio Matildi tu mačku. Majlo je dovoljno razmišljao o njenom imenu da bi shvatio kako je Tilda skraćena verzija. To je bila tatina ideja, mada mama nikad nije odobravala to, i uvek je koristila ime Matilda ako je bila ljuta na svoju ćerku, što je učestalo nakon smrti muža. Tilda bi stajala odlučno, bez kolebanja, kad bi mama izgovorila njeno puno ime, sećajući se kako joj je tata rekao da njeno ime znači *moćna u borbi*.

Tilda je pomerila prste do mačje glave, i prešla njima preko slova. Detol je počela glasnije da prede. Sklonila je šaku i pritisnula dugme na daljinskom upravljaču, ne gledajući svoju mačju cimerku koja je, bila je sigurna, podjednako iznenađena. Špica je krenula i Majlo je spustio posudu s kokicama između njih. Krenula je da uzme kokice u isto vreme kad i Majlo. Prsti su im se dodirnuli i taj osećaj ju je preplavio, poriv da mu pomiluje ruku, malje, glatku kožu. Zagledala se u ekran i nije se pomerala dok ju je obuzimala poznata čežnja, kakvu nije iskusila tri godine, žudnja koja bi potekla kroz nju, nakon nekoliko pića, i odvela je ne jednom u vezu za jednu noć.

Osim što nije bila pijana, a nije ni Majlo. Da ne pominjemo činjenicu da bi laskavi, pažljivi Iv mogao da bude povređen. Sinoć joj je poslao sliku svog petla u vinu, neobično jarkocrvenog i nimalo nalik onom koga je jednom videla u nekoj kuvarskoj emisiji. Napisala mu je to, uz smajlija, i on je odgovorio:

Chére *Tilda, jedan klijent me je sinoć izveo na večeru. U pravu si, sos je izgledao čudno i imao je ukus paradajza. Ali bio sam zahvalan na besplatnom obroku, jer pokušavam da ušparam pare da pomognem Beatris. Žao mi je što moram da te pitam,* ma coccinelle, *stvarno mi je žao, ali možeš li nekako da mi pomogneš?* Mon dieu, *osećam se kao varalica. Zaboravi da sam išta rekao. Tvoje prijateljstvo mi je previše važno da bih ga pokvario novčanim problemima. Molim te, oprosti mi.*
Iv xxxxx

Modni kreator koji nema novac u banci? Ali Tilda ga je razumela, ona je uložila sve u svoj posao. Nezavisnost i bezbednost uzbuđivali su je više nego skupa kola ili putovanja. Pročitala je njegovu poruku nekoliko puta. *Ušparati... varalica...* njegov engleski bio je stvarno sjajan. *Ma coccinelle* značilo je moja bubamaro, jednom je čitala o tome kako su njihove tačke upozorenje da imaju grozan ukus. Tilda se ponekad pitala da li i ona treba da istakne neko upozorenje. Nije imala sreće u vezama. Ako bi odbila da Ivu dâ novac, da li bi prestao da joj šalje poruke? Nije mislila tako, jer se ponovo izvinio, kasnije, u narednoj poruci, uz fotografiju svoje mačke, koja spava na kauču s podignutom zadnjom nogom. Iv je poslao i fotografiju svoje noge, uz potpis *zzzz* kao da hrče. Tilda se glasno nasmejala. Bila je u prizemlju i pravila je toplu čokoladu i Majlo je podigao obrve i izgledao je kao da se veoma trudi da ne bude radoznao. Promrmljala je nešto o prijatelju koji joj je ispričao loš vic.

Majlo. Nikad nije iskusila tako jaku privlačnost sa Šejnom, sad je to jasnije videla. Ne u smislu da je bila više u sadašnjosti, nego da je to bilo planirano, namerno, kontrolisano, razumno. Uvek je imala kondome, menjala je čaršave, spremala ukusnu hranu, oprala bi zube, oblačila opranu i ispeglanu seksi spavaćicu koju je čuvala za te prilike. Prigušivala je svetlo u gostinskoj sobi, uvek je govorila Šejnu kako joj je zabavnije da se guraju u krevetu za jednu osobu. Nije bilo šanse da ga pusti u svoju spavaću sobu. Kad su raskinuli, nazvao ju je čudakinjom, rekao da možda leš bivšeg momka drži u plakaru i da je imao sreće što se spasao. Šejnove šale nikad nisu bile smešne.

A sad su joj kroz glavu prolazile slike, kao ubrzan film, kako ona i Majlo kidaju jedno drugom odeću, osmehuju se, smeju, ljube se, dodiruju se nestrpljivo ali nežno, grle se posle, jorgan je zbačen na pod.

Tilda je morala da se pribere.

To je bila čista požuda. Svaki alkoholičar bi prepoznao to. Požuda nije omogućavala smiren, bezbedan život, bila je uzbudljivija od dosadnog i pravilno raspoređenog. Nije se isticala, kao Iv, koji se predstavljao kao porodični čovek, koji se brine o svojoj sestri, pouzdan na način na koji njena mama nije bila.

Kad se ta epizoda završila, isključila je televizor i odnela prazne limenke i zdelu u kuhinju, ne rekavši ni reč.

– Kako vam se čini epizoda? – Majlo se pojavio sa usnulom Detol u naručju.

– Bila je dobra. U redu, idem u krevet. Da li biste mogli da spustite Detol u vešernicu i proverite da li je sve isključeno u kuhinji? Hvala vam.

Prošla je brzo kraj njega i Majlo je spustio mačku na stolicu. – Šta je bilo?

– Ništa – odgovorila je, ne zaustavljajući se. – Samo sam umorna. – Prelazila je po dva stepenika odjednom i otišla u svoje kupatilo. Sranje, trebalo je da mu zabrani korišćenje kupatila, onda ne bi rizikovala da ponovo naleti na njega. Oprala je zube. Umila se. Manje od pet minuta kasnije izašla je iz kupatila i ukočila se. Majlo je stajao, otvorenih usta, i zurio... u njenu spavaću sobu. Slučajno je ostavila otvorena vrata.

Odeća nabacana na krevet.

Prljavi sudovi na stočiću.

Mokar peškir bačen ispod radijatora.

Mrvice i iskorišćene papirne maramice razbacane po tepihu.

Knjiga u tvrdom povezu nasred poda, otvorena, s koricama napola pocepanim.

Moćan miris jasmina ispunio je hodnik, jer se boca parfema prevrnula i pala odmah pored knjige.

Ne... ne, ne. Nije imao pravo da gura nos tu. Tilda je stisnula pesnice i projurila kraj njega. Uletela je u svoju spavaću sobu i zalupila vrata za sobom, pre nego što je okrenula ključ u bravi.

12.

Tilda se probudila u sedam ujutro i pogledala *Votsap*.

Chére Tilda, ne bih te pitao da nisam očajan, ali, kao što je moj prijatelj rekao, Beatrisin život je u opasnosti. Danas je petak, četrnaesti jun, i imam samo dve nedelje do početka jula. Verovatno misliš da modni kreatori imaju mnogo ljudi od kojih mogu da pozajme pare, ali moram da mislim na ugled. Kad bih mogao da kažem kartelu da ću im poslati novac, možda produže rok. Bio bih ti vrlo zahvalan. Iv xxxxx
P. S. Izvini, nemoj da me mrziš.
P. P. S. Dao sam ime mački lutalici, Kantalup.

Uprkos ozbiljnosti poruke, Tilda je morala da se osmehne. Dao je mački ime po sorti dinje. Dve hiljade evra. Iv je stvarno u nevolji. Ali bio je to preveliki iznos da bi ga pozajmila nekom.

Zdravo, Ive. Žao mi je što ti i tvoja sestra imate probleme. Saosećam s vama, ali nemam mnogo novca. Sviđa mi se ime mačke. Tilda

Raščistila je neuredni pod svoje spavaće sobe i sela prekrštenih nogu da meditira deset minuta. Ili je pokušala. Neželjene misli stalno su joj remetile koncentraciju, o Ivu, o Majlovom zaprepašćenom izrazu dok je zurio u njenu spavaću sobu sinoć. Na kraju je odustala i istuširala se hladnom vodom, očešljala se, a onda obukla pantalone i bež majicu. Tilda je stavila svoj omiljeni parfem od jasmina, ostalo je malo na dnu boce nakon što ju je oborila. Njena baka je uvek govorila kako su Tilda i Logan nasledili njene književne gene i sa zadovoljstvom je čitala njihove priče, oduševljavajući se slikama koje su stvorili. Otkako je prestala da pije, povremeno je, kad je imala vremena, pokušavala da napiše neku kratku priču. Baka je pisala ljubiće i eskapistički aspekt tog žanra bio joj je privlačan. Tilda je napisala nekoliko fantastičnih priča, ali uvek je imala isti problem. Nikad nije znala kako da ih završi. Njena baka je verovala u srećan kraj. Tilda nije.

Tačno u sedam i trideset otišla je u kuhinju. Ogorčeno mjaukanje dopiralo je iz vešernice. Detolina plastična posuda za vršenje nužde preživela je poplavu, ali morala je da joj stavi stare peškire za spavanje, sve dok se krevet za mačke ne osuši. Tilda je uvek držala mačku u kući tokom noći, jer su vozači slabije videli u mraku. Veterinar nije bio jeftin. Pustila je Detol u kuhinju i sipala joj hranu za mačke u posudu. Dvadeset do osam, i bilo je vreme za Tildin doručak, isti svakog dana, žitne pahuljice s voćem, pet polutki oraha, šakom suvog grožđa i dve kašike probiotskog jogurta. Samo što nije bilo suvog grožđa. Majlo je imao velike šake.

Neka vrata su se polako otvorila na spratu i skupila je hrabrost. Spor hod niza stepenice. Pojavio se već odeven i umiven, kose začešljane unazad, u tom novom privlačnom stilu.

– Uzmite hranu – kazala je, ne gledajući ga u oči. – Moram da se bacim pravo na posao.

– Tilda, ono sinoć...

– Izvinite, Majlo. Moram da radim. – Sela je pred laptop, pretvarajući se da gleda u ekran. Šta li Majlo misli? Zašto joj je stalo do toga? On čak nije ni imao svoju spavaću sobu. Da je ima, i njegova bi možda bila podjednako neuredna. Međutim, glas nadzornice njenog učeničkog doma, u internatu, odzvanjao joj je u ušima, iz vremena kad je morala da namešta krevet na određen način, da složi svaki komad odeće, da uredno ređa svoje stvari.

Red u životnom prostoru znači red u umu. Dnevne obaveze čine nas srećnim i vedrim. Raščišćen lični prostor znači raščišćen um, što ostavlja mnogo prostora za rast. Uspeh u životu svodi se na pojedinosti, i zato nameštamo jastuke i peremo zube određeno vreme.

Zahvalićete mi se u narednim godinama, u periodima krize, kolote-
čina i disciplina biće vam konstanta i davaće vam snagu.

Tilda je odmahnula glavom, jedva primetno, u pokušaju da izba-
ci iz glave tu mantru žene koja je odrasla u vojničkoj porodici. Druge
devojčice su frktale i mrštile se, ponekad preskačući pranje zuba i
skrivajući zgužvanu odeću ispod prekrivača. Ali Tildi su nedostaja-
li roditeljski saveti, tako da je prihvatila pravila, prihvatila pohvale,
iako je to značilo da se dodatno otuđila od drugih učenika.

Danas je njena spavaća soba bila njen jedini izduvni ventil.

Majlo je oprao sudove i gledao je nešto na svom telefonu, pra-
veći beleške, verovatno u vezi sa oglasima za posao. Igrao se s De-
tol, koristeći rolnu kuhinjskog ubrusa. Nekoliko puta je pokušao
da zapodene razgovor, ali Tilda je odgovorila kratko i napravila je
jutarnju pauzu, stojeći sama u zadnjem dvorištu, lica okrenutog ka
suncu. Pre nego što je ušla, ubrala je jednu kiticu jasmina i spustila
je u malu vazu na stolu. Uzdahnula je sa olakšanjem kad je Majlo
otišao na sastanak.

Kad se vratio, ručak je bio na stolu. Dva tanjira, na svakom sen-
dvič sa šunkom isečen na trouglove, pakovanje dijetalnog čipsa i
jabuka za svakog. Majlo je oprao ruke, seo i čekao da Tilda završi
pisanje nekog imejla, pre nego što je počeo da jede.

– Kako je bilo na sastanku *Anonimnih alkoholičara*? – pitala je.

– Dobro. Sastanci petkom su uvek puni, zbog bliženja vikenda
i iskušenja. Setio sam se zašto je tako važno živeti transparentnim,
iskrenim životom. U duhu toga, i u skladu s jednim od kućnih pra-
vila, odlučio sam da progovorim o nečemu što me muči.

– Slušajte, Majlo...

– Zašto je ostatak kuće u tako oštrom, izraženom kontrastu s
vašom spavaćom sobom?

– Kažete to kao da su uredne sobe one koje su problem – pro-
mumlala je.

– Tako ja to vidim. Vaša spavaća soba ste vi. Zašto je prikrivate?
Oh.

Ali njena spavaća soba je bila u haosu, na nekim mestima nehi-
gijenska, peškir je smrdeo i oštetila je brojne korice knjiga. Kako je

to bolje nego ostatak kuće, gde je sve bilo na svom mestu, a vazduh mirisao na sredstvo za dezinfekciju?

– To vas se ne tiče – kazala je oštro i uzela sendvič.

– Ali tiče me se. Sviđate mi se, Tilda. Vi ste dobra osoba.

– Kažete to jer želite da ostanete.

– Sad sam lažov?

Zagrizla je sendvič, bio joj je suv u ustima, iako je hleb bio svež.

– Trebalo je da vidite moj stan pre nego što sam ga napustio – nastavio je. – Redovno sam nalazio stare, buđave šolje za kafu. Ali to sam bio ja – kazao je nežno. – Sve dok nikom ne smetam, zašto bi me bilo briga? Zašto se toliko trudite da ostatak kuće izgleda kao izložbeni salon samo da biste zadovoljili neke neznance?

Lice joj se zažarilo.

– Kažite mi. Hajde. Mi reformisani smo već stare kuke u razmeni istine.

Šejn joj nikad nije postavljao takva pitanja. Zavirio je jednom u njenu spavaću sobu kad je mislila da je on i dalje u krevetu. Nije prestajao da se smeje i kazao je kako je zadivljen što je njegova devojka ljudsko biće, a onda je zaplesao robotski ples. Mada je rekao da mu ne smeta, kad je završio, što ona uvek insistira da spavaju u gostinskoj sobi – mislio je da njena soba sigurno smrdi i nabrao je nos, prezrivo je pogledavši. Razgovor sa Ivom bio je više šaljiv nego ozbiljan a opet... ponekad je otkrivao nešto o sebi. Nazvao ju je lepom u prvoj poruci, i mogao je da ne priča o tome, ali rekao je kako i on ima probleme da prihvati laskanje, nakon što su ga u školi godinama kinjili zbog niskog rasta.

Tilda je duboko udahnula. – Dobro. Ako morate da znate... pravila u internatu davala su mi osećaj kontrole, kad je sve ostalo tih godina bilo teško sranje. Prenela sam ih u svoj život kod kuće, u kratkim periodima kad sam bila tamo tokom raspusta, a ne kod bake, nadajući se da će mama biti zadivljena time koliko sam odrasla i organizovana, što čistim kuću i perem rublje. A zbog toga što je stalno radila i vozila Logana na treninge ili utakmice, moj trud je ostao neprimećen. – Glas joj je zadrhtao. – Pokazali su se uzaludnim, na kraju, moji pokušaji da je nateram da bude ponosna na *mene*.

– Koga sad pokušavate da zadivite?

– Imam posetioce – prasnula je.

Prekrstio je ruke i podigao obrve.

– Imam! Dostavljače. Inkasante. – Uzdahnula je. – Mislim, uvek neko može da svrati.

Detol mu je skočila u krilo. – Tilda. Pogledajte me. Pogledajte nas dvoje ovde.

Pogledala je preko stola.

– Vi ste uspešna žena koja – uprkos teškom početku života – ima dobro srce, iako ne volite to da priznate, koja je sjajna kuvarica i osoba koja ima sjajan ukus za knjige i filmove... Ne morate nikog da zadivite, posebno ne beskućnika i ovog krznenog nametljivca.

Zagrizla je jabuku, i sad je lakše gutala. Koliko god da su sastanci *Anonimnih alkoholičara* bili njena ideja pakla, upoznala je pre mnogo godina redovne posetioce, radnike na klinici za zavisnost, i neke od svojih kolega koji su ponovo počeli da piju. Svi su imali jednu zajedničku stvar – iskrenost, o sebi, o drugim ljudima. Nisu lagali i nisu dozvoljavali da ih drugi lažu. Zbog toga je poželela da se otvori na način koji joj je bio neprijatan. Oduprla se tom porivu tokom terapije i nije rekla ništa o svom detinjstvu. Dala je vođi grupe dovoljno da ga zadovolji i pomisli da je olakšala dušu. To je bio jedan od razloga što je Tilda izbegavala *Anonimne alkoholičare*. Ako bi se sprijateljila sa srodnim dušama, bilo bi joj teže da skriva loše stvari.

Međutim, Majlo je bio drugačiji.

Te loše stvari ponovo su se pojavile kad se on uselio, grebale su je iznutra, terale je da se trza, ubeđivale su je da ih oslobodi, a ta potreba je bila gotovo prejaka.

– Disciplina koja mi je usađena u internatu nekako mi je pomogla da se nosim sa zlostavljanjem.

– Molim?

Počela je da mu priča o štipanjima i šamarima, gadnim komentarima, maltretiranju i kako je to bio razlog zbog koga je uvek držala zaključana vrata.

Majlovo lice postalo je neprijatno crveno. – Mnogo mi je žao što ste to doživeli.

Tilda je slegnula ramenima. – Na kraju sam pronašla snage da se zauzmem za sebe i organizujem život tako da imam podršku. To je propalo kad sam se propila, i nakon oporavka sam to pojačala, podigla ga na viši nivo. Brinem se da ću, ako se odreknem... odreknem reda, ponovo početi da pijem.

– Zabušavanje u kućnim poslovima nikad nije nekog učinilo alkoholičarem. – Uputio joj je jedan od tih osmeha koje je morala da uzvrati, i poželela je da ga zagrli. Pomerio je jedan pramen kose sa čela. Ponovo su joj kroz glavu prošle slike njih dvoje zajedno, isprepletenih nogu, on joj ljubi vrat, njegovi prsti je dodiruju neizdrživo sporo, njih dvoje koji trče po kiši, igraju po stolovima, neprestano gledaju *Netfliks* od zore do mraka.

Da li je njegovo prisustvo pojačavalo staro impulsivno, nepromišljeno ponašanje?

To je moglo da bude opasno.

Obuzela ju je jeza.

Opasno jer je sad imala mnogo više da izgubi. Kuću. Posao. Korene.

Detol bi je mrzela, kao i kuća, jer je poslednjih nekoliko dana mnogo više podsećala na dom. Ali nije bilo drugog izbora – iako nije želela da prestane, sad kad je počeo da govori, osluškivala je te srdačne reči koje su zračile humorom... iako joj je bilo teško da skrene pogled kad je izlazio iz sobe, zbog te dugačke, široke, odane, principijelne, zaštitničke aure koju je imao... Razumna Tilda, kojom ne upravljaju hormoni, niti nagoni, ni životinjski porivi, konačno je odlučila: platiće Majlu večeras trostruku dnevnicu i onda će mu ujutro reći da se iseli.

13.

U subotu ujutro Tilda je odustala od meditacije, jer nije dobro spavala, s jednom nogom otkrivenom, zbog vrućine, i zavijanja lisica napolju. Prvi put Tilda nije mogla da se istušira hladnom vodom i osećala se kao da joj je potrebna uteha tople vode. Glupost. Nije dugovala ništa Majlu. Tilda je uradila sve da mu pomogne. Pogledala je kroz prozor dnevne sobe, na ulicu i kola koja su već jurila pored, neki od vozača su otvorili prozore. Tilda je sinoć platila Majlu trostruku dnevnicu, polovinu u novcu, kao što su se dogovorili, a ostatak je nadoknađen hranom i smeštajem. To znači da je imao trideset šest funti.

Čula je mjaukanje kraj svojih nogu. Detol. Bez sumnje je želela još keksića. Tilda jutros nije precizno odmerila hranu koju je sipala u njenu posudu. Krenula je za njenim uspravljenim repom prema kuhinji, ali se zaustavila. Čučnula je i nakašljala se.

– Detol? Zar ti nisi... lepa devojka? – Mačka je polako okrenula glavu. Tilda je pružila ruku, trudeći se da je ne diže iznad Detoline glave. Mačka je prišla i onjušila joj prste, zastala, a onda protrljala obraz o njih. Tilda joj je počešala krzno i Detol je okrenula svoju slabu tačku. Predenje je ispunilo sobu i Tilda se odvažila da dlanom pomiluje Detolin bok. – Zar ti nisi... mekana – rekla je. Detol je gurnula Tildinu šaku glavom, a dva M su se spojila. Tilda je ustala. Sve to vreme, mačka je jednostavno čekala pažnju, nije bila spremna da popusti prva, bila je bojažljiva. Tilda je saosećala s njom, i osetila je iskreno poštovanje prema životinji koju donedavno jedva da je podnosila. Detol je bila vešta u preživljavanju, imala je granice i bila nepoverljiva, što ju je održavalo bezbednom. Ljudi su morali da zasluže njenu ljubav. I ona je bila napuštena.

Tilda se vratila u kuhinju i oklevala je. Otvorila je kredenac i izvadila malu limenku tunjevine, otvorila je i pre nego što je stigla da se predomisli, sipala je pola u mačkinu posudu. Detol nije mogla da veruje svojim očima. Začuli su se koraci na spratu i Tilda je brzo sipala ostatak u jednu šolju, prekrila ju je prozirnom folijom i stavila u frižider. Isprala je limenku i sakrila je iza čajnika kad je Majlo sišao. Detol kao da ju je razumela, smazala je tunjevinu u rekordnom vremenu i olizala je sve dokaze.

Njih dve su se zaverenički pogledale kad je Majlo ušao u kuhinju, čupave kose koja je bila u suprotnosti s njegovom urednom svakodnevnom odećom. Mora da je zaboravio da je očešlja. Tildini prsti su se trzali dok je žudela da mu dodirne kosu. Držao je novčanice u ruci, one koje mu je Tilda dala. – Jadno, zar ne, da tako malo novca znači toliko mnogo? Nemojte me shvatiti pogrešno, zahvalan sam, ali... – Glas mu je zadrhtao. – Imam trideset godina. Trebalo bi da zarađujem novac i plaćam hipoteku, da štedim za penziju. – Seo je za drveni sto i uhvatio se za glavu. – Nisam nezahvalan, Tilda. Na ovom. – Protresao je novčanice. – Počinjem ponovo od nule, znam to. Teško je, ali makar mi sad život ide u pravom smeru. Zahvaljujući tome što ste mi dali krov nad glavom.

– Kad smo već kod toga... – počela je.

– Da. Morate da operete veš – kazao je i skočio na noge. – Spremiću doručak. A onda kasnije, recimo oko podneva... da li biste otišli u šetnju po Kraučden parku? Mogao bih da malo vežbam... kako ste ono rekli? Pažljivost. Mogli biste da me posavetujete kako se to radi.

– Danas će biti još toplije, pa podne nije dobro vreme – kazala je. Biće vrelo kad bude spavao na trotoaru. Ali to nije njen problem.

– Još bolje – kazao je, pun nade. – Mogao bih malo da pocrnim.

– Želim da se odmaram posle ručka, pre popodnevne kupovine, Majlo. Zašto ne biste otišli sami? Pažljivost je jednostavno posvećivanje pažnje pojedinostima.

– Šetao sam se tamo dok sam bio beskućnik... daleko od saobraćaja, to me je opuštalo. Ali brinuo sam se da bi neko mogao da me prepozna sa ulice, i lokalci bi mislili da sam došao da pravim probleme – rekao je, uznemireno prelazeći rukom preko zglavka druge ruke.

Izgledalo je da mu nije smetalo da ide do metro stanice prethodnih dana, osmehuje se prolaznicima, pozdravlja penzionere. Ali možda će biti lakše da mu svoju odluku saopšti daleko od kuće u kojoj se odomaćio. Park je uvek smirivao i Tildu. Tokom hladnijih meseci, išla je tamo sa semenkama za ptice i bacala ih je na tvrdo tlo kraj jedne od klupa. Uprkos hladnom vazduhu, toplota je prolazila kroz Tildino telo dok je sedela blizu gladnih ptica koje su oduševljeno kljucale.

Kako se podne približavalo, Majlo je postajao sve ćutljiviji. Nekoliko puta je pogledao telefon. Možda su ga odbili u nekoliko firmi. Tilda će uzeti prsten kad budu krenuli u šetnju, i daće mu ga u parku. Pogledala je onlajn i pronašla jednu zalagaonicu blizu parka, koja je bila otvorena do šest. Tilda će ga odvesti tamo. Na taj način će, makar za nekoliko noći, imati dovoljno novca za pansion.

Hodali su uporedo niz ulicu, pored poznatog smeća i prepunih kanti koje su smrdele na trule ostatke. Nekoliko metara pre zapuštene perionice rublja, skrenuli su desno u veliki park, kroz koji je vodila vijugava staza, oivičena žbunjem i drvećem, s drvenim klupama u sredini. Tilda je zastala, gledajući biljke koje se nežno klate na povetarcu, osluškujući zujanje pčela na obližnjem žbunu lavande, povike dece iz skejt-parka na suprotnom kraju.

Diši.

Problemi su joj nestali na nekoliko trenutaka, kao da je obližnji hrast spustio grane i rekao joj da zakači probleme za njih. Skrenuli su levo i počeli da idu ukrug. Majlo je stalno gledao u telefon i sat.

– Kao prvo, odložite telefon – rekla je Tilda. – Pažljivost znači udaljavanje od savremenog sveta koji nam odvlači pažnju. – Pokazala je na hrast. – Pogledajte koru, različite neravnine, boje. Često me putovanje u pažljivost navodi da istražujem. Kora drveta je zadivljujuća, radi toliko toga... sprečava... – Zacrvenela se. – Izvinite. Verovatno vam dosađujem.

– Nastavite – kazao je – zanimljivo je.

– Kora sprečava gubitak vlage, zadržava je unutra, i štiti drvo od vrućine i hladnoće, kao i od insekata... To je spoljni sloj izdanaka i korenja.

Majlo je stao na travu i prešao rukom preko stabla. – Neverovatno.

Tilda je često želela da joj koža bude više kao kora drveta, posebno kad je bila mlađa. Nisu joj smetali insekti, mogla je da podnese vrućinu i hladnoću. Kora joj je bila potrebna da se štiti od zlobnih reči.

Nastavili su do jednog žbuna sa otmenim, jarkoružičastim cvetovima fuksije. Majlo se zaustavio i sagnuo da bolje pogleda. – One kao da odgovaraju, zar ne? – promumlao je. – To kako obore glave. Radio sam to mnogo puta tokom prethodnih nedelja. – Pružio je ruku i podigao jedan od cvetova. Kad ga je pustio, on se sav srećan ponovo pokunjio. – Možda fuksije imaju pravo, što okreću glavu od buke, od gužve. – Ustao je. – Zašto ne bismo seli na klupu? – kazao je, napetim glasom. Seli su, uživajući u tišini nekoliko minuta. – Mnogo ste mi pomogli – rekao je. – Uradio bih sve da vam se odužim.

Nastavio je da gleda oko sebe. Kuda ovo vodi? Da li je predosetio kako želi da mu kaže da se iseli? Jedan stariji par prošao je pored njih, osmehujući im se. Neki tinejdžer je vozio skejt po parku, a onda je naišao trkač sa slušalicama na ušima. Jedan mladić se približio klupi. Tilda je zevnula. Kad Majlo ode, bolje će spavati večeras. Sutra ujutro će se vratiti meditaciji i tuširanju hladnom vodom i...

Majlo je ustao. Nameravala je da mu se pridruži, kad je začula neki nepoznat glas. – Tilda.

Podigla je glavu.

Sve joj se zaljuljalo, kao da je drveće plesalo, iako je povetarac bio jedva primetan. Uhvatila se za klupu.

– Logane?

I dalje je izgledao kao filmska zvezda. I dalje je bio vitak. Ali imao je tamne podočnjake i nije se obrijao. Verovatno je išao po klubovima nekoliko noći zaredom, slavio to što je izabrao neku novu karijeru. Ali kako ju je pronašao ovde?

Zatim je shvatila. Naravno.

Mrko je pogledala Majla. – Kako ste *mogli*? Kako ste uspeli da stupite u kontakt s njim?

– *Tviter*. Vidite, vaš brat i ja imamo...

Odmahnula je glavom. – Bila sam tako glupa. Vi ste samo još jedan ljubitelj fudbala. – Pokazala je na svog brata, ne gledajući ga u oči, ne obraćajući mu se, jer nije zasluživao njenu pažnju. – Ja sam samo bila sredstvo da dospete do njega.

Majlo je udahnuo i izdahnuo glasno. – Tilda. Ne. Upoznao sam vašeg brata pre nego što su nam se putevi ukrstili.

Logan je stajao, otvorenih usta. – Nisam bio siguran šta da mislim kad mi se ovaj čovek obratio, ali sad sam ga prepoznao i... Seko, ja...

Tilda je ustala. – Opalac. Koliko god da si povlašćen, da me nazoveš tako posle... koliko, pet godina? Nakon što si odbio da se sastaneš sa mnom, otvoreno, jer sam bila pijana? Nakon što sam pokušala da ti pomognem, kad si me „slučajno" pozvao. – Odmahnula je glavom, ustala i krenula da ode.

Majlo ju je nežno uhvatio za ruku. – On je sad ovde, zar ne?

– Samo zbog vas – rekla je. – Mora da želi nešto.

– Ne... taj prsten sa zmajevim jajetom...

Stavila je ruku u džep. – Mislite na ovo? – Stavila mu ga je na dlan.

– Vaš brat, Logan, on je bio prolaznik koji mi ga je dao. Prepoznao sam ga kad ste mi pokazali sliku na telefonu.

Šta? Ali... zato je Majlo bio toliko iznenađen, kad je video fotografiju na telefonu, zbog toga što je to bio njen brat?

Da, i šta s tim? Okrenula se prema Loganu, nabravši nos. – Zar nije veliki dijamant više u fudbalerskom fazonu, za verenički prsten? I otkud ti u Kraučdenu?

Njen brat se namrštio.

– Nije hteo da zaprosi nekog, Tilda, pogrešno sam ga razumeo. To je bio poklon za vas. Išao je do *vaše* kuće.

Tildi je zastao dah.

Logan je odlučno klimnuo glavom. – Istina je, Tilda. Proveo sam mnogo vremena birajući ga. I ja sam pomislio da liči na zmajevo jaje, zato sam ga i kupio.

– Setio si se da volim fantastiku? – pitala je tiho.

Nervozno se osmehnuo. – Nikad nisam zaboravio igre koje smo igrali. Ja sam sedeo na tvojim leđima, pretvarajući se da jašem zmaja po nebu. Sjajno si glumila bljuvanje vatre! Puzili smo po travi, držeći drvene kašike na glavi, pretvarajući se da smo jednorozi. Kad god smo išli na plivanje govorila si kako moramo da se pretvaramo da smo sirena i triton. A tu su bile i te priče koje smo pisali o vilinskim kraljevima i kraljicama. Sećaš li se koliko ih je baka volela?

Baka. Da. Uvek ih je ohrabrivala, baš kao i tata. – Šta želiš, Logane? – pitala je hladno. – Nikad neću ići na fakultet. Mama mora da shvati to, pa ako si ovde u njeno ime... mada pretpostavljam da je dosad digla ruke od mene.

– Ovo nema veze s njom. Želim da ti pokažem nešto. – Skinuo je ranac s ramenâ. – Uzela je neplaćeno na poslu i otišla na dug odmor u Francusku, isprobavajući kako bi joj bilo da ode tamo kad se penzioniše, o čemu razmišlja već neko vreme. Nekoliko njenih prijatelja se preselilo tamo i sviđa im se društvo. Kuća je sad prevelika za nju i možda će je prodati. Ali pregledao sam kutije na tavanu. I pronašao sam...

– Čekaj... mama se možda seli u inostranstvo? *To* je bio razlog da mi se javiš? Da, naravno da jeste, uvek si bio njena marioneta. Ne možeš da zamisliš svoj život bez nje, bez porodice? Pa, pokušaj da podneseš to, kao što sam ja morala, kad sam bila tinejdžerka. – Udaljila se.

– Tilda – viknuo je, trčeći da je sustigne. – Nije tako. Molim te. Samo pogledaj...

Okrenula se. – Ne. Ne radi to, Logane, nemoj da mi se upetljavaš u život koji sam napokon tako udesila da me čini srećnom. – Glas joj je zastao. Bilo je prekasno da se pomire, uprkos razočaranju na njegovom licu, uprkos bolu u njegovim očima. – Prekasno je za nov početak – kazala je mirnijim tonom i mrko pogledala brata, pa Majla.

Suznih očiju, Logan je protrljao čelo. Majlo je bezglasno rekao: – Žao mi je.

– Niste imali pravo. Nijedan od vas – reči su joj zastale u grlu. Jecaj joj se oteo iz grla i otrčala je iz parka.

14.

Tilda je sedela u svom dvorištu, na zemlji, pored žbuna jasmina, utešena njegovim mirisom i bezbrižnim vrapcem koji je srećno skakutao po travi. Detol ju je gledala, sa udaljenosti od nekoliko koraka. Suze su joj tekle niz lice, zbog Loganove drskosti da je nazove „seko", kao da se nisu otuđili. Uočila je koprivu koja je nikla iz zemlje. To je značilo da je u blizini kiselica, da ublaži žarenje... tako je priroda delovala. Fantastika, filmska ili književna, bila je godinama ekvivalent kiselice, svaki put kad bi Tildu ožarile nečije reči ili dela. Omogućavala joj je da nastavi sa životom, da razvije posao, da kupi kuću – fantastika je stvorila stvarnost koja joj je postala draga. *Lavirint* je bio jedan od njenih omiljenih filmova. Zaboravila je na subotnju kupovinu. Provešće popodne gledajući film, uz preostale kokice i limenku kole. Možda i dve. Tri. Četiri. Slika vina pojavila joj se u umu. Hladno, resko, sa alkoholnim udarom koji nijedno bezalkoholno piće ne može da zameni. Nameravala je da ustane kad je kapija zaškripala i pojavio se Majlo. Skočila je na noge i otresla zemlju s pantalona. Stisnutih usana, prekrstila je ruke.

– Žao mi je – rekao je tiho. – Gadno sam zabrljao. Preterao sam. Vratio sam prsten Loganu.

Budala. To je bio zalog za njegovu budućnost. To je se ne tiče. Bez ijedne reči, otvorila je sporedna vrata i počela da hrani Detol, suviše besna da bi razgovarala s njim. Majlo je otišao na sprat. Dobro, i bolje je da joj se skloni sa očiju. Međutim, kad se vratio, nosio je svoje stvari.

– Još jednom hvala na svemu – kazao je. – Skinuo sam posteljinu s kreveta.

– Gde vam je bila pamet? – promrmljala je. – Kako bi vam se svidelo da ja pozovem vašu sestru?

Trgnuo se.

– To vam govorim.

– Uradio sam to jer je očigledno da vam je i dalje stalo.

Tilda je prestala da sipa kokice u posudu i spustila je kesu. – Gotovo da nisam pominjala brata.

– Postavili ste da da vam *Gugl* javlja vesti o njemu. To obaveštenje koje ste dobili o tome kako završava karijeru nije došlo iz aplikacije za vesti, zar ne?

Tilda je stisnula zube. – Kao što se kaže... držite prijatelje blizu, ali neprijatelje još bliže.

– Ali kada ste pričali o tome koliko dece trenira fudbal, a kako ih malo uspe, niste mogli da sakrijete ponos u svom glasu. I video sam da se brinete zašto je prekinuo karijeru. Želeo sam da vas iznenadim, samo sam pretpostavio da ne znate kako da stupite u kontakt s njim i da ćete se pomiriti ako uradim to za vas. – Podigao je ranac. – Bilo je to nadmeno, sad vidim. Vaša posla su vaša posla.

Tilda *jeste* bila ponosna na Logana, to je ono što ju je nerviralo. Potajno je jednom otišla na neku utakmicu, uspela da nabavi kartu za njegov prvi meč u *Bolton vonderersima*. Kako je publika urlala od radosti kad je novi igrač postigao prvi gol. Tilda je želela da skoči s njima i urla dok ne promukne, da viče „to je moj brat", zamišljala je koliko bi njihov tata bio ponosan zbog sinovljevog uspeha, da je živ. Umesto toga, iskrala se sa suzama u očima, ne želeći da naleti na mamu, koja je bez sumnje bila tu, snimala i fotografisala.

Majlo je otišao u vešernicu i čučnuo da veže pertle. Detol je krenula za njim i legla na leđa, protežući se ispred njega. Majlo ju je pomazio po stomaku i nazvao je lepom. Detol mu je liznula šaku, a on je veselo uhvatio njenu šapu, kao da se rukuje s njom. Koliko god Majlovo iznenađenje za Tildu bilo pogrešno, pokazivalo je njegovu želju da iskreno učini nešto za nju. A Šejnova iznenađenja su uvek, ispod površine, imala veze s njim, kao toster koji joj je kupio za kuhinju, jer su mu topli sendviči bili omiljena hrana. Ili izlazak iznenađenja kad ju je odveo u sportski bar u gradu, iako je znao da ona ne voli tu buku, a nakon večere su otišli u bioskop da vide neki malo poznat film o borilačkim veštinama, što je on voleo. Predložila mu je novi fantastični film, a on je rekao da je to za decu.

Telefon joj je zazujao i pogledala je obaveštenje, a onda otvorila imejl. Zadovoljno je klimnula glavom pre nego što je ponovo pogledala. Majlo je spustio ruku na kvaku. Neka praznina je obuzela Tildu, kao talas iz najtoplijeg okeana koji bi trebalo da bude prepun života: ribe, krila, planktona, ali bio je čistiji od sterilisane bazenske vode – poznat osećaj, kao stari prijatelj s kojim više ne želiš da se družiš.

Praznina? Njen život u Kraučdenu, vođenje posla, sopstvena kuća?

Ne. Nipošto. Svaki dan je bio pun. Kad Majlo ode, red će se vratiti. To je ono što je želela.

Jeste.

– Nema potrebe za dramatizovanjem – čula je sebe kako govori. – Dobili smo novi posao. Jedan klijent koga sam posetila u vašem starom kraju, Vilmslouu, verovali ili ne, pre dve nedelje. Stambena četvrt. Velika kuća. Vlasnik je razgovarao s raznim kompanijama za čišćenje, ne shvatajući da sam i ja procenjivala njega. Šta kažete da to postane vaš klijent? Trebalo bi da posao može da se obavi za četiri sata nedeljno. Klijent je predložio ponedeljak ujutro, nakon vikenda. Ima pet spavaćih soba, tri kupatila i toalet u prizemlju, veliku kuhinju, nekoliko dnevnih soba. Često organizuje zabave vikendom, i gosti ostaju da prenoće. Kao što znate, plaćam svoje osoblje dvanaest funti na sat. To je četrdeset osam za vas – manje polovina za troškove hrane i stanovanja ovde. Dakle, dvadeset četiri, pored ostalih smena koje radite sa mnom u Stokportu, to je ukupno trideset šest. Nedeljno, zasad, zarađivaćete...

– Šezdeset funti – ubacio se. Spustio je ranac na pod.

– Samostalan rad zasad će biti probni, naravno. Tog prvog ponedeljka ujutro i ja ću otići tamo... pokazaću vam kako se radi. Imate iskustvo u čišćenju noćnog kluba, ali stanovi su drugačiji. A onda... videćemo kako sve ide. Neobavezan dogovor, ako želite, dok tražite neki drugi posao.

– Ne znam šta da kažem.

– Moram brzo da odredim čistača za ponedeljak, tako da bi bilo najbolje da ubrzo kažete da li prihvatate.

– Hteo sam da kažem da! Da! Da! – Dotrčao je u kuhinju i uhvatio ju je za ruke. – Jeste li sigurni? Da smem da ostanem ovde?

Klimnula je glavom kad su njegove velike šake bez problema prekrile njene.

– Neću vas izneveriti. – Okrenuo ju je kao da plešu.

– Prekinite – kazala je, stidljivo, i odmakla se, terajući osmeh na svom licu da nestane. – I dalje sam ljuta na vas. – Oštro je pogledala njegova stopala. – I još ste obuveni.

Majlo je izuo cipele u vešernici i vratio ranac na sprat, govoreći nešto o tome da će raspremiti krevet. Otišla je do sporednih vrata i kopriva napolju joj je privukla pažnju. Šta je to Logan imao u rancu, što je želeo da joj pokaže? Stresla se. Zaboravi na to, Tilda. Samo ćeš ponovo biti povređena.

Tiho mjaukanje privuklo joj je pažnju. Oklevala je i onda podigla Detol, nešto što je ranije radila samo kad je morala da je stavi u nosiljku za mačke i odnese kod veterinara. Stavila je mačku preko ramena i oprezno joj prešla rukom preko čupavih leđa. Mačka se opustila. I Tilda. Naslonila je glavu na krzno, zatvorila oči i srce joj je usporilo dok je predenje odjekivalo i u njenim grudima.

Vrata su se zatvorila na spratu i Tilda je brzo spustila Detol i vratila se u kuhinju, kad je i Majlo ušao.

– Idem da gledam *Lavirint* ovog popodneva, nakon što dogovorim sve s novim klijentom. Hoćete li sa mnom? – pitala je.

– Rado. Hvala, Tilda. – Majlove usne su zaigrale i nagnuo se napred da skine mačju dlaku s Tildinog ramena. – Ali idemo po redu. Video sam praznu limenku tunjevine iza ketlera. Staviću je u kantu za reciklažu. Veoma čudno. Polovina njenog sadržaja je u frižideru. To mora da je bio veoma mali sendvič. – Pogledao je Detol i ponovo Tildu, pre nego što je pošao prema ketleru, široko se osmehujući.

15.

Na kraju su dvaput pogledali *Lavirint*. A onda su bindžovali celu sezonu serije *Vuk Odlak*. Bilo je to prijatno, toplo, čak... udobno, što je Tildi bilo prvi put da se oseća tako u nečijem društvu. Tilda je retko propuštala da ide u nedeljnu kupovinu određenog dana. Srećom, imala je paprike i crni luk, jer su subotom na meniju bile fahite, a imala je i piletinu u zamrzivaču. Za ručak su jeli samo kokice i čips. To je bilo prikladno, jer juče nije bio normalan dan. Kao da je živela u nekoj video-igri, a njen brat je bio igrač koga je ubila pre nekoliko rundi, ali ponovo se pojavio, kao da ima devet života, kao Detol.

Tilda je pogledala sat kraj kreveta. Prespavala je alarm i probudila se u osam umesto u sedam? Iskočila je iz kreveta i sela prekrštenih nogu na pod i meditirala jedan minut pre nego što je izgubila koncentraciju. Istuširala se toplom vodom iz čistog zadovoljstva, očešljala se, a onda obukla pantalone i... ne, u stvari, danas će to biti donji deo trenerke i široka majica koju nije nosila godinama. Tilda je stavila poslednje kapi parfema. Otprilike u osam i trideset stigla je u kuhinju.

Ogorčeno mjaukanje dopiralo je do kuhinje i požurila je da otvori vrata vešernice i podigne Detol za... čekaj malo... jutarnje maženje? A onda je napunila posudu za mačke i u petnaest do devet, spremila doručak – žitne pahuljice s voćem, pet polutki oraha, šakom suvog grožđa i dve kašike...

Ne. Vratila je kutiju s pahuljicama, osetivši iznenadnu žudnju za palačinkama... s dosta sirupa.

Majlo je ušao u kuhinju i protegao se. – Te palačinke mirišu ukusno. – Gomila palačinki bila je poređana, kao kamenje za meditaciju, nasred stola, prelivena sirupom i džemom. Napunio je ketler vodom. – Vaš uobičajeni zeleni čaj?

– Kafa, za promenu – rekla je. Ponekad ne škodi. Pogledala je *Votsap* i široko se osmehnula fotografiji Kantalup, koju joj je Iv poslao, koja sedi kao čovek, i čisti lice.

– Šta je toliko smešno? – pitao je Majlo i osmehnuo se.

– O. Ovaj... prijatelj, Iv, poslao mi je fotografiju svoje mačke. Dobro, nije njegova, znate...

– Iv? On je Francuz? – Majlov glas je zvučao izveštačeno veselo.

– O, to je komplikovano – kazala je odsutno, čitajući Ivovu poruku.

Ma chére *Tilda, Kantalup se praktično uselila i, nažalost, voli da spava ili na mojoj omiljenoj fotelji ili na mojim crtežima. Moram da sakrivam uzorke odeće. Detol zvuči kao veoma dobro vaspitana. Kantalup je nestašna. Nekako joj se divim. Mon ciel étoilé, žao mi je što moram to ponovo da pomenem. Beatris je došla sinoć, uplakana. Nikad nije izgledala tako bolesno, zakrvavljenih očiju, neprestano se tresla. Želeo sam da je odbijem, ali ja sam joj brat. Ne mogu. Jesi li odlučila da mi pozajmiš novac? Dobijaćeš besplatnu odeću do kraja života ako pristaneš. Iskreno. Iv xxxxx*

– *Mon ciel étoilé* – promrmljala je Tilda.

Majlo se okrenuo. – Taj Iv vas naziva svojim zvezdanim nebom? Obrazi su joj se zarumeneli.

– Izvinite, ponovo guram nos gde mu nije mesto – rekao je. – Samo sam zadivljen kako se uopšte sećam francuskog iz srednje škole. – Nakašljao se. – Vas dvoje mora da ste bliski?

Podigla je obrvu.

Bojažljivo joj se osmehnuo. – Dobro, znam kad treba da odustanem... – Začulo se zvono na vratima. – Želite da otvorim? – pitao je, kao da jedva čeka da izađe iz kuhinje.

Tilda je isključila šporet i spustila poslednju palačinku na gomilu. – Ne. U redu je. Brzo se vraćam. Mora da je to neki nenajavljeni trgovački putnik. Otarasiću ga se.

Otišla je do ulaznih vrata i otvorila ih. Grudi su joj se stegle kad je ušao hladan vetar i nije mogla da progovori, kao da je nagurala u usta previše palačinki.

– Zar juče nisam bila jasna? – kazala je ukočeno. – Nemam ništa više da ti kažem. – Krenula je da zatvori vrata, ali jedna glava se pojavila iza drvenog dovratka. Pripadala je maloj osobi čupave crne kose, odevenoj u crvene pamučne pantalone s tregerima. Devojčica je svečano pružila ruku.

– Zdravo, tetka Tilda. Ja sam Rajli. Imam šest godina, ne volim jaja, omiljena boja mi je crvena, a *Mačak u čizmama* je najbolji film svih vremena.

Tetka Tilda? Čekaj... ima bratanicu? To je značilo... Logan ima ćerku. Ne mogavši da odoli, Tilda se sagnula i pružila ruku, dok ju je jako stezalo u grudima.

Tilda je bila tetka.

Logan je bio tata.

Devojčica joj je čvrsto stisnula ruku.

– Rekao sam ti da pustiš mene da govorim – prosiktao je Logan.

Rajli je prekrstila ruke i odmahnula glavom. – Blesavi tatica. Bilo bi nevaspitano da sam nastavila da se skrivam iza ugla. – Nestašno se osmehnula Tildi. Tilda joj se osmehnula, potajno zadovoljna što i ćerka opominje Logana.

Njegova ćerka. Potrudio se da sakrije svoj privatni život od medija. Pogledala je Logana u oči. Ne, neće zaplakati, neće mu pokazati koliko je boli što su propustili toliko toga u životu onog drugog.

– Logane, ne možeš da se pojaviš kad želiš i...

Rajli je zacičala i čučnula. Detol se pojavila kraj Tildinih nogu. Rajli je pružila ruku i zagolicala mačku ispod dlakave brade.

– Kako se zove? – pitala je i podigla glavu, očiju napola skrivenih ispod neravnih šiški.

– Detol – rekla je Tilda. – Ona je tigrasta mačka i živela je ovde kad sam se uselila. – Dodala je tu informaciju kako Logan ne bi posumnjao da je postala kenjkava ljubiteljka životinja. Osećala se dovoljno ranjivo i bez pokazivanja ičeg što bi se moglo doživeti kao slabost. Nije znala kakve su mu namere, i zašto je iznenada želeo kontakt. I...

Tilda je uzdahnula.

Devojčica je nakrivila glavu. – Zašto se zove tako?

– Otkrila sam da se nekad zvala Doti. Glupo ime za mačku, ako mene pitaš.

– Imena su megavažna. Jedna moja prijateljica ima dve mačke koje se zovu Svetlucava i Sjajna. – Rajli se pretvarala da joj se povraća.

– I zato sam joj promenila ime u Detol – nastavila je Tilda. – Ja sam čistačica. *Detol* se prodaje u bocama i pomaže mi da radim svoj posao...

Rajli je prešla rukom preko Detolinih leđa, tepajući životinji. – Pristaje joj. Zvuči kao ketler, a Kameron i tatica vole čaj i kafu.

– Kameron je moja partnerka – objasnio je Logan.

Baš savremeno, Rajli zove svoju mamu po imenu. Tilda je odmah zamislila klasičnu sponzorušu, plavokosu kopiju Kameron Dijaz.

– Čajnici su nekad kačeni iznad vatre, naučili smo to u školi – kazala je ponosno. – Tatica mi ne dozvoljava da imam ljubimca. Detol je tako kul ime. – Okrenula se ka Loganu. – Tetka Tilda ima ljubimca. Mačka bi mogla da razveseli mamicu, kad mora da leži u krevetu.

O, nazvala je Kameron mamicom, a njoj... nije dobro? Logan, mamin miljenik, uspešni fudbaler, ta predstava o njemu je na tren nestala, zamaglila se, nije tako savršen, ima podočnjake i neobrijan je... a moguće je da ništa od toga nije posledica noćnih izlazaka. Ali onda je uočila *armani* logo na njegovom sakou. Njegov svet se mnogo razlikuje od njenog, prepun je obožavanja. Mada se ona ne bi odrekla svoje odeće kupljene na popustu. Odeća je nikad nije previše zanimala. Kazala je to jednom Ivu, i on joj je poslao smajli rekavši kako ponekad najviše uživa da obuče farmerke i majicu. Tilda se iznenadila što je njen francuski prijatelj čuo za *Prajmark*. A Logan je uvek imao stila. Zadirkivala ga je kad je bio mali, jer je odbijao da izađe iz kuće ako mu se boja majice ne slaže s pantalonama ili čarapama.

Auspuh jednih kola je prasnuo i Detol je odjurila u kuću. Rajli je potrčala za njom, pored Tildinih nogu. Logan je zaustio da kaže nešto, ali Rajli se već bila vratila, i stajala je pored Tilde.

– Molim te, smem li da je potražim? – pitala je, zadihano. Još jedan nestašan osmeh.

Tilda je uzdahnula. – Dobro. Na nekoliko minuta.

Rajli je glasno uzviknula i odmah izula cipele. Tildi se ta devojčica već sviđala.

– Bolje je da uđeš – kazala je ukočeno Loganu. – Ali samo dok tvoja ćerka ne završi igranje s mačkom. – Zatvorila je vrata i pokazala na dnevnu sobu. – Vratiću se uskoro. – Odjurila je u kuhinju. Rajli je ćaskala s Majlom o tome kako mačke spavaju trinaest sati dnevno; i to je naučila u školi.

– Majlo, ovo je...

Osmehnuo se. – Rajli se već predstavila. Kaže... da ste vi njena tetka Tilda.

Tilda nije mogla da ga pogleda u oči. To što je imala bratanicu za koju nije čula, izgledalo je kao mrlja na Tildinom karakteru. Rajli je sedela na podu prekrštenih nogu, razgovarajući s Detol o tome kako bi mačak iz njenog komšiluka bio savršen najbolji prijatelj za nju.

– Zove se Eš i siv je. Mnogo je krupniji od tebe. Ako mi sedi u krilu, ne mogu da ustanem, a kad vidi neku pticu u zadnjem dvorištu, počne da ispušta smešne zvukove.

– Logan je u dnevnoj sobi – rekla je Tilda. – Neće dugo ostati. Da li biste mogli...

Majlo je podigao palčeve. – Nema problema. Možda bi Rajli želela palačinke?

Rajli je skočila na noge, široko se osmehujući. Prćasti nosić je izgledao isto kao Tildin u tim godinama, uz crnu kosu. Ta fizička sličnost između bratanice i tetke ispunila je Tildu osećanjem tuge jer su njih dve bile praktično neznanke i nimalo bliske. Ta devojčica je imala Loganov osmeh, uz naznake nečeg drugog... jakog duha, samopouzdanja koje bi Tildina mama nazvala drskošću. Verovala je u to da decu treba gledati a ne slušati, a kako je rasla, Tilda je sve češće mislila da je mamin način odgajanja dece veoma zastareo. – Ne zapitkuj me. Ne radi ono što ja radim, radi ono što kažem. Ako kažeš još jednu reč, ići ćeš u krevet bez večere... – Nisu to bile reakcije na bezobrazluke ili uvrede, Tildina mama jednostavno nije volela da deca misle drugačije od nje. Tilda se uvek klela da će, ako bude imala decu, biti više kao tata i dozvoljavati im da izražavaju svoja mišljenja i preispituju sve. Ušla je u dnevnu sobu. Logan je sedeo na sofi, s rancem od juče kraj nogu. – Rajli jede palačinke. Da li je to u redu?

– Sjajno, hvala – kazao je. – Neće želeti da ode.

Tilda je sela u fotelju kraj prozora, naspram njega, usredsređujući se na sve osim brata. DVD s filmom *Lavirint* nije bio vraćen na svoje mesto. Začudo, to joj nije smetalo.

– Lepa kuća – kazao je.

– Šta želiš, Logane? Zar nisam bila dovoljno jasna juče?

– Ako ništa drugo, hteo sam da te upozorim na Majla. Ne poznaješ tog tipa i pokupila si ga sa ulice, zar ne? Mogao bi da bude loš.

Tilda je odmahnula glavom. – Jebeno neverovatno. Ušetaš u moj život, i odmah se praviš pametan.

Obrazi su mu se zarumeneli. – Nije tako... samo sam upoznao ranije tipove kao što je on. Bilo je mnogo gubitnika koji su želeli da se druže sa mnom otkako sam se proslavio.

– Vratio ti je prsten!

– Možda ima neki veći plan. – Uzdahnuo je. – Moj novi komšija bio je krajnje ljubazan kad se uselio, pre nekoliko meseci. Kad je saznao ko sam, počeo je da mi se ulaguje. Vodio me je na piće, uvek je insistirao da on plati. Bilo je prijatno imati poznanika van fudbalskog sveta. Zatim mi je ponudio sjajnu priliku za investiciju, u strane deonice, rekao je da će i moji klupski drugovi imati koristi. Noć pre nego što sam potpisao prebacivanje novca, policija je došla u njegovu kuću. Sve je to bila prevara. A delovao je tako iskreno. Uvek moraš da budeš oprezna.

Tilda je prekrstila ruke. – Sposobna sam da se brinem o sebi.

Ramena su mu se opustila. – Izvini, ali njegove poruke su bile uznemirujuće. On je inteligentan, ljubazan tip. Kako je neko kao on postao beskućnik? Moraš priznati da je to malo čudno.

Rajlin smeh dopro je iz kuhinje. I Majlov. Logan je pogrešio.

– Imaš ćerku, dakle? Postao si otac kad si imao, koliko... dvadeset? – Tilda je bila tetka od svoje dvadeset druge godine.

– Prepao sam se. Ali to je najbolja stvar koja mi se dogodila.

– Jeste li venčani? – Tilda nije videla nikakvu naznaku toga u vestima.

Logan je odmahnuo glavom. – Ne... komplikovano je. Nadam se da ćemo se venčati za godinu ili dve, a da će nam Rajli nositi cveće.

– Ne izgleda mi kao neko ko bi nosio haljine pastelnih boja s karnerima.

Osmehnuo se. – Tako je. Već smo razgovarali o tome. Želi da nosi Spajdermenov kostim.

– Mama mora da je oduševljena što je baba – kazala je Tilda. Samo zadovoljstvo, bez odgovornosti.

– Nisam je odavno video.

– Šta, u poslednjih šest godina?

– O, dolazila je na fudbalske utakmice, povremeno na večere nedeljom, ali... dobro... posao joj je uvek oduzimao mnogo vremena. A i moj posao. Bivši.

– Ali Rajlina majka... Da li je dobro? Mama ti je pomagala oko Rajli, zar ne?

Logan je podigao obrve. – Jesi li ozbiljna? Sećaš li se mamine mantre? *Sve se može kad se hoće.*

Da. Svaki put kad je pomenula odlazak u internat. Svaki put kad je pričala o tome kako joj je teško da se vrati početkom novog polugodišta, mama joj je govorila da očvrsne. Kazala je da se tako gradi karakter i da će joj se Tilda zahvaliti na tome što su je teškoće ojačale, kad bude starija.

– Tata bi razmazio Rajli – promumlao je Logan i pogledao Tildu.

Tilda ga je pogledala u oči i ugrizla se za usnu. I Loganu nedostaje tata?

Podigao je ranac. – Ovde je nešto što moraš da vidiš, s tavana.

– Ne trudi se da ga vadiš – kazala je mirno. – Tebe možda zanima da pomažeš mami da sredi stvari pre nego što proda kuću, ali ja ne želim ništa iz svoje prošlosti. Zadrži sve to za sebe. Ionako bi ona to želela.

Namrštio se. – Nisam joj pomagao, Tilda. Nije ni svesna da sam bio tamo. Rajli je želela da potražim svoje stare igračke. Pronašao sam svoje svetlosne sablje.

Lice joj je smekšalo na tren. – Borili smo se njima u mraku. Tvoj piratski brod je takođe bio sjajan, a igrali smo se i mojim malim plastičnim psima.

– Kapetan Avav i Vrtirepi. – Logan se osmehnuo, pokazavši zube, prave i bele, bez razmaka. Zubić Vila prestala je da ih posećuje kad je tata umro. Mama je jasno rekla da mora naporno da se radi za nagrade, bio odrasla osoba ili dete. Izvadio je plastičnu kesu iz ranca i pružio ju je, ali Tilda je zadržala ruke kraj tela. Nostalgija, srećne uspomene, to je bilo previše, oštar kontrast njihovom današnjem odnosu.

– Nećeš ni da me saslušaš?

Tilda je ustala.

Povijenih ramena, Logan ju je pratio iz dnevne sobe. Pozvao je Rajli.

– Ali jedem palačinke, tatice.

Mama bi zaurlala Tildi da uradi kako joj je rečeno.

– Izvini, dušo, idemo na lep ručak.

Koraci. – *Mekdonalds*?

Logan se umorno osmehnuo. – Možda. Pošto je već vikend.

Tilda je stajala kraj ulaznih vrata. Njen brat je prošao pored. Zastao je. Zaustio je da kaže nešto, ali se predomislio.

A ona je morala da postavi pitanje koje ju je mučilo. – Zašto si odustao od fudbala?

Rajli je sedela na pragu, pevušeći tiho.

– Ima važnijih stvari. Zdravlje Rajline mame, Rajlina stabilnost.

– Shvatam. Želeo si da ti pomognem? Tek tako? Kako bi mogao da obnoviš svoju karijeru.

– Opa. Baš imaš loše mišljenje o meni.

Tilda je stisnula usne.

– Ne, naravno da ne. Rajli je vrlo srećna da provodi vreme nakon škole kod komšinice, koja je školovana vaspitačica. Ono što sam pronašao na tavanu navelo me je da shvatim da smo se ti i ja pogrešno razumeli.

Tilda je želela da se nagne napred i šapne: *nema šta pogrešno da se razume o bratu koji je odbacio sestru zbog slave i bogatstva*. Ali nešto na Loganovom licu navelo ju je da se zaustavi. Mora da je ipak postala kenjkava. To nije dobro. Logan će biti dobro. Ima mamu. Novac u banci, bez sumnje. Ćerku koja ga očigledno mnogo voli. Partnerku. Tilda je čvrsto stisla usne.

Logan je izašao. – Hajde, Rajli.

Nakon što je obula cipele, Rajli se bacila na Tildu i zagrlila je čvrsto oko struka. Tilda je stajala ukočeno, nesigurna kako da reaguje. Spustila je dlanove na devojčicina ramena i stegla ih, ne želeći da prekine taj kratki trenutak kad je osetila... povezanost.

Rajli se odmakla. – Obećala sam Detol da ću joj, kad sledeći put dođem, doneti neku igračku. Jadnica nema igračke. – Izašla je iz kuće i ušla u svoj svet, plešući pritom.

– Rekla bih ti da pozdraviš mamu, ali eto... Sigurna sam da ćeš razumeti ako preskočim to – Tilda je rekla Loganu.

– Ne brini, ni ja ne žurim ponovo da razgovaram s njom... – Glas mu je zamro. – Ne nakon onog što sam video u toj plastičnoj kesi. – Pružio je ruku i dodirnuo ju je po ruci. – Nikad nisam prestao da volim svoju stariju sestru.

Tilda je prekrila usta šakom, zaprepašćena, i progutala je knedlu. – Zašto radiš ovo? Zar ne vidiš koliko je to sebično, pogrešno, da kontaktiraš sa mnom samo kad imaš probleme? Zašto me nisi pozvao kad ti se rodilo dete, kad si postizao pobedonosne golove? Kao da ti tad nisam bila potrebna, kao da ti nisam bila potrebna kad sam poslata od kuće kao dete.

– Nije bilo tako, Tilda. Uopšte nije bilo tako.

– Hajde, tata! – Rajli je plesala ulicom.

– Zbogom, Logane. Molim te, ne dolazi više ovamo.

– Samo se čuvaj Majla – rekao je i pogledao ju je tužno pre nego što je pohitao za ćerkom.

16.

Majlo je stajao na vratima dnevne sobe, s tankom jaknom preko ruke. Kiša je počela da pada pre nekoliko sati.

– Idem na sastanak. – Počinjao je u podne. Nameravao je da ide na sastanak *Anonimnih alkoholičara* četvrtkom i petkom. Petljao je oko rajsferšlusa na jakni. – Što se tiče tog Iva... ne znam pojedinosti... i to me se ne tiče... – dodao je brzo. – Ali ako... ako vi i on... ne bih želeo da pravim neke probleme time što živim ovde.

O... bože. Vrelina joj se proširila vratom. – Majlo. U redu je. Niko mi ne govori koga mogu ili ne mogu da pozovem u svoj dom. A Iv... on ne živi u Engleskoj.

Majlo je pustio rajsferšlus. – O. On je u Francuskoj? – Zvučao je kao da mu je laknulo, verovatno zato što se zabrinuo da će ponovo postati beskućnik.

– Rođen je u Parizu. Studirao je dizajn tekstila u Milanu i onda se vratio.

– Opa. Neverovatno. Nikad nisam živeo van Mančestera. Ali ako ikad poželi da dođe u posetu, rado ću... Razumeo bih...

– To se neće skoro dogoditi. – Morao je da plati sestrin dug od dve hiljade evra. Tilda nije mogla da izađe u susret zahtevima kartela. Čekala je svoj krajnji rok u julu da mu dâ konačni, negativni odgovor, krajnji rok da pronađe muškarca koji će je zaprositi, rok koji je postavila sebi nakon Šejnovih omalovažavajućih komentara. Tog dana će, ovako ili onako, morati da se suoči sa istinom o svojoj budućnosti.

Vrata vešernice su se zalupila. Ponedeljak u Vilmslouu je prošao dobro. Tilda je uživala u bavljenju čišćenjem nakon Loganove i Rajline posete prethodnog dana. Majlo se dokazao kao vredan radnik, temeljan, i obraćao je pažnju na pojedinosti, kao što su zidne pločice u kupatilu i pod ispod nameštaja u dnevnoj sobi. Nije se gadio ni prljavijih zadataka. Ništa nije moglo da iznenadi Tildu, uključujući opuške džointa na kuhinjskom podu, tragove povraćke oko klozetske šolje i čips i kikiriki koji su nekako upali iza stranica kauča. Majlo je sve to već video ranije, u noćnom klubu.

Ajris i Džez trebalo je da se vrate sledeće nedelje – nakon gripa koji ih je pogodio jače nego Majla – tako da će Tildine i Majlove večernje smene u Stokportu biti završene do petka. Još jedan posao je obezbeđen, neki stan u imućnom Bramalu. Jedna bivša, penzionisana klijentkinja otišla je u Australiju na tri meseca, da bude sa svojim sinom. Vratila se i želela je dubinsko čišćenje svoje prostrane kuće naredne nedelje, pre nego što se vrati na redovno nedeljno čišćenje. Majlo će biti savršen izbor. Gospođa Hadson i njen pokojni muž bili su vlasnici bara u Spiningfildsu.

Tilda se protegla. Sedela je u dnevnoj sobi, ne znajući zašto. Sigurno je imala posla, trebalo je da objavi oglase i poveća bazu klijenata. Takođe je kasnila s postavljanjem sledećeg bloga. To što nije mogla da napusti dnevnu sobu nije imalo nikakve veze s Loganovom plastičnom kesom, koja je bila gurnuta iza fotelje. Ostavio ju je bez sumnje namerno. Majlo je nameravao da sedne na autobus juče posle ručka i donese malo svoje odeće iz kuće nekog prijatelja. Oprezno je to pomenuo Tildi, ne želeći da se ona brine kako on želi da ostane trajno, a bez sumnje ni on nije to želeo. Život u Kraučdenu, u Tildinoj skromnoj kući, mora da se veoma razlikovao od otmenog raspoloženja u Vilmslouu. Ali srećna jer joj je nešto odvuklo pažnju, odvezla ga je tamo. Zatim su sinoć ona i Majlo gledali nekoliko epizoda *Lucifera*, iz prve sezone, na *Netfliksu*, što im je oboma bila omiljena serija. Tildi se sviđao koncept da đavo nije loš, da jednostavno kažnjava one koji to jesu; koncept da neko ide u pakao zbog svoje krivice. A Majlu se najviše svideo lik demona koji je na kraju dobio dušu. Video je na sastancima *Anonimnih alkoholičara* koliko ljudi mogu da se promene, uključujući i sebe, i povežu se s dobrotom u sebi, i počnu da se brinu za druge koliko i za sebe. Pregledali su celu njenu zbirku DVD-ova, razgovarali o svakom, pre nego što su ih vratili na policu, bez nekog posebnog reda.

Tilda se ponovo protegla kad je Detol ušla. Stajala je na podu, gledajući sofu.

– Hajde – kazala je Tilda nežno. – Očetkaću sofu kasnije.

Detol se nije pomerila, tako da je Tilda potapšala jastuk kraj sebe. Mačka je skočila. Zurila je u Tildu. Tilda joj je uzvratila pogled. Detol je zevnula. Majlo joj je rekao da mačke to rade kad su postiđene. Sve dotad je verovala da je mački bilo dosadno u njenom društvu.

Nakon malo maženja, Detol se sklupčala i zaspala. Tilda neće pogledati kesu. Ko šiša Logana. Ustala je i otišla do vrata. Međutim, setila se Rajlinog radoznalog ponašanja. Ta devojčica bi sigurno zavirila. Mlađa Tilda bi takođe uradila to. Kad su bili mali, kad je tata bio živ, ona i Logan su išli u takozvana istraživanja. Silazili bi noću sa sprata, kad bi ih roditelji smestili u krevet, šunjali se po mraku s baterijskim lampama, i gledali mamu i tatu kroz odškrinuta vrata dnevne sobe. Brzo bi im postalo dosadno zbog kanala s vestima koji su njihovi roditelji gledali, i na prstima bi otišli do kuhinje da ukradu nekoliko integralnih biskvita iz limenke. Uvlačeći obraze, trudeći se da se ne nasmeju, išli su na sprat, izbegavajući stepenicu koja je stalno škripala. Najbolja igra bila je žmurke, u kući ili velikom dvorištu. Vrtlar koji je dolazio jednom nedeljno bio je zabavan i ponekad je pristajao da se igra s njima kad završi posao.

Jedan od razloga zbog koga je Tilda počela da se bavi čišćenjem i na kraju otvorila svoju firmu bila je njihova čistačica, Širli, koja se toliko ponosila ribanjem sudopere, i delovala toliko zadovoljno kad skine gumene rukavice, i osmehivala se. Zviždala je dok je usisavala tepihe i plazila jezik, koncentrišući se, kad riba uporne mrlje sa šporeta. Tildi se taj posao činio kao vrlo radostan, i ispunjavajući, posao u kome ti niko ne govori stalno šta da radiš. Širli je kupovala Tildi i Loganu čokoladu za Uskrs i knjige za Božić. Jedna od maminih dobrih osobina bila je to što je poštovala Širlinu radnu etiku i kupovala joj je cveće za rođendan i davala joj božićni bonus.

Logan i Tilda su joj pravili čestitku. Brat bi nažvrljao gomilu poljubaca.

Grlio ju je najčvršće. Pričao je o svojim problemima. Mazio bi Tildu po leđima kad je plakala. Bio je dobar brat. Želela je da misli kako je ona bila dobra sestra.

Tilda je otišla do fotelje i pogledala sa strane, a onda je uzela plastičnu kesu i otvorila je. Namrštila se kad je videla šta je unutra.

– Spremiću ručak – zaurla je Majlo.

Dok joj je srce tuklo kao ludo, Tilda se odmakla od sadržaja kese, ne shvatajući da se Majlo vratio sa sastanka. Sat na DVD plejeru rekao joj je koliko je vremena izgubila. Ruke su joj se tresle dok je vraćala kesu iza fotelje. Tilda je ustala i otišla do prozora, jedva primećujući ljude koji hodaju pored sa šeširima na glavama, pse koji dahću na povocima, muziku koja trešti iz kola sa otvorenim prozorima. Kad je ušla u kuhinju, Majlo je napravio sendviče, izvadio čips i jabuke uz dve čaše vode.

– Dobar sastanak? – pitala je.

– Jašta. Počinjem da upoznajem redovne posetioce. Jedan član će mi u utorak doneti telefonski broj prodavnice koja prodaje polovni nameštaj, za trenutak kad budem imao svoju kuću. Drugi ima ortaka koji drži bar u Vilidžu, i rekao je da traže osoblje na određeno vreme. Pitaće ga ima li slobodnih mesta.

Majlo, da radi u baru? Zaboravljajući na tren ono što je videla u Loganovoj kesi, Tilda se zapitala da li je to najbolja, najpametnija mogućnost.

Jela je ćutke, jedva odgovarajući na Majlova pitanja. Polako je šok zbog onog što je videla u dnevnoj sobi počeo da se smiruje, duboko u njoj. Gurala ga je sve dublje i dublje, dok ga nije potisnula i ispričala mu je za klijenta u Bramalu, i kako je Ajris pomenula da su ona i Džez strepele da će Tilda dati njihove smene trajno nekom drugom, jer su produžile bolovanje.

– Trebalo je da me dosad već poznaju – kazala je.

Majlo je obrisao usta. – Kako? Videle su vas samo tokom razgovora, a onda tokom prve smene kad su bile pod stresom jer su želele da vas zadive. Jeste li ikad okupili ceo tim? Otišli zajedno na piće? Da pokažete koliko ste im zahvalni?

Tilda je izgledala zgroženo. – Zašto bih to uradila?

Majlo se široko osmehnuo. – Tim bilding, to je bio veliki deo mog menadžerskog etosa, i čini vas prijemčivijom. Nekad sam organizovao dosta događaja za svoje osoblje. Kofi je takođe dolazio... zajednički ručkovi, kuglanje, laser tagovi, sobe za bekstvo.

– Ne mogu da se setim ničeg goreg.

Nasmejao se. – Ručak. Šta kažete na to? U pabu. Vi plaćate račun. A to će ih motivisati, poboljšaće komunikaciju, kvalitet njihovog rada... video sam to ranije. Njihovo zadovoljstvo poslom će se znatno povećati ako se, povremeno, osete kao da ih stvarno cenite... lično. Možda imaju neke brige u vezi s poslom koje ne mogu da iznesu preko imejla. Hajde. Uradite to. Recimo onog drugog vikenda. Večera u subotu. U Mančesteru. Čikam vas, Tilda Rajt.

– Šta ako odbiju?

– Šta ako ne odbiju? Hajde. To ima smisla s poslovne tačke gledišta, ako ništa drugo. Moglo bi biti zabavno. Koliko ljudi radi za vas?

– Desetoro.

– O.

– Mislili ste da ih ima više?

– Ovo je kuća pristojne veličine, tako da jesam. Ali da budem iskren, nemam iskustva s vođenjem sopstvenog posla.

– Osoblje koje zapošljavam želi da radi dve smene dnevno, a to mogu da budu jutarnje, dnevne ili večernje smene. Za svaku četvoročasovnu smenu, zaradim dvanaest funti, jer naplaćujem klijentima petnaest funti na sat, a plaćam zaposlenima dvanaest funti. Ukupno to su dvadeset četiri funte po zaposlenom svakog dana, a sa deset njih to je dvesta četrdeset funti za mene dnevno i malo manje vikendom. A uvek ima nekih smena koje radim sama. Pored toga, ne gubim novac kad klijent jednom potpiše ugovor. Na primer, naplaćujem penale za otkazivanje ukoliko nije dat pristojan rok.

– Opa. To se brzo nakupi.

Nikad nije ni s kim razgovarala o poslu, osim sa službenicima banke. Pokušala je da razgovara sa Ivom, da pronađe zajednički jezik, ali uskoro je postalo jasno da je on malo znao o praktičnoj strani poslovanja i rekao je da ima računovođu. – Imam troškove, naravno, za sajt i različite pretplate. I plaćam osiguranje, naravno, ali ne iznajmljujem kancelariju, nemam administrativno osoblje. Troškovi su mi minimalni.

– Izlazak za jedanaestoro ljudi. To ne bi koštalo mnogo.

– Dvanaest, ako i vi pođete – kazala je.

Majlo se osmehnuo.

– Moji lični troškovi su mali, volim svoj posao, ne idem često na odmor. Uspela sam da uštedim mnogo novca tokom prve dve godine; kompanija je brzo napredovala. Uvek ima mnogo novih klijenata, nezadovoljnih trenutnim čistačima. To je razlog zbog koga angažujem samo najbolje radnike. To mi je omogućilo da uštedim dovoljno da platim kaparu za ovo mesto, uz novac koji sam nasledila od bake.

– Mogli biste da udvostručite dobit ako biste unajmili sekretara da se bavi oglasima i pronalazi poslove, ako znate nekog sposobnog. Na poslednjem poslu mi je bilo sjajno, Kofi mi je dao slobodu da koristim svoju inicijativu. Unajmili smo sjajno osoblje, ali često su odlazili, tako da sam druge godine predložio da im povećamo plate – i to se isplatilo u roku od nekoliko meseci. Pronašli smo ljude koji su bili potpuno posvećeni poslu, želeli su da izgrade karijeru i, kao ja, jedva su čekali da pokažu inicijativu da bi povećali dobit. Nije im smetalo da rade prekovremeno, da menjaju kolege koje su na bolovanju... Takođe, bilo je zabavno razmenjivati ideje i uvoditi tematske večeri, uz odgovarajuće barske grickalice. Ljudima su potrebni ugljeni hidrati kad plešu i piju. Bio sam uveren da će čak i otmeniji stanovnici Vilmsloua uživati u „Petku pomfrita sa sirom“ i „Sredi s ljutim krilcima“. – Namrštio se. – Izvinite. Blebećem. Bože, voleo sam tu kreativnu stranu.

Tilda nije mogla da skine oči s njegovog lica, živosti, sjaja u očima, zarazne strasti. – Pretpostavljam da bi zajednički izlazak mogao da podigne produktivnost... – Organizovanje toga bi zahtevalo čitavo popodne, pronalaženje lokacije, slanje imejlova... Upravo ono što joj je bilo potrebno nakon što je otkrila ono što je bilo u Loganovoj kesi u dnevnoj sobi, pre nego što ju je Majlo pozvao na ručak. Poziv na ručak za dve nedelje nije ostavljao ljudima vremena da se organizuju, ali mogla je da bude pomalo i spontana.

Međutim, Loganova kesa joj se vraćala u misli. Odgurnula je jabuku, pokušavajući da utvrdi koja joj osećanja prolaze kroz vene.

Mogla je da bude ljuta zbog toga što je videla ili strašno, strašno tužna. Posramljena. Zbunjena. U stvari, nikakva pûka ljutnja, bila je besna kao ris. A onda je od te mešavine osećanja otupela. Gledala je ekran, ali um joj je prešao na prvo od neadresiranih, neposlatih pisama koje je otvorila među hrpom koju je njen brat ostavio. Tilda je zaboravila da je Majlo tu, nije čula Detolino mjaukanje, nije bila svesna da njen kućni gost pere sudove, nije odgovorila kad je rekao da ide u dnevnu sobu da pregleda oglase za posao. To pismo, njegove reči, njegova osećanja, stalno su se vraćali, i vraćali i vraćali.

Subota, 20. septembar 2008.

Velika sejo,
   Kako je u srednjoj školi? Čini mi se kao da si otišla pre sto godina, ali prošlo je samo nedelju dana. Da li liči na Hogvorts? Voleo bih da imam sovu da ti donese ovo pismo. Mama kaže da će ona napisati adresu i poslati pismo.
   Možda zvučim kao beba, ali voleo bih da si ovde. Stvarno je tiho nakon škole i dosadno, jer mama čita i gleda vesti na televiziji, o bankama i ratovima. Pričala je o nekom fudbalskom treningu na polugodištu. Pet dana u kampu, odbrana, napad, koju hranu jesti i video-analej... analaz... Nema veze. Zvuči kul ali radije bih bio s tobom. Ne mogu da razgovaram ni sa kim drugim, ne o važnim stvarima. Znaš da smo vežbali vožnju bicikla bez ruku? Uspeo sam, sejo! Sinoć. Želeo sam da te pozovem, ali mama kaže da si previše zauzeta novim prijateljima.
   Kakvi su nastavnici? Tvoja spavaća soba? Užasavam se što ću spavati van kuće na tom fudbalskom kampu. Neću nikog poznavati. Imaš li neki savet?
   Nemoj da me zaboraviš ☺
   Tvoj batica Lo

17.

Tilda je ustala u sredu u šest i trideset; nije mogla da spava. Nakon što je slučajno oborila budilnik, drhtala je i sedela na podu prekrštenih nogu. Otvorila je *Votsap* i oklevala pre nego što je počela da piše.

> *Zdravo, Iv. I ja imam probleme s rodbinom. Sa svojim bratom. Pojavio se iznenada, želeći pomirenje. Pomenula sam ti da smo se otuđili. Tako sam ljuta na njega. Ali sad se dogodilo nešto što me je navelo da pomislim da možda... stvari nisu crno-bele kako sam mislila. Slanina i jaja sa sinoćne fotografije izgledaju dobro. Klasična engleska hrana, nisam znala da i Francuzi to jedu. Tilda*

Poslala je poruku, čekajući da se oseti bolje. Ništa se nije promenilo.

Poskočila je kad je neko pokucao na vrata. Otvorila ih je, a onda zatvorila za sobom. Majlo je stajao u hodniku odeven u trenerku. Držao je patike.

– Čuo sam da ste budni. Nisam trčao mesecima. Da li biste krenuli sa mnom? Možemo da napravimo nekoliko krugova oko parka.

Začkiljila je u njega. Da li je to zbog toga što je sinoć bila ćutljiva? Neka varka da bi je naveo da mu se poveri? Stisla je usne.

– Nažalost, mislim da neću biti raspoložen za razgovor – rekao je. – Verovatno ću biti stalno zadihan.

Ponovo je uradio to. Pročitao ju je tako dobro. Nije se više toliko mrštila. – Ne znam šta da obučem – promrmljala je.

– Ne brinite, niko neće gledati šta imate na sebi kad trčite pored mene, koji mlataram slabašnim nogama, i stalno balavim...

– Zbog vas sve to izgleda tako primamljivo.

– I obećavam... nema iznenađenja. – Obrazi su mu se zarumeneli.

– Dobro. Dajte mi deset minuta. – Nikad ranije nije trčala. Ništa ne bi moglo da bude manje zabavno – osim da sedi unutra, sama, s tom plastičnom kesom koja je doziva iz dnevne sobe.

Dvadeset minuta kasnije, Tilda se pojavila u dvorištu odevena u stare crne helanke koje je pronašla u plakaru i majicu. Zastala je, na tren, odmah obodrena prijatnim suncem i rosom koja se presijavala na travi. Bez prevelikog zadovoljstva, malo se razgibala, stavila je ruke na kukove i okrenula se nekoliko puta, oponašajući Majla.

Telefon joj je zazujao.

Žao mi je što to čujem, Tilda. Sad se osećam loše što sam tražio pomoć od tebe, kad imaš svoje probleme. Ne mogu da spavam. Veza među braćom i sestrama je vrlo jaka, zar ne? Koliko god želiš da je prekineš, opstaje tokom decenija. Ja... jednom sam izlazio s nekom Engleskinjom. Naučila me je mnogo toga o engleskoj hrani. Nije toliko loša koliko Francuzi misle. ☺ Upoznala me je i sa engleskim keksom, mada je to što me je zvala Integralni Keksić bilo previše... Iv xxxxx

Tilda se osmehnula, podigla glavu i videla kako je Majlo posmatra.

– Jeste li ikad upoznali tog Iva? – pitao je.

– Ne, ali imali smo nekoliko video-poziva – brecnula se.

Majlo je podigao ruke. – Nisam kritikovao. Mislim da je dobro upoznati nekog temeljno pre nego... dobro... šta god da se dogodi.

– Izvinite što sam se brecnula – kazala je. – Mislila sam da govorite kako...

– Ništa ne govorim – rekao je. – Mnogo ljudi se u današnje vreme upoznaje onlajn, a vi ste najrazumnija osoba koju sam upoznao. Uvek bih poverovao vašoj proceni.

Tilda se ispravila na tren, kao da je porasla od jutarnjeg sunca.

Počeli su da trče. Vrlo sporo. Pogledala je Majla. Slabašne noge, malo sutra. Godine plesanja po klubovima sigurno su ga održale u formi. Jedna mlada prolaznica zadovoljno ga je pogledala.

Skrenuli su u park i prošli kroz veliku, crnu, metalnu kapiju sa šiljcima. Usporila je, disala je teško. Tilda je upijala jutarnji mir koji je remetila samo pesma ptica, prodorna i melodična, puna nade, velikodušna, uvek prijateljska, kao da su se ptice sećale ko im je bacao semenke. Dve patke su počele da kvaču pored okrugle bare u daljini, oivičene trskom i ševarom. Zahvalna što je napolju, trčala je sve brže i brže i pretekla je Majla. Sad su je listovi boleli, javljala se mučnina; nadala se da će zaboraviti gomilu pisama.

Subota, 5. oktobar 2008.

Velika sejo,
Jesi li dobila moje pismo od pre dve nedelje? Kako je u školi? Kladim se da je uveče zabavno. Jesi li naučila svoje nove prijatelje omiljenim kartaškim igrama? Mama kaže da je suviše umorna da bi igrala uveče... ali nije suviše umorna da radi na laptopu. Pogodi šta se dogodilo? Nakon svih onih puta kad si mi rekla da pročitam priču o Hariju Poteru, počeo sam da čitam prvu knjigu iz tvoje spavaće sobe. Imaš li prijatelja poput Rona i Hermione? Neprijatelje poput Draka? Da li u tvojoj školi ima kuća s kul imenima? Imaš li ljubimce kao što je Hedviga?
Moram da idem. Mama me zove. Imam fudbalsku utakmicu. Voleo bih da nemam. Napolju je hladno i pada kiša. Makar jedne subote bih voleo da ostanem u krevetu i gledam crtaće. Ali ne mogu da iznevverim mamu. Diže toliku galamu kad postignem gol i postavlja to na Fejsbuk. Megablam.
Piši mi, sejo.
Nemoj da me zaboraviš.
Tvoj braca Lo

Velika seja. Braca Lo. To su nadimci koje su dali jedno drugom. Tilda je zatvorila oči, dovoljno dugo da ne vidi veliki kamen ispred sebe. Saplela se i pala na zemlju, zakukavši od bola kad je svom težinom pala na lakat. Tilda je završila u gomili zemlje, podigla je glavu i ispljunula zemlju. Jake ruke su je lako podigle i jedna joj se podvukla ispod struka. Tilda je pružala otpor, želela je da odgurne Majla. Instinkti su joj govorili da ne prihvata pomoć, jer to se događalo kad je padala kao mala. Mama ju je ostavljala na zemlji, čekajući da sama ustane. Nakratko bi je pregledala i podsetila Tildu da velika deca ne plaču, da si prepušten sebi u ovom svetu. Mama je to ponavljala još češće kad je tata umro. Međutim, Tildino srce je govorilo na drugi način, jezikom koji je naučila od tate i bake, o ljubaznosti i pomaganju drugima. Uvek je trčala da podigne Logana kad bi se sapleo, iako ju je mama grdila. Obrisala bi mu suze i zagrlila bi ga.

– Dobro sam – zastenjala je i protrljala laktove. Majlo ju je čvrsto držao i odveo do najbliže klupe, kraj bare. Jedna patka je skočila sa obale, u vodu, a onda je otplivala do sredine, pre nego što je nestala ispod površine. Znoj se zadržao na Majlovom čelu, lice mu je bilo crveno. Kako li su samo izgledali njih dvoje, Tildina odeća i lice bili su umazani blatom. Nije mogla da krivi obližnjeg kosa koji se oglasio. Protrljala je laktove i Majlo joj je nežno okrenuo ruke da pogleda.

– Ima krvi svuda i pojavljuju se modrice. Te oderotine treba oprati – kazao je. – Dođite. Sad je red na mene da se pobrinem za vas. Hajde da se vratimo.

Hramajući, naslonila se na njega. Prvi ljudi koji idu na posao pojavili su se kad su stigli do kuće. Kad su se vratila, stajala je ispod mlaza tople vode, trzajući se kad bi joj dodirnula oguljenu kožu, gubeći se u zvuku vode koja izlazi iz tuša, pre nego što su joj se pisane reči ponovo pojavile u glavi, prigušujući pljuskanje.

Subota, 25. oktobar 2008.

Velika sejo,
Upravo se spremam da odem na taj fudbalski kamp na polugodištu. Potajno želim da ne moram. Propustio sam dve proslave rođendana i ne želim da spavam van kuće. I neću te videti sutra, kad mama ode po tebe. Možda neće biti tako strašno spavati u nepoznatom krevetu jer tebi se to sigurno sviđa, u spavaonici u tvom internatu, jer nikad ne odgovaraš

na moja pisma. Nadao sam se da možemo da se ispričamo kad sam čuo da dolaziš za raspust, jer baka ne može da se brine o tebi kao što je mama želela. Ali mama me je prijavila za ovaj fudbalski kamp i neću biti ovde, idem u avanturu. Nadam se da pišeš dnevnik, koji ću moći da pročitam kad budeš došla za Božić. I dalje smo najbolji prijatelji, zar ne?

Danas ponovo pada kiša. Mama kaže da mi kiša neće smetati kad budem zarađivao milione godišnje, u prvoj ligi. Kladim se da Ronaldo ne voli Mančester koliko Madeiru, gde je odrastao. Sećaš li se kad smo napunili usta madera kolačem i nismo mogli da govorimo a da ne pljujemo mrvice? Toliko smo se smejali. Gotovo sam se ugušio! Mama ne shvata takvu zabavu.

Nisi me zaboravila, zar ne?

Tvoj batica Lo

Majlo se istuširao nakon Tilde. Neka hevi metal pesma je treštala dok se presvlačio; Majlo je voleo *Ajron mejden* i *Džudas prist*. Imali su isti ukus za knjige i filmove, ali Tilda je više volela pop nego rok kad je reč o muzici. Dobro ga je osmotrila kad je sišao, odeven u otmenu košulju; bela i prugasta, slagala se s njegovom tamnom kosom i očima, a pantalone od kepera predstavljale su pravi balans između poslovnog i opuštenog. I mirisao je dobro. Na borovinu, sveže, njegov afteršejv je imao neku oštrinu.

– Upravo sam dobio imejl – kazao je i ozario se. – Razgovor za posao zakazan u poslednji trenutak, za poziciju menadžera bara u Stokportu. Možda nećete morati još dugo da me trpite.

– Sjajno – rekla je, zbunjena što joj glas zvuči ravnodušno. Nema ničeg boljeg od ličnog prostora. Tilda je jedva čekala da bude sama. Jedva je čekala. Možda je zvučao ravnodušno zbog razumljive zabrinutosti. – Ali jeste li sigurni, Majlo? Posao u baru... ne brinete se da biste mogli...

Majlo je odmahnuo glavom. – Ne. Ne brinem se. Ja... to što sam se raspao u *Šejkersu* nema nikakve veze s litrima alkohola u baru ispod mog stana. Čvrst sam kao stena.

Tilda ga je pogledala u oči i nesiguran izraz prešao mu je preko lica. Majlo je bio na rehabilitaciji kao i ona, znao je da si trezan samo dan po dan. Nijedan izlečeni alkoholičar ne može da kaže da neće ponovo piti. Išao je na terapiju, kao i ona, uz neke ljude koji su poklekli nakon mnogo godina, decenija, bez pića.

Tilda je spremila dvopek, jednostavnu zamenu za složeni doručak od žitarica koji je spremala toliko često. *Sama.* Večeri je provodila uz svoje trake za meditaciju, svoj dnevnik zahvalnosti, svoje inspirativne razglednice, zanimacije koje su bile skrajnute otkako se Majlo uselio. Pomislila je na te samotne večeri kad je pila. Čitanje tih pisama značilo bi obeznanjivanje, hodanje ujutro po prosutom alkoholu i masnim kutijama od naručene hrane. Tilda je sela i promeškoljila se na stolici. Kad je zamislila sebe mamurnu, u haosu, nije se zgadila kao inače. Uzela je teglu džema i vodila učtiv razgovor pre nego što se bacila na posao, dok je Majlo pregledao svoje beleške o kompaniji u koju će ići na razgovor pre ručka.

– Zadivljena sam – kazala je. – Svi su odmah pristali na zajednički izlazak. Zakazan je za subotu šesti jul.

Šesti... dva dana nakon krajnjeg roka njenog projekta, dva dana nakon trenutka kad će otvoriti svoje srce Ivu, koji joj se udvarao kao nijedan muškarac pre.

– Dvoje neće moći da dođe – nastavila je. – To znači sto za osmoro ili desetoro uz vas i mene. Stokport je najbliži većini ljudi. *Vetrenjača* je svega dvadeset minuta hoda od stanice. To je divan pab. Bio je jedan od povremenih poslova čišćenja koje sam imala, pre nekoliko godina. Pristojan menadžer. Odnedavno ponovo radim s njima, nakon što sam otišla da vidim da li su zadovoljni novim čistačima, tako da bih možda mogla da dobijem dobru ponudu za, recimo, vino za sve. Sve je ispalo dobro jer sam upravo izgubila jednog klijenta, neki kafić u Devenportu, koji smanjuje troškove i naterao je konobare da čiste. To se često događa.

– Da li i dalje razvijate posao?

– Volela bih. Sigurno je da postoji baza potencijalnih klijenata, a cene su mi razumne. Problem je što će, ako *Rajt čišćenje* postane mnogo veće, biti teško upravljati svim. Kao što ste pomenuli juče, morala bih da... – Glas joj je zamro. Majlo je podigao obrvu. – Morala bih da pronađem sekretara i... Nisam sigurna da bih mogla da radim s nekim drugim u istoj prostoriji – izletelo joj je.

Majlo je nakrivio glavu. – Shvatam.

– Shvatate? Ali radeći u ugostiteljstvu morali ste da budete vrlo druželjubivi.

Majlo je seo. – Prema mom iskustvu, većina zavisnika se navikne na samoću. I više od toga, žude za izolacijom, posebno kad koriste drogu. Lakše je, ne moraju da kriju drogu i što dublje zaglibiš, to su glasniji glasovi u tvojoj glavi koji ti govore da te niko ne razume, da ti je bolje samom. Pijani seks za jednu noć, urlanje na druge, svađe, sramotno ponašanje, to je sve maska za vrlo tihog zavisnika unutra, koji samo želi da se sakrije. – Ustao je. – Ali vi ste se oporavili, Tilda. Ne morate nastaviti da se krijete.

Da li je to radila?

Pogledao je na sat i otišao na sprat, i vratio se odeven u tanku jaknu, pozdravio je Tildu i onda otišao u vešernicu.

Bilo je lepo videti ga kako hoda, bedno je vukao noge kad ga je primila. Neko nepoznato osećanje javilo joj se u grudima. Možda je, samo možda, uspela da uradi nešto. Iskusila je taj prijatan osećaj u svom poslu... o, volela je da čisti prostorije, to joj je uvek izazivalo osećaj zadovoljstva, ali ne toliko jak kao kad je radila za klijente s posebnim potrebama. Često je radila takve smene sama. Kao kod žene koja je bila dementna. Tilda joj je pomogla da opremi svoje sobe lepljivim ceduljicama i uklonila je sve na šta je mogla da se saplete.

– Srećno – doviknula je, ne želeći da strahuje zbog najgoreg što će se dogoditi ako dobije posao.

– Hvala – doviknuo je. – Držim palčeve.

Sporedna vrata su se zatvorila.

Usamljena? Izolovana? Krije se? Ne, Tilda je jednostavno volela da bude sama. Tako je bilo bezbednije.

Ustala je, otišla je u dnevnu sobu i svalila se na sofu. Detol je krenula za njom i, još nesigurna kakva je ova nova vlasnica, sela je kraj njenih nogu i nakrivila glavu. Tilda je potapšala rukom svoje krilo. Detol je oklevala sve dok je Tilda nije pozvala drugi put.

Rajli je nazvala Detol „siroticom" što nema igračke. Budistička narukvica na ruci privukla joj je pažnju. Otkako se otreznila, stavljala ju je svakog jutra, bez izuzetka. Tilda ju je svukla. Kako to sad ide? Mahnula je narukvicom, pomerala ju je levo-desno. Detoline oči su se razrogačile, zenice proširile, pokušala je da dohvati narukvicu. Tilda je, kao hipnotisana, gledala pomeranje narukvice.

Subota, 8. novembar 2008.

Zdravo, Tilda,
Noćas palimo lomaču u školi, i pravimo veliku manifestaciju. Biće sjajno. Pretpostavljam da se ludo zabavljaš s novim prijateljima. Izračunao sam da su prošla dva meseca otkako sam počeo da ti pišem, a nisam dobio odgovor. Ali više ne marim, jer sam i ja stvarno, stvarno zauzet. Sprijateljio sam se s jednim dečakom kad sam bio u fudbalskom kampu. Želi da bude slavan fudbaler kao što mama želi da ja budem. Njegovi roditelji imaju porše i ostaću kod njega neko vreme, za vreme božićnog raspusta. Radićemo odrasle stvari kao što je briga o konjima koje poseduje njegova porodica. Tako da neću biti tu kad dođeš kući.
Ovo je moje poslednje pismo. Pretpostavljam da si me zaboravila. Nema veze.
Logan

Detol je ponovo pokušala da dohvati narukvicu, uhvatila ju je i odskočila, kriveći leđa, jer se pokidala i perlice su se rasule po tepihu.

18.

Prošli su ponedeljak i utorak, a onda je došla sreda. Svakog dana je Tilda zurila u Loganov telefonski broj. Ostavio ga je na ceduljici, u plastičnoj kesi, i dodala ga je u svoj spisak kontakata. Jutarnje trčanje juče s Majlom pomoglo joj je da ne misli na to; jutarnja hladnoća, miris rose u parku, s trave, cveća i zemlje, vođenje računa da se ne saplete. Dogovorili su se da im to postane redovna aktivnost. Vratiće se sa sastanka *Anonimnih alkoholičara* svakog trena i onda, nakon ručka, njih dvoje će otići da očiste kuću gospođe Hadson u Bramalu. Otvorila su se sporedna vrata, neki glas se obratio Detol koja je skočila s drvene stolice kraj Tilde i otrčala u vešernicu, neki glas sad poznat kao nameštaj.

– Detol treba da jede... mogli biste da je nahranite – rekla je Tilda kad je Majlo ušao u kuhinju.

– Kršenje pravila? – pitao je i osmehnuo se.

– Samo sam fleksibilna – odgovorila je. – Kako je bilo na sastanku?

– Jedan jadnik je ponovo počeo da pije, nakon deset godina. Podsetio me je da uvek moram da budem oprezan.

Tilda je osetila nešto u sebi, neku vrstu potrebe, koja je postajala sve jače poslednjih nedelja, a koju je, ipak, uspevala da ignoriše, odbijajući da prizna odakle dolazi i šta znači.

– Spremiću ručak za tren – kazala je, menjajući temu. – Moram prvo da završim imejlove. – Navikli su se da naizmenično spremaju hranu – a ta navika nije bila zvanično uspostavljena usmenim ili pismenim sporazumom. To je bilo novo za ženu koja je živela na osnovu pravila i rasporeda. Zbog toga je pomislila na svoju i Ivovu naviku da razmenjuju fotografije večere. To je delovalo stvarno, kao da je nešto značilo, sve dok ona i Majlo nisu počeli zajednički da kuvaju.

Tokom nedelje, Majlo je provodio sve više vremena u kuhinji, za stolom, ispred starog laptopa koji je pozajmio od istog prijatelja koji mu je čuvao odeću. Mora da je pronašao mnogo poslova za koje je mogao da se prijavi, jer je provodio više vremena šaljući imejlove nego Tilda. Nije navikla da razgovara preko telefona, dok je neko sluša – ostvarivala je prvi kontakt s novim osobljem ili klijentima, razgovarala je strpljivo dok se bavila greškom koju je napravila poreska uprava, odlučno je protestovala zbog kašnjenja isporuke novih sredstava za čišćenje koje je jedva čekala da isproba i raspravljala se oko rasta cene radnih uniformi koje je naručila za osoblje – Majlo ju je dobio nedavno, uz novu za Džez, koja je prosula izbeljivač i uništila staru. Međutim, uskoro je jedva primećivala njegovo prisustvo. Šolje s kafom čudesno su se pojavljivale kraj nje. Predenje bi se čulo naokolo kad bi Detol sela u njeno krilo. To prijateljsko, opušteno društvo nije joj smetalo i ublažilo je bol nakon čitanja onih pisama, uključujući i ono koje, za razliku od ostalih, nije bilo za Tildu od Logana.

Poslala je imejl i stolica je zaškripala po podu kad je ustala. Protegla se i otišla do kutije za hleb. Majlo je takođe poslao imejl i nervozno ju je pogledao.

– Da li je sve u redu? – pitala ga je.

Nežno je spustio Detol na podne pločice. – Poslao sam vam imejl. – Ustao je i protrljao potiljak. – Ne morate da čitate prilog. To zavisi od vas.

Tilda je zatvorila kutiju za hleb i sela za laptop. Ušla je u inboks.

– Poslao sam ga s najboljim namerama. Mnogo sam istraživao. – Glas mu je zvučao uzbuđeno.

Tilda je otvorila dokument s naslovom *Rajt čišćenje. Naredni korak.* Pregledala je stranicu. – Šta je ovo?

Majlo je ustao i hodao tamo-amo. – Bar u Stokportu mi je ponudio posao... menadžer, puno radno vreme, smeštaj, sve.

– To je sjajno! – kazala je i ozarila se, a lice ju je bolelo od neiskrenosti dok je zamišljala Majla kako radi sa žestokim pićima i pivom, a te boce dozivaju čoveka koji je nedavno ležao na trotoaru, okrvavljenog nosa. – I? – Pogledala je dokument.

– Ovo je moj način da vam se zahvalim, pre nego što odem.

– Saveti kako da unapredim svoj posao?

– Ne saveti. Konkretne ideje. I ne da unapredite, dobar je ovakav kakav je. Više kako da ga proširite. Sažeću vam to... da li je to u redu?

Majlo je odlazio. Samo je uznemirena jer će on nedostajati Detol, rekla je sebi.

Spojio je dlanove, preplićući prste. – Prvo... možete da se usredsredite samo na privatne ili poslovne klijente. Specijalizujte se, kako ne biste morali da upravljate i nadgledate tri smene. Privatnim klijentima više odgovara čišćenje ujutro ili popodne, a poslovnim uglavnom uveče. Ograničavanje radnog vremena od devet do šest moglo bi da ima smisla, jer biste se tako posvetili privatnim klijentima.

– Ne. Moji radnici imaju različite potrebe. Ajris voli da radi uveče jer preko dana čuva unuke.

– O. – Izgledao je utučeno. – Dobro. Drugo... da biste se istakli, jer to je način da povećate dobit, morate da diverzifikujete usluge. Šta kažete na čišćenje tepiha i mebla, što bi odgovaralo i privatnim i poslovnim klijentima? I pranje pod pritiskom... da se prilazi i ulazi u zgradama blistaju.

Tilda je sela uspravno. Nameštaj kod nekih od njenih starijih klijenata sigurno bi trebalo očistiti, a i spoljašnjost, što je naporan posao za klijente koji su izgubili snagu ili pokretljivost.

– Treće... gledao sam vas kako radite prošle nedelje, oglasi na internetu su vam važni... ali ne zaustavljaju se svi da ih pročitaju dok skroluju... Šta kažete na to, da pored digitalnog marketinga, koristite i letke u oblastima gde biste voleli da steknete klijente? Jeste li se ikad bavili takvom vrstom reklame?

– Ne... nisam. – Možda je u pravu. Bilo je lako zanemariti onlajn oglas, dok letke makar moraš da pokupiš, iako često završe u kanti za otpatke.

– Ti onlajn oglasi igraju veliku ulogu, i mada verujem da radite sjajan posao, uvek postoji prostor za poboljšanje. Dali ste kompaniji dobro ime, ali ne insistirate dovoljno na tome. Šta kažete na *Radimo to Rajt*[1] – što naglašava kako je vaša firma pouzdana, temeljna, konkurentna i fleksibilna? Mogli biste da navedete ono što druge firme rade loše... – Ideje su tekle, razmatranje da se klijentima prodaju osnovna sredstva za čišćenje. – Naravno, nešto od toga zahtevalo bi ulaganje, ali polako, polako... najbolja firma za čišćenje u Mančesteru ne može da se izgradi preko noći.

– Ostala sam bez reči.

Lice mu se sneveselilo. – Jesam li potpuni idiot?

– Ne... sasvim suprotno... Vi... izdvojili ste vreme da proučite moju firmu i smislite kako bi mogla da raste. Hvala vam, Majlo. Niko se ranije nije toliko zanimao za ovo što radim.

Ponovo je protrljao potiljak. – Zaslužujete to.

– Naravno, to se verovatno neće dogoditi. Da bih sprovela te ideje u delo, sigurno bi mi bio potreban pomoćnik, a rekla sam vam šta mislim o tome da blisko sarađujem s nekim koga jedva poznajem. Osim ako... – Navikla se na Majlovo prisustvo u kući, a nije mogla da zamisli da se tako navikne na neku drugu osobu. Ali da radi s njim, zvanično? Da li bi uopšte bio zainteresovan? Neko s kim bi mogla da podeli odgovornost u vođenju posla sigurno bi se uklopio u njene planove sa Ivom, i to u pravo vreme, jer će se njeni planovi uskoro ostvariti, pošto je četvrti jul za sedam dana, što je krajnji rok koji je dala sebi da bude zaprošena. Te reči je već imala spremne u glavi. Pitala se kako će romantični, zgodni, ljubazni Iv reagovati.

– Osim ako... šta? – pitao je i slegnuo ramenima.

– Ako se vi ne uključite – izletelo joj je.

– *Ja*? Ali bukvalno ste me svakog dana ohrabrivali da se vratim radu u baru i...

– Čekajte... šta? Ne. Nipošto. – Da radi u blizini alkohola? Nikad, ako se ona pita. – Posao da, ali ne obavezno u profesiji na koju ste navikli. Razumete se u čišćenje.

– Bokca mu. Dobro. Da... – Majlo je odmahnuo glavom. – To je zadivljujuća ponuda... moram da kažem da sam u iskušenju. Da

---

[1] *Wright* na engleskom znači „radnik", a izgovara se isto kao *right*, što znači tačno, ispravno, kako treba. (Prim. prev.)

radim u *Rajt čišćenju*... stvarno bih bio deo nečeg. – Oči su mu zasijale. – Taj bar je hteo da isproba rad s dva menadžera koji bi delili posao, da vide koji radi bolje, tako da su mi ponudili pola radnog vremena, ako želim. To bi moglo da upali, na početku bih radio dva posla.

– Platiću vam uobičajenu platu za sekretara, uz ono što zaradite od čišćenja. A pola radnog vremena bi bilo sjajno. Osim ako se posao brzo ne proširi, neće biti dovoljno administrativnog posla za nas oboje, celo radno vreme, makar ne na početku. Mogla bih da povremeno odradim neku čistačku smenu, dok vi upravljate... Nedostaje mi bavljenje praktičnim poslom. Ne mogu da vam obećam da će vam plata znatno porasti. To će zavisiti od našeg uspeha.

Osmeh mu je nestao s lica. – Naravno, to nije moguće. Ja... Samo ću vas izneveriti na kraju.

Tilda se namrštila. – Zašto?

– Da znate istinu o meni... o mojoj sestri... ne biste me puštali blizu svog posla. Meni se ne može verovati.

Tilda je ustala i uhvatila ga za ruke, ne mogavši da odoli potrebi da ga dodirne. Stegla mu je prste. – Šta se dogodilo s vašom sestrom, Majlo? Ispričajte mi. Ili mi pričajte o svojoj ćerki. Nikad ne pričate o njoj.

Progutao je knedlu. – Zbog mene je moja sestra... izgubila priliku da ima željenu karijeru. Zabrljao sam. Gadno. Vidite... zato se sve raspalo na poslu. Gledao sam neki šou za plesne talente na televiziji. Na moje zaprepašćenje, njena najbolja prijateljica iz osnovne škole bila je tamo. Ali nije trebalo da budem iznenađen, Džuli je uvek bila sjajna plesačica. Ona i moja sestra, Grejs... – Trgnuo se na pomen njenog imena. – Išle su zajedno na časove plesa. Grejs je uvek bila najbolja u klasi, kako u baletu tako i u stepovanju. Imala je velike snove, od detinjstva, da bude na pozornici na Vest Endu. Zbog mene, njen talenat nikad nije došao do izražaja...

Glas mu je zvučao tako tužno da Tilda nije želela da ga pita za ćerku. Nagnula se napred i zagrlila ga, pre nego što se sabrala i nezgrapno se odmakla. – Tako mi je žao što ste se otuđili, šta god da se dogodilo. Ali iako ste izneverili sestru, sad pomažete meni da izgradim budućnost, tako da se svemir očigledno ne slaže s vašim strahom da bi istorija mogla da se ponovi.

– Ne razumete... – prekinuo ju je.

Tilda je podigla ruku. – Kofi vas je nazvao sjajnim zaposlenim. Hajde, Majlo, uradimo to. Da budem iskrena, ni ja nisam sto odsto sigurna. Možda ću ja izneveriti *vas*. Pošto nisam naviknuta da radim s nekim, možda ću okončati sve kroz nekoliko nedelja, tako da i vi rizikujete. Nema garancija.

– Ozbiljni ste, zar ne?

Pogledala je Detol, koja se čistila kraj posude za hranu. – Mogli bismo da se dogovorimo oko stanarine. Dobijaćete punu platu od mene, umesto da vam unapred naplaćujem troškove. Postali biste uobičajeni podstanar. Danas ćemo proći kroz osnovne stvari. Pokazaću vam aplikacije koje koristim za posao.

– Ovo je ludo. Predivno. Tako neočekivano. Hvala. Hvala vam. Da li ste sigurni?

Ne. Ali Tilda nije imala s kim da razgovara o tome. Iv je imao dovoljno svojih problema. Logan je nekad bio osoba koja ju je slušala, kad su bili deca. To je bila jedna od stvari u vezi s njim koja joj je najviše nedostajala. Njegovo ohrabrenje, njegova vera u nju. Tilda je stisnula pesnice. Ali sad joj nije bio potreban niko. Pouzdavala se tako dugo samo u svoj instinkt.

Otišla je do kutije za hleb. – Želite li svoj kredenac za hranu? Da li biste voleli da kuvate za sebe?

– Sviđa mi se da jedemo zajedno. Kako bi bilo da podelimo troškove za hranu, ali...

– Mogli bismo da promenimo meni? Da ubacimo neku hranu koja se vama sviđa? – I ona je mogla da pročita njegove misli.

– Volim da kuvam, to me uvek opušta nakon posla... iako je ponekad to bilo u jedan ujutro. Mogli bismo da jedemo vaše obroke nekoliko puta nedeljno, a ja ću kuvati ostalim danima. Na primer večeras, trebalo je da jedemo vašu izvrsnu pitu s mesom, ali šta kažete na kuskus i ljutu piletinu, za promenu? Ja ću nabaviti sastojke, nakon što pozovem bar i prihvatim posao, i potražim kompanije koje štampaju letke. Šta kažete?

– Kažem da moramo prvo da ručamo. Sendviči, kao i obično?

– Šta kažete za pržena jaja i dvopek? Jaja na oko.

Da. Ne.

Majlo i Detol zurili su u njeno lice.

Dobro. Pristaće na to; za promenu. Bilo je to zastrašujuće, ali odnedavno je imala i drugačije misli... kako je, možda, još strašnije ostajati isti, i živeti usamljenički, kao što je ona radila, bez ijedne žive duše kraj sebe.

19.

Kakva je to samo nedelja bila, otkako je Tilda ponudila Majlu posao. Razmenjivali su ideje svake večeri, razgovarali i pravili beleške dokasno, kovali velike planove za *Rajt čišćenje*. Sinoć je zaspala tek u jedan. Međutim, probudila se rano. Danas je bio krajnji rok: četvrti jul. Vrhunac jednogodišnjih napora i poslednja nedelja neizvesnosti. To je to. Čekala ju je Ivova poruka. Još jedna pisana komunikacija. I dalje nisu imali video-poziv od onog pre dva meseca. Bio je posebno zauzet u poslednje vreme, pošto je potpisao ugovor s jednom velikom robnom kućom. U ovom trenutku nije mogao da isprivča Tildi pojedinosti, ali rekao je kako će moći da joj vrati pozajmljene pare u roku od nekoliko dana. Uspela je da se ne obaveže da mu pozajmi novac, čekajući da joj odgovori danas.

Duboko je udahnula. Pomerala je prste kao da piše te reči. Imala ih je spremne, bukvalno na vrhovima prstiju. Ali nisu htele da izađu. Morala je da ih kaže naglas. I zato je jednostavno napisala:

Moramo da razgovaramo, Iv. O novcu. Tilda.

Pozvala ga je. Iv se odmah javio.

– Tilda, *ma chérie*, tako mi je drago što si se javila. Moja sestra...

– Iv. Nemam novac. Žao mi je. Sve sam uložila u posao. Sigurna sam da razumeš.

Tišina.

– Razumem. Naravno. Nema veze. Smisliću nešto. Porodica je najvažnija.

Tilda je zastala. – Jeste. A kad smo kod toga... Moram da znam kuda ovo vodi, Iv, s tobom i sa mnom. Ozbiljna sam u vezi s nama. Želim sve: brak, decu... da li ti osećaš isto?

– Naravno... – Glas mu je zadrhtao.

– Ali uvek si previše zauzet za video-pozive, i sad pošto moraš da pomogneš sestri, možda će proći previše vremena pre nego što se vidimo uživo. Dotad mi je potrebno nešto konkretnije. Dokaz da sam prava za tebe. Potrebno mi je... obavezivanje.

– *Ma chérie*, nar... naravno da želim da se udaš za mene, znao sam to otkad si mi prvi put odgovorila na poruku. – Iv se nervozno nasmejao. – Da li je to dovoljan dokaz? Kaži da i učini me najsrećnijim muškarcem u Parizu.

Eto, uradila je to. Dobila je prosidbu. Dokazala je da je Šejn pogrešio, plan je upalio. Zašto je onda bila na ivici suza?

– Dosta. Prekini ovaj cirkus, molim te. Mora da se završi odmah – kazala je tiho.

Ćutnja. – Kako to misliš?

– Možeš da prestaneš s tim naglaskom. Iv Sen Loran? Stvarno? Mislio si da ću nasesti na to?

– Ne znam na šta misliš... – Francuski naglasak je popustio.

Tilda je sedela na krevetu, obgrlivši kolena, dok joj se želudac prevrtao. – Engleska ulična rasveta u pozadini fotografije koju si poslao, pa ona s britanskim novinama na kuhinjskom pultu, vrlo poznati obroci kao što su prebranac i dvopek i slanina i jaja, neobičan petao u vinu, tvoj neverovatno dobar engleski, na primer „ušparao sam"... priča o tome kako si upoznao predsednika Makrona i razgovarao s njim... malo sutra! I nemoj da mi šalješ fotografije svojih navodnih kreacija... Molim te. Kako ti je pravo ime?

Čudna buka začula se s druge strane veze.

Znao je da ona zna.

Tilda je trebalo da bude ljuta, i prvo je i bila, ali kako je vreme prolazilo, fotografije večera i mačke Kantalup, njegova izvinjenja kad traži novac, njegovi komentari koji ukazuju na nisko samopoštovanje... ti znaci iskrenosti počeli su da joj znače više nego to što ju je nazivao zvezdanim nebom ili malim karfiolom. A tu su bile i situacije u njenom životu kad se osećala krajnje očajno, kao što je i on morao biti kad je pokušao da je prevari. Ukorenjeno u njenom pamćenju ostalo je, da nikad ne zaboravi, kako te dehumanizuje kada dotakneš dno.

Sve to vreme je Iv verovao da ju je uspešno obmanuo. Logan nije morao da se brine zbog Majla. Tilda je umela da uoči muljatora na kilometar, posebno kad je sve bilo tako očigledno.

– Dakle?

– Žao mi je. Iskreno. – Glas ga je izdao.

Nije čak ni porekao.

– Mora da si mislio da sam neka glupača, koja nije posumnjala zašto si pristao samo na dva video-poziva, i tad s naočarima za sunce na očima ili praktično u mraku.

– Izgubio sam ženu. Izgubio sam posao. Ne mogu da izađem iz kuće. Dugujem pare. Prijatelj mi je preporučio da prevarim neku ženu.

– Tvoj odgovor na probleme je da pokradeš nekog drugog, da mu zagorčaš život? Kakav bi ti prijatelj preporučio to? – Glas joj je zvučao oštrije nego što je želela.

Uzdahnuo je. – Meg bi se toliko stidela. I ja se stidim sebe.

I Tilda se nekad stidela sebe. Zastala je. – Da li je odavno otišla?

– Pre tačno godinu dana, kako se ispostavilo. Kasnije idem na njen grob.

Izgubio ju je istog dana kad je Tilda izgubila Šejna, i bilo joj je drago zbog toga, ali ju je i dalje bolelo.

– Zovem se Ijan.

Ijan.

Tildi su zasuzile oči. Njena velika romansa sa „Ivom Sen Loranom" bila je stvarno završena. Mali deo nje žalio je za početnim uzbuđenjem što joj se udvara pariski modni kreator, razmišljala je o mogućnosti života u Gradu svetlosti. Ali to ionako ne bi bilo pravo; nije gajila prava osećanja prema njemu.

– Ijane... pre nekoliko godina nisam imala ništa, ali izgradila sam ponovo svoj život, a možeš i ti. Pronađi novog prijatelja. Idi kod lekara. Kantalup je prava, zar ne?

Glas mu je zvučao živahnije. – Da. Sad je u mom krilu. Ti... nećeš me prijaviti?

– Neću. Sranja se dešavaju, i to je u redu, sve dok naučimo lekciju... Biće bolje, Ijane, život, bol... Želim ti sreću ali nemoj ponovo da mi šalješ poruke. – Spremala se da prekine vezu.

– Zašto si toliko ljubazna?

– Zato što... ponekad je ljubaznost odgovor. Izađi danas, Ijane, uradi nešto ljubazno... Reci nekom nešto lepo, idi u kupovinu umesto starije komšinice... osećaćeš se mnogo bolje. Pritom ćeš uraditi nešto ljubazno i za sebe.

Prekinula je vezu pre nego što je on stigao da odgovori i blokirala je njegov broj.

O, prvih nekoliko nedelja bila je zavarana, polaskana što se dopisuje sa zgodnim muškarcem koga je upoznala u januaru. Bilo je to šest meseci nakon što je sebi postavila zadatak da ubedi nekog muškarca da je zaprosi, šest meseci neuspešnih, sramotnih sastanaka u Engleskoj. Iv joj je dao malo nade da je put ka sreći blizu, samo se razlikuje od onog kojim idu njeni rođaci, zaposleni, većina ljudi. Ali brzo je posumnjala, nakon profesionalnih fotografija obroka, koje su izgledale kao s nekog sajta. Takođe zbog nepotpunog znanja o modi, a najsumnjivije bilo je njegovo besmisleno ime, koje je suviše ličilo na čuvenog Iva Sen Lorana. Tokom tog prvog telefonskog poziva, izvinio se što nosi velike naočari za sunce, rekao je da je dan posebno sunčan i da ga od toga boli glava – iako je sedeo unutra. Tokom drugog razgovora ekran je bio praktično crn, i insistirao je da ga zove uveče, a navodno je nestalo struje u poslednjem trenutku. Verovatno nije ličio na zgodnu profilnu sliku. Nakon prvog poziva, Iv je počeo da tepa Tildi, i dodaje mnogo poljubaca u poruke, posle svega nekoliko nedelja njihovog prijateljstva.

Za nju je postalo igra da ga obmane. Igra koju je rado igrala jer nije morala da razmišlja koliko je Šejn bio u pravu. Šest meseci izlazaka donelo joj je samo razočaranja, kao s tipom koji je pustio pesmu „Matilda" na džuboksu kad je stigla u pab. Ispružio je ruku da bi je okrenuo na plesnom podijumu, što joj je bilo neprijatno i ustuknula je. Na njenu žalost, situacija se nakon toga nije popravila, iako je on bio duhovit i ljubazan, uprkos početnom nespretnom ponašanju, i mogao je da bude dobra prilika za nju. I, čoveče, koliko joj se sviđao tip koji je, na kraju večere, izjavio kako bi se rado družio s njom i pozvao je na kuglanje. A što se tiče kuvara koji joj je napravio personalizovane čokolade, neprestano su razgovarali, čak ga je zasmejala... sve dok nije, toliko naviknuta na svoju kolotečinu, odbila da proba pred njim čokoladu, rekavši da jede slatkiše samo vikendom.

Međutim, uskoro je Tilda otkrila Ivovu... Ijanovu... pravu ličnost, neku naivnost koja joj se svidela, nežan humor, zajedničko interesovanje za jednostavne stvari kao što je hrana. Čak je uspela da se malo otvori, o razdoru u svojoj porodici.

Delovao joj je kao prijatelj.

Suza se slila niz Tildin obraz dok je spuštala telefon na krevet, a onda je legla i navukla prekrivač preko lica. Uprkos tome što je znala da je obmanuta, nije mogla da okonča stvari ranije, nadajući se, potajno, da je možda pogrešila, da je on stvarno Francuz, da je njegovoj sestri stvarno potreban novac i da ima nameru da vrati Tildi pare. Jer na početku se malo zaljubila.

U lažnog muškarca.

Ali opet... i to je bolje nego ništa.

Okončanje tajnog projekta za pronalazak muža sad se dobro povezalo sa uvođenjem Majla, osobe koja je mogla da deli odgovornost njenog posla, jer... stisnula je usne. Jer, očigledno je, niko joj nikad neće datu tu trajnost koju predstavlja brak. Prošla godina je pokazala to.

Šejn je bio u pravu.

Progutala je knedlu ispod pokrivača, u mraku, gde niko nije mogao da vidi koliko je povređena. Zatim je sela, šmrcnula i obrisala oči. Moraće da pronađe stabilnost u poslu, i sad je bilo vreme da se dodatno usredsredi na čišćenje. Da proširi posao. Da ga stabilizuje. Da obezbedi udobnu starost. *Rajt čišćenje* bilo je jedino „zauvek" koje joj je potrebno. Možda je danas, na Četvrti jul, prava proslava njene nezavisnosti.

Nezavisnosti koju je oduvek poznavala. Tilda koja se brine o Tildi.

Neki sveobuhvatan osećaj praznine ju je obuzeo, ali, srećom, znala je kako da ispuni taj vakuum. Ili *nažalost*. Ta ideja je rasla i rasla tokom nedelja, kad je postalo očigledno da će joj projekat propasti. Uprkos tome što je bila toliko oštra prema Majlu u vezi s njegovom trezvenošću, osećala je sopstveni recidiv kako dolazi, još oštrije zbog pojave njenog brata. Recidiv *će svakako doći*, kako su im rekli na lečenju, i znala je da će se to desiti nakon njene poslednje poruke Ivu.

Bio je to unutrašnji svrab koji je ignorisala. Želja da ponovo pije. Želja da potraži zaborav.

Brinula se za Majla, da, ali i za sebe.

Gore od osećaja da će se uskoro mašiti boce bio je osećaj da je to planirala – iako je poricala. Uprkos riziku da bi mogla sve da izgubi, Tilda je posegla za pićem.

Zdravo, dugme za sjebavanje. Prošlo je dosta vremena. Tri godine i gotovo pet meseci, da bude precizna, od te traumatične nesreće, kad joj je jedan prolaznik spasao život. Bila je na sekund od smrti i nije bila ispunjena strahom, niti tugom, nego užasnom spoznajom da je protraćila dragocene godine koje su joj date, sažaljevajući sebe, kriveći mamu za sve, ne uzimajući sudbinu u svoje ruke. Zahvaljujući tom prolazniku koji ju je odvukao u bezbednost, Tilda je imala drugu priliku da izgradi uspešnu, zadovoljavajuću, produktivnu budućnost.

Ali sad se osećala slabo, kad je reč o njenom omiljenom otrovu – suvom belom vinu, rashlađenom, u otmenoj čaši; omiljenom sve do kraja, kad je pila bilo šta, što jače piće to bolje, pravo iz boce.

Tilda je ustala, istuširala se i doručkovala. Počela je da radi, obavila sve što treba, iako je znala šta će se dogoditi čim Majlo izađe iz kuće, u jedanaest i trideset, da bi otišao na svoj sastanak *Anonimnih alkoholičara* četvrtkom. Sporedna vrata su se zatvorila. Ustala je, a on je izašao na ulicu. Čekala je do podneva, da bude sigurna da on nije tu, nesposobna da sedi mirno, nesposobna da radi. A onda je otišla do kredenca ispod sudopere i gurnula ruku unutra, pored sunđera za pranje sudova, osveživača vazduha, antibakterijskog sapuna i izbeljivača. Prsti su joj se obavili oko grlića boce.

Međutim, glasno mjaukanje ju je uznemirilo i okrenula se. Detol je ušla, iz dnevne sobe. Brzo je ušla unutra jutros, nakon što je puštena, jer je padala letnja kišica, ali sunce je sad ponovo sijalo. Detol je glavom dodirnula Tildine gležnjeve. Jecaj joj se oteo iz grudi. Pala je na pod, a suze su joj tekle niz lice. Detol joj se popela u krilo i zagledala joj se pravo u lice. Dok su joj se ramena tresla, Tilda je plakala, kao da ponovo ima devet godina, dok stoji kraj tatinog mrtvačkog sanduka, a nos joj curi i oči su joj natečene. Pružila je ruku i dodirnula Detolin obraz.

– Žao mi je – kazala je i progutala knedlu. – Nisam dovoljno jaka da ostanem trezna, više nisam. Mama, Logan, Šejn, Iv... Šta nije u redu sa mnom? – Još jednom je progutala knedlu, bolno, glasno. – Ja sam kriva što me je mama odbacila? Postoji li nešto kod mene što je tako duboko, tako potpuno neprivlačno? – Detol je liznula Tildinu šaku. Nikad ranije nije to uradila. To je pomoglo. Malo. Ali nedovoljno. Tilda je, nežno, odgurnula mačku i utrčala u vešernicu. Pustila ju je u dvorište, ponovo zaključala vrata i vratila se, gotovo se saplićući zbog brzine. Dok joj je srce glasno lupalo, izvadila je šardone s plavom etiketom, skuplji nego pre tri godine. Nije mogla da ga ostavi u frižideru preko noći, pošto je Majlo bio tu. Nema veze. I dalje će joj prijati, hladan ili topao.

Drhtavom rukom je izvadila vinsku čašu iz kredenca, koja je zbog tanke nožice delovala prefinjeno. Spustila ju je na sto i duboko udahnula. Nameravala je da otvori bocu ali smirila se, zastala na tren. Odmahnula je glavom. Kako je mogla da rizikuje da prevrne život naglavačke? Bacila je bocu i vinsku čašu u kantu za smeće, gurnula ih je niže, otišla u dnevnu sobu i uključila televizor. Ponovo je gledala prvu epizodu svoje omiljene serije, ne primećujući dijalog ili radnju. Međutim, kad je krenula odjavna špica, Tilda je otrčala u kuhinju, uzela čašu, spustila je na sto, a onda uzela bocu. Izvadila je čep i sipala vino, puneći čašu do vrha.

Dok su joj se grudi nadimale, sedela je za stolom, sa čašom ispred sebe. Miris je ispunio vazduh. Tilda se stresla.

Da li će se oprostiti od svog posla, svoje kuće, svoje bezbednosti, zbog uzbuđenja tog prvog gutljaja koji će dovesti do čaše za čašom, u očajničkom pokušaju da ponovi to prvo uzbuđenje? Sunce je prodiralo kroz prozore, palo je na čašu, a njen sadržaj je namignuo Tildi. Izgledao je kao dan na plaži sa zlatnim peskom i tirkiznom vodom, glamurozno, eskapistički. Nalet uzbuđenja ispunio ju je dok je uzimala vino i dizala čašu. Živeli, mama. Živeli, Logane. Živeli, Šejne i takozvani Ive.

Neki prigušen glas ispred vrata naveo ju je da poskoči. Tilda je ispustila čašu. Razbila se. Vino je bilo posvuda.

Sranje! Zar je već dva? To mora da je Majlo, koji razgovara s Detol. Uspaničeno je pogledala sto, hvala bogu što je laptop bio zatvoren, a vino je promašilo njen džemper i pantalone, sklonila se na vreme. Reke šardonea tekle su niza sto, na pod, među krhotine stakla. Opet kucanje na vrata. Majlo ju je pozvao. I dalje mu nije dala ključ.

Tilda je pojurila u vešernicu. Odškrinula je vrata.

– Ispustila sam čašu... razbila se u komadiće. Brinem se za Detoline šape. Možete li da je zadržite napolju i... da li biste otišli do prodavnice na uglu? Ja... nestalo je mleka.

– Stvarno? – namrštio se. – Bilo je novo pakovanje u frižideru kad sam otišao.

– O... da... pravila sam palačinke i toplu čokoladu. Bila sam izgladnela i jelo mi se nešto drugo za ručak. Ja... sipala sam piće u čašu, za promenu, kao u kafiću, ali ispala mi je iz ruke – nastavila je, blebećući, dok joj je srce tuklo kao ludo. – Trebalo bi da očistim kad se vratite. Ima lepljive čokolade svuda.

Majlo ju je čudno pogledao. – Sigurno ne mogu da vam pomognem da očistite?

– Ne. Iskreno. Mnogo stakla. Verovatno je najbolje da je samo jedno od nas tamo.

Kad je izašao kroz kapiju, otrčala je u kuhinju, izvadila đubrovnik i metlu i pomela komade mokrog stakla. Umotala ih je u novine i stavila u plastičnu kesu, a onda u kantu. Zatim je oprala četku koja je smrdela na vino i prebrisala pod antibakterijskim vlažnim maramicama. Trenutak pre nego što je Majlo ponovo pokucao, naprskala je osveživač vazduha i ispraznila u sudoperu pakovanje mleka koje je bilo u frižideru.

20.

Dvadeset četiri sata je prošlo otkako je razbila čašu. Majlovo prisustvo ju je nerviralo jutros i žudela je da ima kuću za sebe – kao i drugu bocu vina koju je sakrila u kredencu. Međutim, to prvo piće nakon apstinencije biće posebna prilika, neće ga pocugati u kupatilu ili ispod jorgana. Posebna jer je, ovog puta, uprkos strahovima da će izgubiti sve, bila odlučna da ne dozvoli prepuštanje piću. *Mogla* je da pije umereno, bez obzira na to šta su joj rekli na terapiji. Naučila je tako mnogo o alkoholizmu. Čekaće do uveče i uključiti *Netfliks* u dnevnoj sobi, sipati vino u jednu od ostalih vinskih čaša, ovog puta rashlađeno. Sipaće u činiju pakovanje omiljenog čipsa i piće prefinjeno. Verovatno neće popiti celu bocu.

Samo je morala večeras da izbaci Majla iz kuće, da bi sprovela svoj plan. Uspela je da ne pije tokom popodneva, iako je Majlo konačno otišao na nekoliko sati, jer je trebalo da Logan i Rajli stignu u šest, svakog časa... juče mu je poslala poruku. Bio je petak. Mogla je da kaže Majlu da joj kasnije dolazi neka prijateljica, nakon što joj brat ode. Trgla se. Majlo će posumnjati u to. Možda da kaže da je to neki uznemiren zaposleni. Ali svi sutra idu na večeru, a on bi pitao ko je to i želeo bi da pomogne. Tilda je uzdahnula. Dobro, to je njena kuća. Ko ga šiša. Reći će mu da je dobila neke uznemirujuće vesti i mora da bude sama. Što je istina... čitav život joj je delovao uznemireno, prevrnuto naglavačke, nahereno.

Tilda je sela na sofu, držeći pismo iz kese, ono koje joj nije napisao Logan. Majlo se upravo vratio iz bara u Stokportu, i popunjavao je obrasce nakon što se upoznao s mestom i osobljem. Bio je trenutno u kuhinji, pisao beleške. Vredno. Savesno. U stvari, pozvao je *Vetrenjaču* da proveri da li je sve u redu sa sutrašnjom rezervacijom za *Rajt čišćenje*.

Tilda je ponovo pročitala pismo, od pre gotovo deset godina, a papir joj je podrhtavao u ruci.

Četvrtak, 3. jul 2014.

Zdravo, Logane,
Kako si? Nisam te videla kad sam se vratila kući za uskr-šnji raspust, ali bio si na fudbalskoj akademiji i mama mi je spremala raspored učenja – koji sam ignorisala. Moj posled-nji ispit bio je u ponedeljak. Naravno, nisam položila. Da li je loše što ne marim mnogo?

Žao mi je što smo, onog dana kad smo bili zajedno, vikali jedno na drugo o tome kako ne marimo jedno za drugo, o tome kako si odustao da mi pišeš jer ti nikad nisam odgova-rala na pisma. Nisam lagala, Logane, nikad ih nisam dobila, i nadam se da ćeš mi jednog dana poverovati. Mora da su se izgubila u pošti, a ne bi me iznenadilo da su ih druge devoj-čice sakrile ili... možda ih nisi napisao i samo si ljut zbog toga kako nam se odnos promenio i... želiš da okriviš nekog, iako to znači izmišljanje razloga. Shvatam. Ni ja ne razumem. Ne-kad smo bili tako bliski, zar ne? Zvala sam te za vreme školske godine, tokom godina, ali nikad nisi bio kod kuće. Mama ti je uvek prenosila moje poruke, zar ne? Mogao si da me pozoveš. Nisam ja kriva za sve.

Mama misli da dolazim kući za vikend. Čeka je iznenađe-nje. Otići ću mnogo pre subote i pre nego što dobiješ ovo. Ti ćeš znati, dotad, da sam umesto učenja ovih poslednjih nedelja radila na organizovanju svog života – daleko od pritisaka, od kritike. Prijavila sam se u omladinsku zadrugu, našla sam sebi smeštaj i uspela da platim stanarinu unapred, od svoje ušteđevine.

Nameravala sam da ostavim poruku u školi za mamu, ali to bi je postidelo, a ja znam kako je biti ponižen. Kao na kraju svakog polugodišta, dok se ostale devojčice uzbuđeno paku-ju da idu kući, ali direktor dolazi da vidi mene nakon što je

mama pozvala i rekla da će zakasniti. Bila sam uvek posled-
nja, kao neželjeni kofer. I zato ću direktno pozvati mamu kad
odem. Jer nisam kao ona.

Preseliću se u novi stan popodne. Spakovala sam sve. Moj
novi dom je oskudno opremljen. Providne zavese, dušek je u
lošem stanju, i nalazi se iznad bučne perionice rublja. Mama
ne bi prihvatila moju odluku. Kao ni direktor škole. Ali sad
imam osamnaest godina, i neka svi idu dođavola.

Bojim se. Eto, rekla sam ti. Misliš li da sam uradila pravu
stvar? Uvek si znao šta da kažeš. Ali kao da više nemamo ni-
šta zajedničko. Nema veze. U tom stanu mi neće biti gore nego
u internatu gde sam bila autsajder; ne može biti gore nego u
kući gde sam bila razočaranje.

Nadam se da ćeš potpisati za neki klub, zaslužuješ to.

Bilo nam je zabavno, zar ne, kad smo bili mali? Niko ne
može da nam oduzme te uspomene.

Nedostaju mi velika seja i mali batica Lo.

Tilda x

Pet minuta do bratovog dolaska, ali se već začulo oštro kucanje na vrata. Vratila je pismo u kesu, duboko udahnula i otišla u hodnik. Otvorila je vrata. Male ruke su je obuhvatile oko struka. Rajli ju je veoma čvrsto zagrlila. Fizički kontakt. Tilda nije bila naviknuta na to. Stajala je ukočeno nekoliko trenutaka, pre nego što joj se telo opustilo i uhvatila je sebe kako tapše devojčicu po ramenima.

Rajli se odmakla, prinela šake do glave i mahala kao da ima zečje uši. – Vežbala sam za školsku priredbu. Ja sam zeka Šargarepica. – Nabrala je nos. – Moraš i ti da uradiš to, tetkice – kazala je odlučno.

Tetkica. Kako se to dogodilo? Tilda je zastala pre nego što je poslušala brataničinu zapovest. Osećajući se pomalo glupavo, nabrala je nos, sve dok se Rajlino lice nije razvuklo u još širi osmeh i toplina je obuzela Tildu od glave do pete. Devojčica je izula cipele i utrčala u kuhinju dozivajući Detol, držeći štapić s perjem na vrhu koji joj je Logan dodao. Majlov glas je zagrmeo pozdrav. Logan je čekao na vratima.

– Uđi – kazala je Tilda. – Hoćeš li piće? Čaj? Kafu?

– Ne, hvala.

Spustio je ranac u hodnik.

– Da izađemo u dvorište? – pitala je.

– Zašto da ne?

Donela je plastičnu kesu iz dnevne sobe i prošli su kraj Rajli, koja je čavrljala i smejala se, do vešernice, i napolje, do dve stolice na rasklapanje. Tilda i njen brat su seli.

– Jesi li pročitala pisma? – pitao je.

– Jesam. – Udahnula je miris jasmina, letnja vrućina joj je ljubila obraze, ali ništa od toga nije ublažilo bol u njenim grudima koji su izazvala pisma, neotvorena svih ovih godina.

– Pozvao sam mamu prošlog vikenda. Raspravio sam to s njom, preko *Zuma* – nastavio je.

Podigla je obrve. – Opa. I?

– Očekivano... vrlo drsko je objasnila da nije slala moja pisma tebi jer bi te omela da se uklopiš u internat. Nije meni dala pismo koje si mi poslala jer je trebalo da potpišem ugovor i morao sam da se usredsredim. Nikad nije prenosila tvoje poruke jer... – Obrazi su mu se zacrveneli.

– Šta?

– Kazala je da si loše uticala na mene. Mama nas je čula jednom kako razgovaramo, pre nego što si otišla u internat. Mora da sam izrazio sumnje u pogledu fudbala jer si mi rekla da mogu da budem šta god poželim, da me mama ne poznaje najbolje, da ja poznajem sebe, i da nikad ne zaboravim to. – Uzdahnuo je. – Mama se zabrinula da ću te poslušati i – citiram – *odbaciti svoju budućnost*.

– Bože. Kao da smo bili njeni zaposleni, a ne deca. U stvari, malo sutra, ja se ne bih ponašala tako prema zaposlenima. – Glas joj je zadrhtao. – Da li je otvorila moje pismo?

Logan je odmahnuo glavom. – Bilo je zalepljeno kad sam ga pronašao na tavanu. Nije se potrudila ni moja da otvori.

– Mora da je besnela zbog toga što sam preuzela kontrolu nad svojom sudbinom.

– To tvoje pismo... Nisam znao da si toliko mrzela internat – kazao je tiho. – Ako ti pomaže... nikad nisam voleo fudbal koliko mama i, tokom godina, razmišljao sam o onome što si mi rekla.

– Šališ se, zar ne? Šta je s vremenom koje si uložio, svim pohvalama? Ako to nisi voleo, onda si sjajan glumac.

– Istina je. Mora da je teško poverovati.

Ma, pali! Tilda nije mogla da sakrije zaprepašćenje.

– Dobro sam odigrao svoju ulogu. U pismu si pisala o pritisku, o kritici... I meni je bilo tako, ali uz dodatnu emocionalnu ucenu da ne mogu da „traćim talenat", da bi „hiljade momaka bilo oduševljeno" da bude na mom mestu. – Namrštio se. – Takođe sam mrzeo način na koji te je predstavljala svojim prijateljicama, kolutajući očima, govoreći da si ti dete koje „tek treba da pronađe svoj put".

Tilda je upitno pogledala brata. Stvarno?

– Ali mrzeo sam što me pokazuje kao neki trofej, jebeno sam prezirao svu tu pažnju. Bio sam dečačić koji je želeo, najviše od svega, da bude ušuškan u svojoj sobi i igra se legom ili... s tobom. Kad govorimo o blamu, tu su svi njeni komentari kako ću biti „budući Mesi".

Ali Logan je bio zvezda porodice, uvek je sijao tako blistavo, tako veselo, ili je to Tilda pretpostavljala otkad se odselila. Kad bolje razmisli, tokom godina, u retkim prilikama kad ona nije bila kod bake ili u letnjem kampu, za vreme raspusta, a on nije bio u fudbalskom kampu, seća se nadurenog mrštenja, usmerenog ni na kog posebno, uz zevanje i nespremnost da isključi televizor, pućenja usana bezbrojnih noći kad mu je rečeno da „legne ranije" jer sutra ujutro mora rano da ustane. Ali to je bila samo tinejdžerska zlovolja, zar ne? Imao je sreće. Logan makar nije legao u krevet u internatu i pronašao buđav komad ribe od večere od pre nekoliko dana na čaršavu, i niko mu nije krao jastuk dok se ostala deca kikoću.

– Zvuči mi kao problemi razmažene dece. Nemaš pojma kako je izgledao moj život. Uradila bih bilo šta da mama makar malo bude ponosna na mene. Te prve godine u internatu sam se trudila... ali nikad nisam bila dovoljno dobra. Sve dok nisam shvatila da nema svrhe. Nikad nisam mogla da se merim s tobom... sa urođenim talentom.

Logan se trgnuo. – Molim te. Nemoj da govoriš tako. Radio sam veoma vredno da bih dospeo do tima u drugoj ligi. Trenirao sam po ceo dan, odmeravao svaki zalogaj hrane, gotovo da nisam pio, nikad nisam pušio. Za svaki raspust sam išao na pripreme. Više nisam bio kod kuće za praznike.

– Ali sad ti se to isplatilo kroz novac, način života, povlastice slavnih ličnosti, bez sumnje. Mogućnost prave slave i bogatstva... – Izgledala je zbunjeno. – Kad smo već kod povlašćenih... Izgubio si dodir sa stvarnošću. Trebalo bi da provedeš jedan dan kao obična osoba, bez skupe odeće.

– Tilda. Bukvalno nisam imao detinjstvo – odgovorio je, malo oštrije. – Ne nakon što si otišla. Ponašala se prema meni kao prema odraslom čim sam napunio deset godina, uz odgovornosti, očekivanja, rasporede. – Glas mu je drhtao od emocija. – Radio sam đavolski naporno... a to je bilo sranje, posebno kad sam bio mlađi. Ti si makar bila daleko od svega toga, u internatu, daleko od maminog pogleda. Sećam se da je mama, u jednom telefonskom razgovoru s prijateljicom, rekla da imaš problema sa uklapanjem. Ali to je normalno, zar ne? I na kraju je ispalo dobro – odabrala si šta želiš da uradiš sa svojim životom.

– Ma, daj, Logane. Ne budi takav kreten. Ti živiš san svakog muškarca.

– Zašto sam se onda odrekao karijere? – pitao je i podigao ruke. – *Ti* si bila ona koja je imala izbor.

– Da. Provela sam deset godina kao u priči Inid Blajton, godinama sam bila u spavaonici s popularnijim, modernijim devojkama koje su me zlostavljale na poznate načine. Saplitale su me. Lepile mi natpise na leđa. Gurale mi glavu u klozetsku šolju. Na kraju sam očvrsla i vratila im istom merom. Mama nije htela da sluša o mojim problemima. Prestala sam da joj govorim jer je samo odgovarala kako moram da se više potrudim da se uklopim, da sam ja problem. Kazala mi je da budem više... – glas joj je zamro. – Više „kao Logan“.

Otvorio je usta. Prebledeo je. Ustao je i počeo da hoda.

– Stvarno su te zlostavljali? Pretpostavio sam da ti se ne sviđaju profesori, škola, pravila, ali da si pronašla svoje pleme prijatelja s kojima organizuješ ponoćne gozbe, potajno unosiš cigarete i cugu, ludo se zabavljaš.

– Šta? Učimo da letimo na metlama? – Odmahnula je glavom.

– I mama je rekla to? O meni?

Tilda se ujela za obraz i odbila da zaplače, zbog svoje majke.

– O, Tilda. To je neoprostivo. – Pružio je ruku, ali ju je povukao pre nego što ju je dodirnuo. – Mama mi je rekla isto, o uklapanju – rekao je umorno. – Nikad se nisam osećao dobro među tim momcima. – Izvadio je pisma iz plastične kese, pažljivo kao da su dragocena. – Mama je bila kao prava Darslijeva, krila je pisma od nas, kao oni likovi iz *Harija Potera*? Osim što mi nismo imali Hagrida koji bi se umešao.

– Da li si stvarno pročitao čitav serijal *Hari Poter*?

– Jesam. Nastavio sam, čak i kad sam se naljutio što mi ne odgovaraš. Navukao sam se na čitanje. Studirao bih engleski, da sam imao prilike. Neke od najlepših uspomena odnose se na ono što smo ti i ja pisali, stvarajući zaplete i likove, a baka nas savetovala. Čak sam pročitao nekoliko njenih ljubića. Zbog njih sam počeo bolje da mislim o ljudima.

– Stvarno? I ja! Baka je bila sjajan pisac, reči su joj bile pune ljubavi i nade.

Logan je otišao do jasmina i pomirisao jedan cvet. Pogledao je Tildu. Klimnula je glavom. Vilin konjic je sleteo na travu, mora da je došao iz bare u parku. Izgubila se, na tren, zureći u višebojna krila, pre nego što je odleteo, preko ograde. Sve u šta je verovala o svom bratu raspalo se na delove, kao slagalica koja je prikazivala lažnu sliku. Seo je ponovo kraj nje.

– Zašto si me pozvao godinu dana nakon mog pisma? – pitala je. – Pretvarao si se da si me slučajno pozvao, preko *Fejsbuka*. Osetila sam da nešto nije u redu i pozvala sam te, ali si samo ćutao.

– Ja... morao sam da razgovaram s nekim, da. Nisam verovao nikom drugom, iako smo se bili udaljili. Ali kad je došao taj trenutak, nisam mogao da uradim to. Prolazio sam kroz krizu, znaš, u vezi sa svojom... seksualnošću.

Tilda mu se zagledala u oči. *O, mali batice Lo*, da sam samo bila tu.

– Nisam znao nijednog igrača koji je gej i priznao je to, i zato sam zadržao zbunjenost za sebe, ali to pitanje je naraslo sve veće i veće. Imao sam sedamnaest godina i bio sam toliko usredsređen na fudbal, i nisam hteo da... eksperimentišem. – Zacrveneo se.

– Ni ja, jer sam bila nepopularna i u školi za devojke, i jer sam više volela jednoroge i vile nego ljude.

Bojažljivo su se osmehnuli jedno drugom.

– Ukratko, na kraju se ispostavilo da sam biseksualac. – Zastao je, čekajući njenu reakciju.

– Dobro... i sad ti je sve potaman?

Loganove oči su zasijale. – Da. Da. Kameron je moj prvi pravi momak... nadam se da će to trajati zauvek. Toliko me je podržao kad sam hteo da kontaktiram s tobom, nakon toliko vremena. Kad se ne osećam hrabro... on kao da oslobodi tigra koji se krije u meni. Osećao sam se tako nekad kad smo ti i ja bili bliski.

Tildu je zabolelo grlo, kao da je istina koju je morala da proguta, o godinama nerazumevanja između njih, bila prekrivena trnjem. Dakle, Kameron je muškarac? – Dobro... ko je Rajlina mama?

– Petsi. Sportska novinarka. Sad ima trideset godina i pati od jake postporođajne depresije. Kad smo izlazili godinu dana, ja sam imao devetnaest a ona dvadeset tri. Petsi nije htela decu ali bili smo mnogo zaljubljeni, i slučajna trudnoća nas nije previše uznemirila. – Objasnio je kako su, nakon mnogo pokušaja da žive zajedno, sad delili roditeljstvo, Kameron je pomagao kad je Rajli bila kod Logana, a Petsini roditelji su pomagali njoj, posebno otkako se vratila na posao, i depresija se umnogome popravila i sad samo ponekad provede dan u krevetu.

– Kad si me pozvao neposredno pre mog dvadeset trećeg rođendana... – Tilda je sabrala u glavi. – To je bilo da mi kažeš za bebu, zar ne?

– Da. Želeo sam. Ali postalo je očigledno da imaš problem sa alkoholom. Nisi htela da ideš na rehabilitaciju... ne osuđujem te, ali nisam mogao da podnesem, Tilda, još stresa u tom trenutku. Mogao sam već da vidim kako nešto nije u redu s Petsi, imao sam karijeru, mamina očekivanja, novorođenče...

Ponovo je seo, vratio pisma u kesu, a ona je stavila ruku preko njegove i jedva ju je prekrila. Kad je poslednji put uradila to, *njena* šaka je bila veća. Logan je okrenuo dlan nagore i prepleo prste s njenima, i držali su se za ruke kao nekad.

– Kako ide? To nepijenje? – pitao je. – Tako sam... ponosan na tebe. Ne mogu ni da zamislim koliko je to teško.

Tildu je ponovo zabolelo grlo, nije mogla da govori, nenaviknuta na pohvale, osećajući se kao izdajnik jer je odbrojavala sate da natoči to vino. Sedeli su, ćutke, nekoliko trenutaka, pre nego što je Tilda pomerila ruku. Ispružila je obe ruke i nagnula se ka njemu. Logan joj je uzvratio zagrljaj. Suze su joj potekle niz obraze, i kad se odmakla, rame joj je bilo mokro tamo gde je ležala Loganova glava.

– Nedostaje mi tata – šapnula je.

– I meni – kazao je Logan, promuklo. – Svakog dana. Šta misliš, kako bi on doživeo sve ovo?

– Bio bi vrlo tužan. Ne mislim da su on i mama ikada bili jedno za drugo. Uvek sam se pitala da li su se venčali samo zato što je ona zatrudnela. Možda me je mrzela, kao grešku, a oni su doneli odluku da imaju tebe, kako razlika u godinama ne bi bila prevelika, sećam se da ti je mama to jednom rekla. Bila sam previše mala, u to vreme, da shvatim da je možda mislila kako je mene manje volela. – Suze su im ponovo potekle niz lica, i brzo su ih obrisali kad su se vrata otvorila i Rajli utrčala u malo dvorište. Stavila je ruke na kukove i počela da cokće prema Tildi. – Majlo mi je ispričao o vašoj večeri sutra i kazao je da ne znaš šta da obučeš. – Rajli je odlučno ispružila ruku. – Pokaži mi svoju spavaću sobu. Odabraću nešto. Bilo šta crveno će biti lepo. Ti si šefica i moraš da izgledaš kao superheroj.

21.

Tilda je obrisala oči i krenula za Rajli u kuću i na sprat. Ne-odlučno je stajala ispred svoje spavaće sobe. Da li će pustiti nekog u svoj privatni prostor?

– Zašto je zaključano? – pitala je Rajli kad je Tilda izvadila ključ.

– Zato što... Detolino krzno mi izaziva svrab i ne želim da spava na mom krevetu. – Duboko je udahnula i ignorisala Rajlin čudan pogled. Ušle su. Tilda se spremila, čekajući da Rajli uzvikne kakav je to nered. Tilda je brzo zatvorila vrata.

Rajli je uzdahnula dok je gledala odbačenu odeću, četku za kosu na podu i knjige neuredno naslagane jedna na drugu u uglu. – Kul! Tatica i mamica me uvek teraju da budem uredna. Kad odrastem, imaću baš ovakvu spavaću sobu. – Podigla je četku i pretvarala se da peva u nju.

Tildina ramena su se opustila. Bio je to nepoznat osećaj, da bude potpuno prihvaćena.

Pevušeći, Rajli je sela na krevet i počela da skakuće. Otišla je do prozora i zagledala se u dvorište, pre nego što je gurnula prst u zemlju u saksiji. – Ova biljka je žedna. – Krenula je prema plakaru, osmehujući se Tildi i onda je otvorila vrata. Okrenula je glavu sleva nadesno, i osmeh je nestao. – Samo tamne boje.

– Sviđa mi se tako – rekla je Tilda. – Lakše je odlučiti šta da obučeš ujutro.

– Ali vesele boje su najbolje! Crvena kao jagode! I makovi! Volim da nosim svoju žutu majicu kad je sunčano, a ljubičasta je boja mog omiljenog pića. – Zagledala se ponovo u plakar i pogledala pantalone. – Crne, smeđe, sive... šta to znači? Lepe stvari kao... čvrst san i čokolada i slatki delfini? – pitala je puna nade.

Tilda je raščistila prostor na krevetu i sela. – Ne... pretpostavljam da je to zato jer se u njima osećam... spremnom za posao i... Pa, to je to. – Progutala je knedlu.

Rajli je prišla i spustila nos na Tildin, zureći joj direktno u oči. – Postoji nešto što mi ne govoriš.

Nešto se podiglo u Tildinim grudima i, kad se Rajli odmakla, nasmejala se. Rajli joj se pridružila i ponovo dodirnula Tildin nos, prstom. – Uvek to radim s taticom i mamicom kad vidim da kriju nešto od mene. Kao kad je tatica rekao da ptica na našem travnjaku drema. Ali ptice ne spavaju na leđima. Stavila sam nos na njegov i rekao je da je mrtva! To je kao mađioničarski trik da bi ljudi bili iskreni. Sahranili smo pticu i napravili krst od dva štapića od lizalice. – Prekrstila je ruke. – Hajde, zašto nosiš tamne boje?

Tilda se zagledala u te male crne oči; radoznale, ljubopitljive oči koje su je podsetile na Logana kad je bio mali, kad bi mu objašnjavala neku novu igru. – Otišla sam u internat. To je kao škola u kojoj živiš. Većina dece to voli... ali devojčice u mojoj spavaonici su bile zlobne i zadirkivale su me. Tamna odeća je činila da se osećam nevidljivo... kao da mogu da se sakrijem, kao da sam... bezbedna, valjda.

Rajli je sela na krevet kraj Tilde. – Da li je to pravi razlog zbog koga zaključavaš vrata?

– Da. Izvini što sam te lagala.

– Nema frke. Ponekad i ja to radim. Upravo sam se igrala s Detol, pomoću štapa za mačke koji sam donela. Rekla sam joj da ima najjače šape na svetu. – Rajli je utišala glas. – Ali nema. Mačak mog komšije, Eš, ima šape velike kao supene kašike. – Nakrivila je glavu. – Ali ti si sad odrasla. – Provukla je ruku ispod Tildine. – Ne moraš više da se kriješ.

Tilda se stresla. I Majlo joj je to rekao.

Rajli je skočila. – Vraćam se za tren. – Istrčala je iz sobe. Pet minuta kasnije, začuli su se njeni koraci na stepeništu. Ušla je, držeći uredno presavijenu belu košulju prekrivenu cvećem. Rajli ju je podigla uvis kao da je neka ptica koju je ulovila.

– Šta je to? – pitala je Tilda.

– Tatina košulja. Usput ju je video u nekoj prodavnici upola cene i kupio ju je. Pitala sam smeš li da je pozajmiš. Možeš da je nosiš uz farmerke i kaiš. Mamica nosi velike košulje kao što je ova.

– Ne mogu to! Šta je rekao?

– Uputila sam mu jedan od svojih pogleda, i uradio je šta sam mu rekla – kazala je ponosno.

Tilda se ponovo nasmejala. Rajli je mahnula košuljom. – Probaj je, tetkice Tilda.

Tilda je uzela košulju, a Rajli je sela na krevet i prekrila oči rukama. – Želim da se iznenadim. Moraš da očešljaš kosu, i sve ostalo. Našminkaj se, ako imaš šminku.

Šminkanje? Da li je to šala? U svim drugim okolnostima, u bilo čijem društvu, Tilda bi rekla *ne*, bez razmišljanja. Ali Rajlino oduševljenje bilo je zarazno. Izvadila je crne farmerke i obukla košulju. Stala je ispred velikog ogledala u plakaru. Rajli je bila u pravu. S raspasanom košuljom i pojasom oko struka izgledala je... gotovo moderno. Cvetna šara bila je crveno-plava. Prošla je četkom kroz kosu i pregledala je neseser sa šminkom, što nije često radila. Eto ga. Ruž za usne u boji korala, koji će se lepo uklopiti. Kupila ga je da zadovolji Šejna. Rekao je da bi joj još bolje pristajao kad bi napumpala usne. Čudno je kako ne primećuješ znakove upozorenja dok nije sve gotovo, a bili su vrlo vidljivi. Uzela je punu bočicu parfema, novu koju je kupila, i izdašno naprskala poznati miris.

– Požuri, tetkice Tilda – kazala je Rajli, udarajući nogama u krevet.

Tilda je ponovo pogledala u ogledalo. Okrenula se. Upotrebila je ruž i kao rumenilo, i pronašla je par zlatnih minđuša koje joj je baba dala, za šesnaesti rođendan. Mama ih je nazvala kičastim.

– Spremna – kazala je nervozno.

Rajli je spustila ruke sa očiju. Iskolačila je oči. Tildina bratanica će mrzeti njen novi izgled, naravno.

– Sviđa mi se – kazala je Rajli oduševljeno. – Taaako si lepa.

Stvarno je bila lepa?

– Tata kaže da ličim na tebe – rekla je i isprsila se.

Zbog tog komentara i Tilda je poželela da se isprsi. Ona izgleda kao ova prelepa devojčica? Možda okrutni komentari ostalih učenica nisu bili tačni.

– I mirišeš kao buket cveća, kao kad sam te poslednji put videla. Ta košulja mnoooogo bolje stoji tebi nego tati – šapnula je.

Sigurno je da je manje izgledala kao neko sa stare požutele fotografije, kao neko iz porodice Adams.

Rajli ju je uhvatila za ruke. – Sad moram da ti pokažem svoje najnovije plesne pokrete za noćni izlazak.

– Ali to je večera, ne ples – pobunila se Tilda.

Strog izraz pojavio se na devojčicinom licu. – Uvek budi spremna, to kaže moj predvodnik u izviđačima. Ruke napred. Pomeraj stopala kao ja, sleva nadesno. Jedan, dva, jedan, dva...

Kako je ples napredovao, uz dodatni okret i podizanje noge, Tildu je nešto steglo u grudima. Ne zbog fizičkog napora nego jer ju je ples s bratanicom vratio u detinjstvo, i setila se kako su ona i Logan igrali uz omiljene pesme. „Doctor Pressure“, koji se pojavio kad je Tilda imala osam godina, Logan šest, bio je mešavina koja sadrži „Dr Beat“ grupe *Majami saund mašin*, jednu od tatinih omiljenih pesama. Bila im je omiljena nekoliko godina, i smislili su ples koji su stalno unapređivali.

Loganov glas se začuo iz prizemlja i Rajli se zaustavila. – Bolje je da krenem. Tata me večeras ostavlja kod mame. Možemo li da im pokažemo tvoju garderobu, molim te!

Tilda je prekrstila ruke.

– Dobro, ne moraš, tetkice. Ne smeta mi. Ali izgledaš kul. Časna reč. – Napravila je veliki krst preko grudi, ozbiljnog lica kao da polaže zakletvu u crkvi.

Tilda je dozvolila sebi da bude odvučena u prizemlje. Kad su stigle do hodnika, postala je svesna da njen brat i Majlo razgovaraju, nešto o Loganovim planovima za budućnost, o sportu, naravno. Uglavnom se čuo Loganov glas, ali samo zato što ga je Majlo zapitkivao. Bio je dobar u tome. Velikodušan. Zainteresovan. Miris belog luka ispunio je vazduh. I kuvao je, mrmljao je nešto o tome kako će napraviti losos s krompirom i belim lukom, što je varijacija na temu Tildinog redovnog jela petkom, ribe i krompirića. Nije odgovorila, jer joj je bilo potrebno vreme da smisli kako da ga nagovori da izađe kad joj brat ode. Ali sad, od razgovora s Loganom, otkako je provela vreme s Rajli, nagon da poklekne nije bio više tako jak.

Rajli ju je gurnula. Rumenih obraza, Tilda je ušla u kuhinju. Muškarci su prestali da razgovaraju. Majlo je imao na rukama njene žute rukavice, pošto je upravo završio s pranjem sudova koji su ostali od doručka. *Ostali od doručka,* kako se situacija promenila.

– Opa – kazao je Majlo. – Sviđa mi se. Rajli bi mogla i meni da pomaže da odaberem odeću.

Rajli se široko osmehnula.

– Sviđa mi se košulja, Tilda, gde si je nabavila? – pitao je Logan.

– Blesavi tatica – kazala je Rajli i zakikotala se.

– Sjajan ruž – nastavio je Logan. – Podseća me na vreme kad smo poharali mamin stočić za šminkanje i stavili njenu šminku. Taj ruž je možda iste boje.

– Širli, čistačica, videla je to i pomogla nam je da sve očistimo – kazala je Tilda. – Umila nas je. Mislim da nikad nije rekla mami za to.

– Dobro, Rajli, bolje je da krenemo ili ćemo zakasniti kod *tvoje* mame... A ti ćeš zakasniti na spavanje, gospođice – rekao je Logan.

Rajli se igrala na trotoaru dok je Logan obuvao cipele u hodniku. – Majlo mi kaže da će se pridružiti tvojoj firmi – rekao je značajnim tonom.

– Logane. Ne kvari sve – kazala je. – On je dobar momak.

Stisnuo je zube, videla je, uvek je to radio kad je bio dečak kad je želeo da kaže nešto, ali je mislio da ne treba.

– Ti i ja... kako ćemo da nastavimo? – pitao je nekoliko trenutaka kasnije.

– Ručak u nedelju? Ti i Rajli, ako se vrati od mame? Imamo mnogo tema za razgovor.

22.

Tilda je stajala ispred *Vetrenjače*, paba od sivog kamena, ispred safirnoplavog neba, koje je kvarilo svega nekoliko oblačaka, ili smoga, nije bila sigurna. Saobraćaj je zujao kraj nje; pab se nalazio kraj glavnog puta, praktičan i urban, kao i Stokport, kao Kraučden. Tilda nikad nije žudela za prigradskom lepotom svog detinjstva. Bilo je neke iskrenosti u vezi sa arhitekturom u centru Stokporta; pab je bio izgrađen čvrsto, pouzdano, kao hrana. Njena temeljnost je značila da je jela tu inkognito, ručala, pre nego što se predstavila i prihvatila pab kao klijenta, da vidi da li se promenio od vremena kad je ovde radila kao privremena čistačica. Osoblje je i dalje bilo savesno, i ako bi nešto prosuli, trudili su se da počiste. To je pomagalo Tildinim radnicima. Inače su prosuta pića ostavljala teške lepljive mrlje na stolovima i tepisima, a smrad ustajalog piva mogao je biti težak za uklanjanje. Takođe su uklanjali hranu koja ispadne i brisali stolove između gostiju. Tilda nije pokušavala da izbegne da zaradi ono što naplaćuje, ali jednom je pogrešila jer nije proverila jedan mali kafić. Dala je cenu za jednočasovno čišćenje kafića i toaleta. Ispostavilo se da niko od osoblja nije proveravao toalet tokom dana, i klozetske šolje su bile zapušene, toalet-papir je bio posvuda, a bilo je i gorih stvari. Bilo je potrebno temeljno čišćenje. A što se tiče prostorije u kojoj su sedele mušterije, svuda je visila paučina, prekrivena slojevima prašine, kao da je tu decenijama. Da bi to mesto bilo očišćeno kako treba, i da bi sačuvala ugled *Rajt čišćenja*, te prve večeri morala je da radi tri sata, a na kraju ni ona ni njena zaposlena nisu bile sasvim zadovoljne. Vlasnik je odbio da plati, zaključivši da mu je bolji trenutni sistem, da tera osoblje da očisti na brzinu posle smene.

Tilda je obavila kragnu Loganove košulje oko vrata, pomerajući etiketu koja ju je grebala. Pritisnula je kosu uz lobanju ukosnicama. Kremasti ruž boje korala delovao joj je lepljivo. Uzdahnula je kad je Majlo otvorio drvena vrata. Njih dvoje su sedeli jedno naspram drugog u vozu i Tilda je pokušala da neprimetno posmatra njegovo visoko telo, pantalone koje su mu savršeno pristajale i, vidljivu iza otkopčane jakne, tamnoplavu, sveže ispeglanu košulju. Za nju je bio prijatelj, kolega, to je sve. Bez sumnje. Tako je najbolje.

Tilda je potajno gledala u prozore voza, njegov odraz je bio vidljiv kad večernje sunce nije bilo tako sjajno. Obrijao se, i stavio gel na kosu i upasao je usku košulju, što mu je naglašavalo struk, i na licu je imao taj svoj izraz koji se pojavio kad je izjavio kako je razočaran što se ona ne zove Cilit Beng. Za razliku od svojih roditelja, devojčica u školi, za razliku od Šejna, Majlo se smejao *sa* Tildom, a ne njoj. Zadirkivao ju je zbog određenih postupaka, samo što ih je on nežno dovodio u sumnju, a nikad ih nije prezrivo odbacivao. Kao kad je koristila samolepljive cedulje da čisti prostor između tastera na tastaturi na kraju svakog dana, i to što je volela simetriju u svakoj sobi, osim svoje, kad govorimo o razmeštaju predmeta i položaju dve zavese na prozoru. Šejn bi zakolutao očima i nazvao je manijakom za čistoću.

Drugi ljudi su bivali ljubazni tokom godina, sad je mogla to da vidi, očima svog stanara. Ali u ono vreme nije bila kadra da to pozitivno ceni. Kao koleginice čistačice koje su se divile njenim veštinama i pozivale je na devojačke večeri. Kao komšije kad se tek uselila u svoju kuću u Kraučdenu, koje su došle da se predstave. Tilda je u sebi uvek bila na oprezu, čekajući udarac ispod pojasa.

Talas bola prošao joj je kroz grudi.

Kakva šteta.

Duboko, duboko u duši, ostala je istina koju je iskopala tokom terapije, od svojih sapatnika zavisnika... Nije mogla da krivi svoju mamu, nije mogla da krivi internat, mogla je da krivi samo sebe zbog načina na koji je reagovala na svoju situaciju i ostajući ogorčena. Sad je možda vreme za promenu, od večeras, od organizovanog društvenog događaja.

Više nego ikad bilo joj je potrebno nešto da joj smiri živce.

Pogledala je na sat. Petnaest do sedam. Ona i Majlo su stigli ranije da provere sto. Iznenadio se što ona nije htela da se vozi do tamo; prijatan letnji pljusak bio je najavljen za kasnije. Međutim, ona je insistirala na šetnji. Ali Tilda je imala još jedan razlog da ne ide kolima. U prošlosti, ako bi nekad i izašla sa svojim radnicima, ona nije imala anegdote o porodici ili momcima, tako da je alkohol ispunjavao praznine u njenom razgovoru, dajući joj samouverenost da održi čavrljanje.

Jedno piće, to je sve što joj je potrebno. Tilda je sad bila drugačija osoba. Odgovorna. Šefica. Boca je neće savladati kao pre. Neće.

Ušli su u pab, dočekani mirisom prženog mesa i piva, galamom koju su dizali prijatelji koji ćaskaju i čaše što zveckaju, opuštajućim svetlozelenim zidovima i uglancanim drvenim stolovima. Tilda se zaustavila. Najmanje polovina gostiju već je bila tu, za šankom, uključujući Adama, Koni, Ajris i Džez. Mahnuli su joj, i Tilda je nabacila svoj najbolji osmeh, ukočeno im mašući.

– Veče će biti sjajno – rekao je Majlo i stisnuo joj rame, pogađajući šta ona misli, kao i uvek.

Logan je uvek umeo da oseti njeno raspoloženje. Mogao je da predvidi kad će se posvađati na igralištu, kad nije spavala dobro. Dok je prilazila svojim zaposlenima, prošla je kraj muškarca koji ju je podsetio na njega. Nekad je mislila da i ona dobro pogađa šta njen brat misli, ali ispostavilo se da je ona... ona ga je iznverila. Eto. Te reči su čučale u senci otkako je pročitala Loganova pisma, otkako su se njih dvoje sastali i razgovarali iskreno. Iznevrila je svog mlađeg brata. Osim onog vremena pre nego što je otišla u internat, kad je izrazio sumnje u vezi s fudbalom, nikad nije uočila znakove da on nije srećan, da mu ta igra ne predstavlja sve. Tilda je bila starija, bila je starija sestra tom dečaku. Trebalo je da se zauzme za njega.

Nasuprot Tildinim mračnim mislima, uz gostioničara, i pab je svetlucao na prijateljski način, sa ogledalima, blistavim kriškama citrusnog voća, svetlucavim slamčicama i obrnutim bocama alkoholnih pića. Svako od tih pića bi joj ublažilo krivicu koja joj je pekla želudac.

– Zdravo, svima. Drago mi je što vas vidim. – Osmehnula se. – Dozvolite da predstavim svog, ovaj, zamenika direktora. Ili bolje rečeno... novi mozak kompanije, odnosno neku vrstu poslovnog partnera, ili...

– Dovoljno je samo Majlo – rekao je i široko se osmehnuo drugima.

Ostatak tima je stigao, i Tilda se pobrinula da svi znaju imena jedni drugima, u najmanju ruku, pre nego što sednu na bordo tapacirane stolice. Radili su sami, osim Ajris i Džez, i Adama i Kaluma. Majlo je sedeo na drugoj strani stola, naspram Džez, Tilda na drugom kraju pored Ajris, što je bilo olakšanje; imale su mnogo tema za ćaskanje. Da li se oporavila od bronhitisa? Kako su joj unuci? Šta će da jede? Stiglo je vino za sto, uz predjelo. Tilda je jela supu, ali stalno je gledala u Adamov tanjir prekoputa i, smejući se, insistirao je da ona uzme jedan od kroketa sa slaninom i sirom – gorivo za polumaraton koji je trčao sutradan. Pomenula je svoje i Majlove planove da prošire posao, i Kalum, koji je sedeo kraj Adama, objasnio je kako je pomagao stricu koji se bavio pranjem prozora i, ako je zainteresovana, rado će joj ponuditi savet koja je oprema najbolja, a i za čišćenje odvoda. Vesti o njihovim planovima proširili su se oko stola i ideje za unapređenje *Rajt čišćenja* postale su glavna tema razgovora. Majlo ju je pogledao u oči i osmehnuo se. Timski rad i saradnja obodrili su Tildu. Koni je predložila dodatne usluge za starije, njenoj klijentkinji je od utorka ujutro bila potrebna pomoć oko veša, a gospodin od petka popodne nije mogao da namesti krevete, posebno kad mu rođaci dođu u goste. Adam je predložio čišćenje šupa i garaža. Džez je predložila reklamiranje dubinskog čišćenja za ljude koji se useljavaju u nove nekretnine.

Glavni obrok je stigao i Tilda je nazdravila sokom od pomorandže, koji jedva da je pila. – Mnogo vam hvala. – Osmehnula se ljudima oko stola. – Molim vas, pošaljite mi imejlom svoje ideje.

– Imali smo kutiju za predloge u firmi u kojoj sam radio – kazao je Majlo. – Svaka ideja je učestvovala u izvlačenju nagrada svakog meseca. Ljudi mogu da daju koliko god žele predloga. Možete da uradite to posredstvom imejla, uz naslov „Kutija sa idejama".

Svi su zaklimali glavama oduševljeno.

– To bi moglo da uključuje i savete kako da se poboljša naša trenutna usluga ili... način upravljanja firmom – kazala je, upitno podigavši obrvu.

– Sviđa mi se izvlačenje nagrada, računajte na mene – rekla je Ajris. – Jedna moja prijateljica ima onlajn kompaniju za prodaju šminke. Počela je skromno, pre dve godine, i kaže da popusti za nove mušterije stvarno deluju. Ako pokušavaš da pridobiješ velikog klijenta, tu postoji konkurencija, i možeš da ponudiš popust, recimo, prvih šest meseci. Do kraja tog perioda verovatno će shvatiti kvalitet naše usluge.

– Trebalo bi da učestvujemo u društvenim aktivnostima – kazao je Adam. – Humanitarne trke ili šetnje s nazivom firme na majicama. To je besplatna reklama, daje nam sadržaj za sajt... i skupićemo novac za neki vredan cilj.

Tilda se zavalila, a njihova spremnost da pomognu preplavila ju je kao prijatna prva čaša alkohola. Glad je na kraju nadvladala razmenu ideja i ugledala je Adama kako se divi njenim prženim kolutićima luka. Osmehnula se i okrenula tanjir ka njemu. Razgovor je prešao s posla na letnji odmor.

Na drugom kraju stola, Majlo i Džez su bili zadubljeni u razgovor. Smejali su se pre minut, ali sad su ozbiljno razgovarali. Među njima je postojala neka bliskost. Tilda nikad nije umela da tako brzo razvije takvu opuštenost s neznancima. Ili je to bila hemija? Džez se smejala nečem što je on rekao. Majlo ju je dodirnuo po ruci. Tilda je umela da odbaci svoju rezervisanost tako brzo samo kad je pijana, i traži besmislen fizički kontakt. Sinoć ju je pitao za Iva. Postiđena da prizna kako je taj čovek pokušao da je obmane, da prizna kako mora da je izgledala lakoverno, dovoljno očajna da odgovori tipu s tako smešnim francuskim imenom, jednostavno je rekla da je dobro i osmehnula se. Majlo je kasnije izgledao zamišljeno, ćutao je neko vreme, a evo ga sad, nabacuje se Džez. Možda Majlo misli da je Tilda pronašla romantičnu zabavu na internetu i to ga je nadahnulo da večeras bude odvažan.

– Šta je s tobom, Tilda? – pitala je Ajris. – Ideš li nekud ovog leta? Pretpostavljam da s tom divnom nežnom, bledom kožom ne voliš sunčanje? Više voliš obilaske znamenitosti?

Ajris je otprilike bila vršnjakinja Tildine mame, koja joj nikad nije dala kompliment. Nešto ju je zabolelo u grudima i srknula je sok od pomorandže. Tilda je stidljivo pogledala oko sebe. Adam je voleo Ibicu, Kalum Grčku, Ajris jug Francuske, sa unucima. – Nisam bila na odmoru otkako sam napustila kuću sa osamnaest godina.

– Bojiš se letenja? – pitala je Ajris.

– Suviše si zauzeta; mora da je teško voditi sopstvenu firmu? – pitao je Adam.

– Da li ideš na vikend-putovanja tokom godine? – pitao je Kalum.

Druženje sa zaposlenima bilo je važno, rekao je Majlo. Tilda je pretpostavila da to znači malo iskrenosti.

– Imala sam... probleme u detinjstvu i mladosti. Ovaj posao me je spasao. Nisam se bavila ničim drugim tri godine. To je sve što mi je potrebno.

Adam je krenuo da sipa Tildi čašu vina. Stavila je šaku preko čaše. Da Majlo nije ovde, ne bi bila tako stidljiva.

– Ne, hvala... pijem... antibiotike. – Postojale su granice njene iskrenosti. U retkim prilikama kad je izlazila, tokom poslednje tri godine, vožnja joj je bila uobičajeni izgovor što ne pije.

– Menadžeri izgleda ne žele da se pridruže – kazala je Kat, mlađa radnica koja je sedela kraj Džez. Veselo je zapretila Majlu prstom.

– Nisi ljubitelj vina, Majlo? – pitao je Kalum.

– Više tip koji pije viski posle večere? – kazala je Koni.

– Ili opsednut zdravljem? – pitala je Kat.

Ta pitanja su joj bila poznata. Tilda nikad nije prestajala da se čudi zašto ljudi gnjave one koji ne piju tečnost koja može izazvati glavobolju, mučninu i sumnjive seksualne veze.

– Opsednut sam životom – odgovorio je. – Pet godina sam trezan.

Tilda se nije pomerila. Opa. Rekao im je istinu.

– To je epski. Svaka čast – rekao je Kalum. – Mora da je bilo teško.

– Pet godina. Kakvo dostignuće – rekla je Ajris. – Volela bih da je moj stric uspeo u tome. Umro je od alkoholizma.

– Imali smo nastavnika u školi koji je dobio otkaz jer je dolazio pijan – rekla je Eli, jedna od najnovijih radnica. – Nije mogao da se nosi s muževljevom smrću. Čitav razred je potpisao peticiju da bude vraćen na posao.

Tilda nikom nije ispričala za svoje stare navike. Podrška prisutnih ljudi ju je iznenadila.

– Zar ti nije teško da izlaziš i družiš se s ljudima? – pitao je Adam.

– Zavisi od ljudi. Neki ljudi ne shvataju i stalno navaljuju, govore mi da mi jedno piće neće škoditi. Ali to prvo je najopasnije.

Tilda je nabrala nos. Dokazaće da to ne mora uvek da bude istina. Pitala je da li neko želi još neko piće, osim vina. Džez takođe nije pila i zatražila je još jednu kolu. Majlo je zatražio iznenađenje. Kalum pivo. Ponela je svoj sok od pomorandže, pretvarajući se da ga pije usput. Zatražila je od barmena da joj sipa čašicu votke. Ne, dve. Brujalo joj je u želucu. Odnela je poslužavnik do stola.

– Sirup od zove sa sodom – kazala je Majlu i dodala mu piće. – Miriše ukusno.

Dodala je ostalima pića i sela na svoje mesto. Okretala je sok od pomorandže u čaši i onda ju je spustila. Majlo je zurio u nju. Ustao je i prišao.

– Vidim da bi ti radije moje piće. Evo. Hajde da se zamenimo.

– Ne. Nema šanse! – Kazala je. – Ja... Donela sam sok od zove za tebe. Sok od pomorandže mi odgovara. – O, bože, šta ako ga popije i prekrši petogodišnju trezvenost a da i ne shvati to?

– Glupost. – Spustio je svoju čašu ispred nje, uzeo njenu i prineo voćni sok začinjen votkom do usta.

– Ne! Nemoj da piješ to!

Svi za stolom su se okrenuli prema Tildi. Zgrabila je sok od pomorandže, prosuvši malo po njegovoj košulji. Ustala je i zagledala se u njega, umočila prste u njega, brzo ih vadeći i otresajući. – Jedna od mojih dlaka. – Napravila je zgađeno lice, a ostali su se nasmejali.

– Zamalo. Hvala ti, Tilda. – Majlo je obrisao košulju. – Poput mitskog anđela si, koji je sleteo da spase stvar... ili moje varenje.

Brzo je odnela piće do šanka i vratila se sa sokom, bez alkohola.

Dva sata kasnije, nakon deserta i kafe, nakon previše neukusnih šala o usisivačima, Tilda i Majlo su krenuli prema peronu i uhvatili poslednji voz za Kraučden, pošto su hodali po osvežavajućem pljusku koji je ublažio julsku vlagu. Zevnuo je i pogledao svoj telefon. Kad su napustili *Vetrenjaču*, Tilda ga je čula kako kaže Džez: – Vidimo se sledeće nedelje. – Blago Majlu, vratio se izlascima. Bila je zadovoljna. Njen posao pomaganja njemu, emocionalno, bio je gotovo završen. Uskoro će on imati nekog posebnog, a taj zaključak ju je ostavio iznenađujuće hladnom i šupljom.

Ljubav nema veze samo s partnerom koji ti izaziva topla, nežna osećanja, zar ne? To ima veze i s tim da ostane uz tebe u teškim trenucima. Ali Majlo je bio baš takva osoba.

Nije da je volela Majla, to je besmisleno. Gledala je kroz prozor voza, prekorevajući svoje iracionalne misli.

Nema veze. Ništa joj neće pokvariti ovu noć. Tilda je bila uzbuđena iz dva razloga. Prvo, veče je bilo uspešno. Tilda Rajt je uživala u druženju, a svi ostali su pristali da smisle aktivnosti koje bi voleli da rade kao tim. Adam je predložio mini-golf. Kat odlazak na ples. Ideja o kutiji s predlozima bila je toplo prihvaćena. Svi su je zagrlili na kraju, i zahvalili joj se na sjajnom obroku. Prvo je stajala ukočeno, obuzeta osećanjima, ali na kraju je i ona grlila njih.

Drugi razlog što je bila dobro raspoložena bilo je uzbuđenje zbog mogućnosti pijenja alkohola. Gledanje alkohola večeras pojačalo joj je žudnju i uživala je u prijatnom iščekivanju sutrašnje večeri. Logan i Rajli trebalo bi da dođu na nedeljni ručak, i zamoliće Majla da je malo ostavi nasamo nakon što oni odu, i reći će da je iscrpljena i da želi da posedi sama, ćutke, u dnevnoj sobi.

Sve se uklopilo. Savršeno veče bekstva. Prvi put nakon nekoliko meseci neće osećati stres. Gotovo da je veselo protrljala šake. Sutra uveče će se čvorovi u njoj razvezati uz prijatno raspoloženje. Ignorisala je taj glas u glavi, iz rehabilitacionog centra, s grupne terapije od pre tri godine, koji joj je govorio da je pokušaj da čašu vina iskoristi kao rešenje problema put do nevolje s velikim N.

23.

Tilda nikad nije spremala nedeljni ručak za četvoro. Šejn je nije upoznao sa svojim roditeljima, a ona je viđala njegovu sestru i prijatelje u pabovima ili restoranima. – Pečeno pile sa svim prilozima, s tim ne možete da pogrešite – rekao je Majlo – ako niko nije vegetarijanac. – Ali bili su usred dugog, toplog leta, tako da je smislio podjednako privlačnu opciju: roštilj. Privlačnu ali zastrašujuću, Tilda nikad ni to nije radila. Ali prethodni vlasnik je ostavio u šupi zarđali roštilj i Majlo je insistirao da može da ga očisti. Kupio je vreću s ćumurom i ponudio da se pobrine za meso i pečenje. Tilda je provela jutro spremajući priloge – pirinač sa šafranom i graškom, na Majlov predlog, krompir-salatu i kupila je salatu od kupusa, zemičke za hamburgere, umake i skupe čipseve. Nakon što je sve očistila, obukla je zelenu kariranu košulju s dna jedne od fioka, koja će se svideti Rajli. Prošle godine ju je, dok je išla na posao, uhvatio neočekivan letnji pljusak. Mokra do gole kože, svratila je u jednu prodavnicu polovne odeće da kupi suvu košulju. Ta šarena je bila najjeftinija.

Začulo se zvono na vratima. Odjurila je u prizemlje, ne zaključavajući vrata spavaće sobe prvi put otkako se uselila. Zastala je iznenada, ali nije se vratila. Ni Majlo ni Rajli je nisu grdili zbog nereda, sasvim obrnuto. Zvono se ponovo oglasilo i stigla je u hodnik, udahnula, popravila odeću i otvorila vrata.

Tres! Rajli je uletela i zagrlila Tildu oko struka. Morala je da se široko osmehne i sagnula se da pozdravi bratanicu, uzvraćajući joj zagrljaj.

– Sviđa mi se tvoja košulja, tetkice, imam zelenu majicu! Sledeći put ću je obući. Bićemo kao bliznakinje. – Izula je cipele i pozvala

Detol, jureći kroz hodnik i u kuhinju. Logan se stidljivo osmehnuo. On i Tilda su stajali nelagodno, kao pravi Britanci, pre nego što su odlučili da zagrle jedno drugo, odvajajući se gotovo istovremeno kad su se dodirnuli.

Majlo se pojavio s dve čaše kole, ponovo sa žutim rukavicama na rukama. – Zašto ne biste sačekali u dnevnoj sobi? Rajli će mi pomoći da operem zelenu salatu i paradajz, i može da mi pravi društvo dok pečem meso.

– Da li je *pomoć* prava reč, druže? – pitao je Logan. – Moja mala zvezda mogla bi da uzme stvari u svoje ruke.

Majlo se nasmejao i dodao im pića. – Siguran sam da mlada dama može da mi pokaže neke stvari, mada sam već morao odlučno da odbijem prženje jaja na uglju.

Logan i Tilda su ponovo izgledali kao da im je neprijatno.

– Leti smo sedeli ispred ulaznih vrata i ćaskali, sećaš li se? To je izluđivalo mamu, jer bi obično neka muva ušla u kuću ili bi nas komšije videle kako ne koristimo produktivno svoje vreme – rekao je Logan.

Tilda je napućila usne. Ponovo je otvorila ulazna vrata i pozvala brata da sedne na stepenice. Pridružio joj se, široko se osmehujući. Za razliku od starih dana, bili su pomalo stisnuti. Jedna devojka je prošla pored sa svojim psom. Labradudl je prišao i Logan ga je pomilovao po glavi. Tilda je spustila čašu na trotoar i obgrlila rukama kolena.

– Razmišljala sam o svemu. Mnogo – kazala je. – Žao mi je što... – Uzdahnula je. Izgovaranje tih reči naglas moglo bi da ih učini stvarnim; izneverila je brata. Ne. Nije mogla da uradi to. – Žao mi je što sam propustila prvih šest Rajlinih godina, pa ako ti ikad bude potrebna bebisiterka, rado ću pomoći. Možeš da kažeš to i Petsi.

– Iskreno? To bi bilo sjajno. Stvarno te je zavolela.

– Ili mačku, verovatnije.

Kao po komandi, Detol se pojavila, provlačeći se između Tilde i vrata. Zagledala se u Tildu, a onda joj se popela u krilo. To je Tildu podsetilo na vreme kad je Detol sedela s Majlom na ulici.

– Čuvanje dece bi moglo ponekad da mi bude korisno jer postoji nešto o čemu želim da razgovaramo... Potreban mi je tvoj savet – rekao je i pomazio mačku po ušima.

Tilda je spustila Detol na zemlju i izvinila se, odjurila je u kupatilo i zatvorila vrata. Čvrsto je zatvorila oči i ugrizla se za pesnicu; ne sme da se rasplače.

Logan, njen brat, njen batica, želeo je njeno mišljenje, i to je i dalje bilo važno, uprkos svemu. Niko drugi to nije radio osim njenih klijenata i zaposlenih. To je bio razlog zbog koga je uživala da vodi svoj posao. Umila se hladnom vodom i vratila se u prizemlje, sela ponovo na stepenice, mumlajući nešto o obroku iz paba od sinoć, koji joj nije prijao.

Okrenula je uši ka njemu, namrštila se, što je radila kad su bili deca, a on želi da joj iznese neki problem.

Logan se nasmejao. – Bože. Kakvi smo bili? Ponekad su nam mama i tata dozvoljavali da gledamo plesni program. Zavaravali smo se kako možemo da izvedemo te pokrete, i insistirali smo da nas ocene od jedan do deset.

– Da vidimo ko će podrignuti najbrže i najglasnije nakon što najbrže popije gazirano piće.

Oboje su pogledali svoje kole i iskapili ih. Samo malo, samo malo, Tilda je pobedila.

Obrisala je usta, a nijedno od njih nije znalo u šta da gleda. – Jesi li siguran da sam dovoljno odrasla da ti dam savet? – pitala je.

– Radi se o mojoj budućnosti. Uvek sam želeo da studiram engleski. Zavoleo sam čitanje i, u srednjoj školi, voleo sam da pišem eseje. Baka je tako strastveno volela reči, i to mora da je prešlo na mene. Dok sam bio s Petsi, shvatio sam... mislim da je moj pravi poziv sportsko novinarstvo. – Čekao je i vrpoljio se kraj nje. – Kaži nešto. Kao da sam idiot, zar ne, što sanjam kako mogu da radim to? Morao bih prvo da maturiram, a onda završim fakultet...

– Februar, dve hiljade... šeste, Zimske olimpijske igre u Italiji, ti si držao šargarepu, obavijenu crnim papirom i s klovnovskim nosom na vrhu, i koristio si je kao mikrofon. Želeo si da budeš jedan od komentatora, rekao si da ti izgleda kao kul posao da putuješ po svetu, a uvek si voleo sankanje i skijanje. Naučio si kako da kažeš dobar dan i doviđenja na italijanskom. Jedne subote uveče molili smo mamu da nam kupi picu za užinu, kako bi sve bilo autentično. Stajao si kraj televizora i pričao dok su se takmičenja odvijala.

– Mami se na kraju smučilo, rekla je da ne može da čuje pravi komentar. Osećao sam se kao budala sve dok ti nisi rekla da je to sjajno i da je tip na televiziji dosadan. Otišli smo u moju sobu, ti si glumila olimpijska takmičenja, i rekla mi da komentarišem.

– Izvodila sam skijaške skokove s tvog kreveta, dok mama nije povikala da prestanemo da pravimo buku. – Tilda je slegnula ramenima. – Mislim da si tad znao koji ti je pravi poziv.

Logan je ustao, očiju blistavih kao kad su bili mali, jeli tajne noćne obroke i s prozora gledali slepe miševe kako lete napolju. Izvadio je beležnicu iz džepa. – Pronašao sam i ovo na tavanu. – Dodao joj je beležnicu.

Ušli su u dnevnu sobu i seli na sofu. Beležnica je bila veličine razglednice, požutela i sa „ušima". Otvorila ju je. Spomenar? Unutra su se nalazili omotači omiljenih slatkiša koje su delili, kao što su štapići od jagode i mešane gumene bombone. I ulaznice, za bioskop: *Automobili, Ples malog pingvina, Transformersi*. Logan je uvek skupljao „uspomene", kako ih je nazivao. Bila je tu i stranica s jednom od priča koje su napisali o sebi, naizmenično pišući po jedan red. Ova je govorila o njih dvoje koji se bore zlatnim mačevima, i ubijaju zmaja u lokalnoj šumi. Kraljica im je oboma dala po odlikovanje i dovoljno novca da mogu da žive u svom zamku, sa slugama i psima, pica-žurkama i bazenom.

– Napravio sam ga kad si otišla u internat, i hteo sam da ti ga pošaljem da ne bi osećala nostalgiju... ali nisi odgovorila na moja pisma. Sećam se da sam prespavao kod nekog druga nedugo nakon što sam napravio ovo. Njegova sestra je takođe pošla u srednju školu. Pogledala nas je prezrivo i kazala da je osnovna škola za bebe. Pitao sam se da li si i ti tako mislila o meni, sad kad si nezavisna, i zato sam zadržao spomenar za sebe.

Tilda nije mogla da ga pogleda u oči.

– Zadrži ga ako želiš – kazao je.

Ponovo ga je prelistala. Na kraju ga je zatvorila i prešla rukom preko korica i pokušala da odagna bol treptanjem, pre nego što je podigla glavu. – Da li je potrebno da studiraš? Tvoje ime je dobro poznato, zar ne? Zar ne bi mogao da postaneš komentator na osnovu toga?

Logan je stisnuo šake. – Već su mi ponudili posao, da komentarišem utakmice na lokalnoj radio-stanici, ali želim da uradim to kako treba, Tilda, i da odem dublje, da otkrijem pitanja koja me zanimaju, kao trenutne rasprave o učešću transseksualaca u sportu, mentalno zdravlje, kako sportski svet može da podrži inicijative protiv klimatskih promena...

Opa. Njen mali brat *jeste* odrastao. Sport mu je sad predstavljao nešto više od toga koliko brzo mogu da voze sanke, ili koliko neki skijaš može da skoči.

– Zašto ne bi spojio obe prilike? – kazala je. – Taj posao bi ti pomogao da platiš školarinu. Da, život će ti biti naporan, ali i dalje si mlad, zar ne? Sad je vreme da iskoristiš svaki dan. Kao što sam rekla, ja ću ti pomoći oko Rajli, posebno sad kad mi Majlo pomaže oko kompanije.

Logan se ozario. – Znao sam da ćeš mi pomoći da smislim šta da radim. Uvek si bila tako praktična. To je savršeno rešenje. Ako prihvatim taj posao na radiju, steći ću iskustvo za radnu biografiju; ljudi će čuti moje ime. – Smeh je dopro iz kuhinje. Logan je nakrenuo glavu. – Veruješ Majlu, zar ne? Rajli misli da je sjajan, obično vrlo tačno procenjuje ljude i ne stidi se da kaže ako joj se nešto ne sviđa. – Kiselo se osmehnuo.

– Verujem. Oboje smo bili na dnu. Oboje smo se izvukli. Teško je to objasniti, Logane, ali pošto smo se oboje otreznili, postoji neka nevidljiva veza... neko razumevanje među nama. Nikad to nisam imala ni sa kim drugim.

– I pravi je macan, što bi rekla Rajli.

Obrazi su joj se zažarili. – Nije tako. Majlo je samo... kolega. U svakom slučaju, ide na sastanak s jednom od mojih radnica.

Logan ju je radoznalo pogledao, a onda seo. – Budi oprezna, Tilda. Uspeh koji sam doživeo pokazao mi je koliko ima pijavica. Ne želim da pričam o tome, i ne radi se o tome da ne verujem tvom mišljenju... samo ne želim da budeš povređena.

I dalje mu je stalo? Nakon toliko vremena? Naravno da jeste. Kao što je Tildi stalo do njega, jer je pratila njegovu karijeru. Što su više razgovarali, stvari su postajale jasnije, kao da je njihov razgovor bio sredstvo protiv fleka koje uklanja bol i nerazumevanje, i otkriva istinu koja je uvek bila tu... da je potrebno više od deset godina razdvojenosti da se prekine rodbinska veza.

– To dno... – nastavio je – zbog čega si tačno odlučila da okreneš list, ako ti ne smeta što pitam?

Tilda je takođe sela. Laktovi su im se dodirivali. To je delovalo... ispravno. – Jednog zimskog jutra, vrlo rano, išla sam na svoj čistački posao, u Market stritu. Bio je mrak. Da budem iskrena, bila sam još pomalo pijana od prethodne noći. Bila sam u svom svetu, što mi se sviđalo, ali nisam videla prvi tramvaj tog jutra kako dolazi. Hodala sam šinama, i gotovo sam... Srećom, neko me je ščepao za ruku i odvukao me sa šina, tačno na vreme. Promucala sam „hvala“; mogao je da strada. Želela sam da kažem više, ali on je samo rekao da bi svako drugi uradio to isto, pre nego što je nestao.

– Skroman i junak? To je retko u ovo vreme.

– Novine su saznale za to, i nazvale su ga „Tramvajski spasilac“. Organizovali su kampanju da ga pronađu. Otrčao je hramajući, povredio se prilikom pada dok me je spasavao... To je bilo tokom pandemije, u mesecu kad je Kapetan Tom umro. Lokalnim novinama bio je potreban drugi junak, nešto što će podići duh ljudi u Mančesteru.

– Da li su ga pronašli?

– Nisu. Nisam mnogo pomogla novinarima... Stekla sam utisak da taj čovek nije želeo pažnju i... razumela sam ga. Takođe, nisam im rekla da je imao ožiljak na ruci... bio je to jedini znak prepoznavanja, a novinari bi napravili galamu oko toga.

Vrata su se naglo otvorila i Rajli je stala i zapljeskala rukama. – Ručak je poslužen. Majlo mi je rekao da kažem to. Kaže da je to otmeno, kao kad to kažu kraljevi kuvari. – Malo se naklonila.

Tilda i Logan su ustali. Uhvatio ju je za ruku pred vratima. – Molim te, budi oprezna s Majlom. Upoznala si ga pre nekoliko nedelja. I dalje je neznanac na mnogo načina.

– U stvari, nije tako, vidiš...

Rajli je uhvatila Tildu za ruku. – Hrana se hladi, tetkice!

Ona i Logan su krenuli za devojčicom u kuhinju. Majlo je telefonirao, nasmejao se i rekao: – Vidimo se u utorak, Džez. – Tilda je zalepila osmeh na lice. Radovala se što se njih dvoje dobro slažu, jer nijedno od njih nije Iv koji se u stvari zove Ijan.

Kuhinjski sto bio je prekriven hranom – salata, pirinač, tanjiri s hamburgerima, kobasicama i piletinom. Tilda će kasnije dati Detol ostatke. Samo deliće koje bi inače bacila. Neće se pretvoriti u one ljude koji razmaze svoje kućne ljubimce. Nema šanse. Nakon što je okačio gumene rukavice iznad slavine, Majlo im je dao tanjire, pre nego što je izašao u dvorište. On i Rajli su postavili dve stolice na rasklapanje i dve kuhinjske stolice. Mogli su da jedu držeći hranu u krilu.

Logan je stalno zurio u Majlovu šaku.

Rajli je dodala Majlu svoj tanjir i upitno ga pogledala. – Majlo, šta ti se dogodilo sa šakom? Zašto imaš taj ožiljak sa strane? Htela sam da te pitam. Mi smo sad prijatelji, tako da je to u redu, zar ne?

– Rajli! To je vrlo nevaspitano – rekao je Logan i obrazi su mu se zarumeneli. – Izvini, druže. Nisam to primetio ranije.

– U redu je – kazao je Majlo.

Dok je mumlao nešto o nesreći koju je doživeo kad je bio dečak, Logan je podigao obrvu prema Tildi. Klimnula je glavom.

Da, Majlo je bio čovek koji ju je spasao, pre tri godine, čovek koji nije želeo zahvalnost što ju je sklonio sa šina. Tilda je nameravala da kaže Loganu kako je rizikovao svoj život zbog nje i želela je da mu to kaže ranije, ali mislila je da to treba da ostane tajna, zbog Majla. Prepoznala mu je lice čim je obrijao bradu, a onda mu je pogledala šake i potvrdila svoju teoriju. S kapuljačom, šalom obavijenim preko usta, u mraku, Tilda je bila maskirana tog jutra, 2021, jer se skrivala od hladnoće i, kako se ispostavilo, od Majla. I to je bilo u redu. Nije morao da zna ko je ona. Majlo je mrzeo komplimente. Njegovo samopouzdanje je bilo veoma nisko zbog onoga što se dogodilo njegovoj sestri. Nije bilo važno što ga je prepoznala kao Tramvajskog Spasioca. Pobegao je tog zimskog jutra. Nije bio njen zadatak da ga podseća na to.

Tilda je bila razumna, nikad nije rizikovala, a nijedna od tih osobina nije bila ugrožena prihvatanjem neznanca sa ulice – jer Majlo nije bio neznanac, ne za Tildu. Spasao joj je život, i sudbina ju je pozvala da ona uradi isto za njega. Majlo je sad imao smeštaj, posao i možda devojku, Džez. Tilda mu je vratila dug. Bilo je vreme da se povuče. Imala je brata i bratanicu kojima treba da se posveti. Uz firmu koja se širi, romantične veze samo bi smetale. Jedini prijatelj koji joj je potreban pravi se od grožđa, samo jedna ili dve čaše, svake večeri. Umereno piće. Prosto kô pasulj.

Ne možeš da se otarasiš misli o alkoholu, ne kad ti se uvuku u glavu, kao najzamršenija loza.

Napunili su tanjire i otišli napolje. Nakon ručka, Rajli je uzela mašice da bi se igrala ugljem, lupajući nogom kad joj je Logan rekao da ih ostavi. Umesto da viče kao što bi mama radila, objasnio joj je da je vruć ugalj opasan za decu *i* odrasle, i da se ne treba igrati njim. Rajli se durila neko vreme, ali ubrzo se oraspoložila i sela u tatino krilo. Kad su poslednji put Tilda i njen brat bili bliski, *oni* su bili deca koju su roditelji grdili.

Lopta bola zbog izgubljenog vremena, rasla je i rasla u njenom želucu. To je bio problem s pronalaskom nečeg dragog što si izgubio, potvrda njegove vrednosti. Taj spomenar, razlog zbog koga ga Logan nikad nije poslao, probio ju je kao jedan od zlatnih mačeva u pričici koju su izmislili.

To popodne je bilo posebno. Porodični trenutak za koji je Tilda pre nekoliko nedelja mislila da je nemoguć. Smeh. Dobra hrana na suncu. Iskrena naklonost. Ali i dalje je jedva čekala da ostane sama u kući i uradi nešto kako bi ublažila osećaj krivice. Detol se prišunjala do njene stolice i dodirnula joj stopalo šapom. Tilda joj je neprimetno dala komadić piletine. Mačka je razumela. Malo onog što voliš ne može da ti naškodi.

24.

Tilda

Tilda je izašla iz stanice *Pikadili* i krenula nizbrdo prema Market stritu u centru Mančestera. Pojela je čokoladicu i bacila omot na zemlju, uz gotovo nimalo krivice. Međutim, nije pao i vetar ga je poneo, u smeru Vilidža. Bilo je šest i trideset ujutro. Nekoliko beskućnika ležalo je šćućureno na ulazima prodavnica, umotano u prljave vreće za spavanje i kapute, usred zgaženih limenki i opušaka. Jedan je sedeo, razgovarajući s kantom za otpatke. Jadnik. Zamisli da padneš tako nisko. Tilda je prošla kraj njega ali nešto ju je nateralo da se vrati. Stavila je ruku u džep kaputa i pronašla nekoliko novčića. Bacila je novac u praznu šolju pored pocepanog ranca. Farovi su sevnuli dok je navlačila kapuljaču i zatezala šal oko usta. Namestila je slušalice i pustila stare pesme, iz detinjstva. Šta ako povremeno uživa u onom što je moglo da bude? Izbegavala je da gleda u oči ljudima koji su išli uzbrdo da uđu u voz do svakodnevnog dosadnog posla. Jedna žena se sudarila s njom u prolazu.

Tilda se okrenula, stisnutih pesnica. – Koji je vaš problem? – viknula je.

Žena se još brže udaljila. Tilda je protrljala oči, umorne i suve od sinoćnjeg pijanog sna, na ivici suza. U poslednje vreme nije prepoznavala svoj odraz u izlozima prodavnica.

Posao čistačice s fleksibilnim radnim vremenom bio joj je savršen sedam godina, održao ju je prisebnom. Nije morala da razgovara ni sa kim i mogla je da radi bez razmišljanja tokom nekog posebno lošeg dana, kad bi joj svašta prolazilo kroz glavu. Osećala se živom i stvarnom zbog ribanja i čišćenja. Zamišljeni glasovi, usred noći, postajali su sve glasniji, i negde oko tri ujutro se naglo probudila, uverena da je neki pas skočio na krevet. Obliznula je usne, grlo joj je bilo suvo, glava ju je bolela, a uobičajene reči prolazile su joj kroz glavu.

Danas je taj dan. Prestaću da pijem. Ili smanjiti. Možda samo jednu čašu, večeras. Ne, pola boce. S dvadeset pet godina zvanično sam odrasla osoba. Novi početak. Da, to je sasvim moguće.

Moguće dok ne završi dve smene, gotovo bez hrane. Posledica je bila pogrešno protumačena potreba njenog tela za oporavkom, i umesto sna i zdrave hrane, dala bi mu dve boce jeftinog šardonea.

Tilda je prošla kraj velike bronzane statue kraljice Viktorije u Pikadili gardensu. Izgleda da je kraljica volela da pije viski pomešan s crnim vinom. Kad je bila očajna, Tilda nije marila šta pije. Jedne noći prošle nedelje, pošto su prodavnice bile zatvorene, popila je pola boce vodice za usta. Ušla je u Market strit kad se „Doctor Pressure" začuo na njenoj plejlisti. Plesni pokreti koje su ona i Logan izvodili bili su sve što je mogla da vidi. Neko je viknuo. Nema veze. To je samo neko ko skuplja priloge ili neki sektaš. Vikanje se pojačalo dok je zamišljala Logana, raširenih ruku, kako se okreće oko sebe kad bi se začula sirena u njihovoj omiljenoj pesmi i... Tilda je zastenjala. Stajala je na tramvajskim šinama, tramvaj je zvonio, desno od nje, a njegova svetla bila su udaljena svega dva metra. Zaledila se. Da krene napred ili nazad, kako će najbrže pobeći?

Da li joj je stalo do toga?

Na kraju bi to moglo da bude dobro. Nikom ne bi nedostajala. Sigurno ne Loganu ili mami. Neki osećaj praznine prošao je kroz svaku ćeliju njenog bića dok se svet oko nje usporio. Smrt ne može biti gora od usamljenosti, očaja, osećanja da se ne uklapa, svih stvari koje je alkohol činio da izgledaju kao tuđa krivica, tuđe nerazumevanje. I možda će se ponovo ujediniti s tatom.

Neka ruka ju je uhvatila, još neko je bio na šinama, farovi tramvaja su je zaslepili, oboje će umreti. Nije mogla da dozvoli to, ta osoba je bila nedužna. Dok ju je odvlačila, nije pružala otpor. U stvari,

Tilda se pomerila sa šina da pomogne, kako bi se ona i... neki muškarac... sklonili od opasnosti još brže, u poslednjem trenu. Tramvaj je prošao, pre nego što se naglo zaustavio. Pala je, tresnula, na čvrste grudi i duge noge. Jedna slušalica joj je ispala iz uva. Ta osoba je ustala i stala iznad nje, visoka, i trljala je nogu. Pružio joj je ruku. Ulična svetiljka obasjala je neravan ožiljak.

Tresući se, Tilda je pružila ruku, „Doctor Pressure" je i dalje svirao, i instinktivno je preplela prste s njegovima, dok joj je pomagao da ustane. Tako su se ona i Logan uvek držali za ruke. Tilda se odmakla čim je ustala. Gomila ljudi se okupila.

– Hvala vam... mnogo vam hvala – kazala je, shvatajući, na svoje iznenađenje da misli tako.

Uprkos svemu, bilo joj je drago što je živa.

Taj muškarac je odlučno odmahnuo glavom. – Ne zahvaljujte se. Ne zaslužujem to. – Nakon toga se udaljio, hramljući.

Dok su ljudi stajali oko nje, a došla je i jedna policajka, Tilda je stajala, tresući se od glave do pete. Mogla je da strada. Šta je postigla u životu? Nije imala lep dom, nije naučila da kuva i živela je na brzoj i dostavljenoj hrani; jedva da je ikad očistila sopstveni stan i tumarala je od trenutka do trenutka bez ikakvog reda. Toliko o odraslom ponašanju; protraćila je vreme od dvadesete do dvadeset pete godine. Nije se toliko razlikovala od ljudi koje je nazivala jadnicima, sklupčanih u vrećama za spavanje, koji razgovaraju s neživim stvarima.

I Tilda je bila učaurena, u piće, u svoj samotan život. Da li je postojao leptir, negde unutra, koji je čekao da nađe dovoljno samopoštovanja, dovoljno vere u sebe, da se pojavi? Jecajući, kleknula je na zemlju. Policajka je čučnula kraj nje i prebacila joj je ruku preko ramena.

– U redu je, dušo – kazala je. – Doživela si šok. Samo se oslobodi toga.

Tilda se oslobodila svega. Priznala je istinu od koje se krila, koja je postajala sve veća tokom poslednjih meseci... da je pala toliko nisko da više nije marila da li je mrtva ili živa. Policajka je nije osuđivala. Nije je odbacivala. Umesto toga, dala je Tildi kontakt centra za rehabilitaciju.

* * *

Majlo

Zviždeći, Majlo je hodao Market stritom. Proveo je noć u Mančesteru, proveravajući najnovija dešavanja u noćnim klubovima. Išao je da uhvati rani voz kako bi se vratio kući da odspava. Nekoliko sati sna i biće spreman za večernju smenu i podnošenje izveštaja Kofiju, šefu u *Šejkersu* u Vilmslouu. Majlo je radio tamo godinu dana i voleo je slobodu koju mu je šef davao, da koristi inicijativu. Pratiti klupska dešavanja u centru grada bilo je njegova ideja. Kofi ga je podržao... karantin je posebno pogodio noćne klubove, a *Šejkersu* je bila potrebna sva moguća pomoć da se vrati na kolosek i povrati goste. Kofi je često razgaljivao osoblje svojim pričama o ozloglašenom klubu *Hacijenda* u Mančesteru, sada zatvoren ali koji je bio na svom vrhuncu tokom osamdesetih i devedesetih. Kako je tamo video Madonu, anegdote o pištoljima i gangsterima, o tome kako su – kad se pojavio ekstazi – gosti hteli samo da piju vodu i prodaja pića je opala; kako je to mesto dovelo haus i tehno muziku u Veliku Britaniju. *Šejkers* je imao svoje težnje – da obezbedi otmen izlazak, tako da gosti koji to inače ne bi radili, mogu potpuno da se opuste. Majlo je pio celu noć, limunadu za limunadom, u centru grada jednom mesečno, i imao je dobro oko za nove trendove – u poslednje vreme porasla je potražnja za bezalkoholnim koktelima i lokalnim pivima.

Osmehnuo se jednom prolazniku. Trezvenost ga je ispunjavala radošću, sve dok ne bi pomislio na svoju sestru, Grejs. Potreslo bi ga to ponekad... dok gleda kako mlađi igrači prate ritam, njihov smeh, ćaskanje, energiju; tri stvari kojih je Grejs imala napretek, posebno kad je plesala. Bez pića nije mogao da utekne krivici. Majlo je podigao kragnu. Ali stvari su se promenile. Sad je imao ljude u svom životu, *Anonimne alkoholičare*, koji su razumeli mržnju prema sebi, samosažaljenje. Njegov stan iznad kluba bio je... prijatan, s policama punim voljenih fantastičnih romana i DVD-ja, jastuka i ćebadi koje je kupio u *Ikei*. Malo skrovište. Kofi mu je dozvolio da okreči, odabrao je bež i nordijsku sivu, a ova druga je u stvari bila opuštajuća nijansa plave. Saksije s biljkama upotpunile su jednostavnu, spokojnu atmosferu, toliko različitu od haosa u životu u njegovim ranim dvadesetim. Zahvalnost ga je ispunjavala svakog dana, zbog nove porodice u *Anonimnim alkoholičarima*, kolega koje su ga poštovale. Izašao je s nekoliko žena, rado im je spremao večeru, a seks, taj intimni kontakt bez odeće... bio je pre svega utešan. Spavao je samo sa ženama kojima je bilo jasno da želi samo seks bez obaveza. Jer Majlo se i dalje bojao bliskosti. Nije verovao da je dovoljno vredan i brižan muškarac koji neće svoju devojku dovesti u opasnost.

Majlo je začkiljio nadesno, dok se tramvaj približavao. Ta figura, s kapuljačom, nije izgledala kao da će se zaustaviti. Stresao se. To ga je podsetilo na sestrinu tragediju. Potrčao je, vičući iz petnih žila. Ljudi su zurili u njega, jer nisu videli u kakvoj je opasnosti ta žena. Tramvaj, koji se trudio da uspori, nalazio se nekoliko metara od nje, a ona se nije pomerala sa šina. Majlo se bacio napred kad je stigao do šina i uhvatio ju je za ruku, povlačeći je svom snagom. I ona je pomogla i pala je na njega. Brzo je ustao, trzajući se od bola zbog noge koju je uvrnuo kad je pao. Pružio je ruku i podigao je tu neznanku; nikad nije video tako crne oči. Preplela je prste s njegovim.

Ne zahvaljujte mi. Ne zaslužujem to. Moja sestra je nastradala zbog mene. Nisam je spasao. Ne radim to. Samo sam vas sklonio od opasnosti. Svako bi to uradio.

Majlo joj je promrmljao nešto, i dok su se ljudi okupljali otrčao je onoliko brzo koliko mu je povređena noga dozvoljavala.

25.

Tilda se u četiri sata oprostila od Rajli, a devojčica se okrenula i pokazala joj podignut palac sa zadnjeg sedišta Loganovih kola; razumno odabran beli terenac – ne neki spušten sportski auto kakav je Tilda zamišljala da fudbaleri voze. Nije imala srca da odbije kad je njena bratanica izvadila špil karata, nakon ručka, želeći da njih četvoro igraju tač. A onda je Majlo doneo pakovanje sladoleda koji je kupio, uz preliv i šarene mrvice.

Volela je kako je Majlo prihvatio Logana i Rajli i pomogao joj da ih dočeka. Kad se vratila u kuhinju zatekla je ketler s vodom koja vri. Majlo je završavao s pranjem sudova.

– Hoćete li da se malo prošetamo parkom? – pitao je veselo. – Mogao bih da izgubim malo kalorija.

– Ne, hvala. Ja... malo me boli stomak, od sinoć. Ako vam ne smeta, samo želim da ležim sama, u dnevnoj sobi, dok ne dođe vreme za spavanje. Spremiću sebi užinu. Zašto ne biste išli vi sami? – predložila je, puna nade. – Ja... ostavila sam hrpu rublja u dnevnoj sobi. Peglaću dok budem gledala televiziju.

– Ili možemo da igramo *monopol*? Imam komplet u sobi. Rajli me je zagrejala za igre na tabli.

Tilda je zarila nokte u dlanove. Stajala je na rubu trezvenosti, spremna da skoči, kad bi se samo on sklonio.

– Želim da budem sama – brecnula se.

– O, dobro... naravno.

– Izvinite, potrebno mi je neko vreme nasamo. Ništa lično. Molim vas. Možete li da izađete na dva sata?

Tilda je mrzela sebe, što joj je u poslednje vreme bio nepoznat osećaj. Otišla je u svoju sobu i uzela jedan širok džemper, navukla ga preko glave i pokušala da odagna krivicu. Nije pomoglo. I dalje je drhtala, uprkos toplom vremenu. Njena kuća je sad bila Majlova, nije trebalo da čini da se on oseća kao neki gost koji bi trebalo da ode kad ga ona zamoli. Petnaest minuta kasnije, sišla je u prizemlje, kad su se sporedna vrata, s druge strane kuće, zatvorila uz škripu. Pohitala je u kuhinju i gurnula ruku u jedan od kredenaca, vadeći drugu vinsku bocu sa čepom s navojem. Kupila je dve jer je postojao poseban popust za kupovinu više boca, a to je bio jedini razlog. Mogla je da je sakrije u svojoj spavaćoj sobi, mogla je da je popije tamo, ali to bi značilo priznati da se vratila u prošlost i dane kad je pila da joj prođe dan, u krevetu, i nije ustajala. Tildin život je išao napred, ne unatrag. Stoga, dnevna soba. Civilizovano. Umereno. Stavila je kocke leda u šolju i kad je ušla u dnevnu sobu zatvorila je vrata za sobom.

Sela je na sofu i spustila šolju na stočić. Uključila je električnu grejalicu prvi put nedeljama unazad, uprkos tome što je bilo leto, željna topline u sobi. Ponovo se stresla i onda odvrnula čep i sipala vino, do vrha šolje i začepila flašu. Spustila je vinsku bocu na pod, kraj sofe, tako da joj ostatak vina ne bude na oku. Šolja je gledala Tildu, bila je jednobojna, čvrsta, i kao da nije ništa znala o svom sadržaju zbog kojeg ljudima klecaju noge. Tilda je pružila ruku, ali onda je čvrsto obavila ruke oko sebe, i naslonila se na sofu, ljuljajući se napred-nazad.

Ostavljanje pića bilo je tako teško. Nikad neće zaboraviti prvi razgovor s terapeutom.

– Kakva su vam očekivanja od prve seanse? – pitao je.

– Ostali me neće voleti – promrmljala je. – Nisam ništa postigla u životu. Nemam partnera. Nemam karijeru. Nemam kuću. Kakva sam gubitnica, pitaće se zašto uopšte pijem. Nisam bila u nasilnoj vezi, nisam bila u domu za nezbrinutu decu, nisam se drogirala niti sam bila beskućnica. Neće razumeti koliko mi je teško bilo što su me brat i majka odbacili. Misliće da je to bedan izgovor, jer sam išla u privatnu školu i baka mi je ostavila novac, u poređenju s traumama kroz koje su oni sigurno prošli.

– Jao meni, jao meni – rekao je on, prezrivim tonom. – Verujete da se svet okreće oko vas. Najnovije vesti – svi u grupi biće usredsređeni na svoje probleme, i na početku ih neće zanimati vaši. I, opa, baš ste puni sebe, verujete da imate kristalnu kuglu i možete da vidite budućnost i čitate ljudima misli.

Niko nikad nije tako razgovarao sa odraslom Tildom. Zamalo da je odmah otišla. Ali izdržala je, pobedila tu žudnju, iako je to značilo, makar u početku, da se svakog minuta bori s porivom da se oleši od alkohola. Šetala je po prirodi, meditirala, kuvala zdravu hranu i čitala svoje voljene fantastične knjige, koje su joj, ponovo, postale utočište kao kad je bila dete.

Pokrila je lice rukama. Setila se tog spomenara i ulaznice za film *Ples malog pingvina*; kako su se ona i Logan pretvarali da su pingvini kad su se vratili kući. Pokušali su da hodaju naokolo s jajima među nogama, kao pingvini koji nose ptiće, ali jaja su se razbila. Mama je bila besna zbog nereda, i krivila je Tildu, kao stariju, što nije bila razumnija. Podigla je šolju i prinela ju je usnama, baš kad su se vrata otvorila.

Majlo je ušao. Uzeo je šolju.

– Šta, bre... – izletelo je Tildi.

Pomirisao je sadržaj, otišao do prozora, otvorio ga i prosuo vino.

– Šta to, đavola, radite? – promucala je Tilda i ustala, iznenada osećajući da joj je vrućina.

– Mogao bih vama da postavim isto pitanje.

Telo joj se orosilo znojem. – To je bio... neki neobičan hladan čaj koji sam kupila.

– Tilda. Hajde. To sam ja. Nisam idiot. To je bilo belo vino. Video sam da se to sprema.

– Kakve gluposti. To ste sve umislili – rekla je pomerila se ulevo, stajući ispred boce.

Majlo je pratio njen pokret, i onda se sagnuo pored nje i uzeo bocu šardonea, prosipajući i njen sadržaj kroz prozor. Spustio je praznu bocu na televizor i otišao do Tilde. Spustio joj je ruku na rame.

– U redu je – kazao je nežno.

Suznih očiju, besno je odgurnula njegovu ruku. Seo je na sofu i ispružio ruku. Ostala je da stoji. – Kako ste znali? Špijunirali ste me?

– Ne. Nisam morao. Prošlog četvrtka, kad sam se vratio sa sastanka, a vi mi niste dozvolili da uđem, kad ste rekli da ste ispustili čašu tople čokolade i da se brinete da se Detol ne poseče na staklo, izgledali ste... potuljeno, a oči su vam bile crvene i natečene. Lagao sam mnogo puta u životu zbog cirke, i setio sam se toga. A onda, kad sam ušao, kuhinja je mirisala na osveživač vazduha. To me je podsetilo kako sam cuclao mentol bombone kad sam pokušavao da prikrijem da sam pio. I to prikrivanje mirisa... zašto biste se trudili da je to bila topla čokolada? To je divan miris. Ne, to nije imalo smisla, posebno jer sam se upravo vratio sa sastanka na kojem su članovi pričali kako su sakrivali svoje probleme – radili su dokasno, ili su tako govorili voljenima, izmišljali su bolesti kad nisu mogli da odu na posao. Kao danas, rekli ste da vas boli stomak... to vas nije sprečilo da pojedete dva hamburgera i sladoled.

– To su svi vaši dokazi? – kazala je ukočeno.

– Ne. Sinoć, u pabu, taj navodni sok od pomorandže koji ste zgrabili i isprskali me... kad sam se vratio kući, košulja mi je mirisala na alkohol, mislim da je bila votka. A danas ste bili gotovo nevaspitani prema Loganu, naterali ste ga da ode čim smo završili s kartanjem, a i prema meni. To ne liči na vas. – Ispružio je ruku.

– Ne osuđujem vas. Radio sam i gore stvari, ali ponašanje koje je neuobičajeno, neočekivano, predstavlja znak opasnosti za oporavljenog zavisnika.

– Bravo, Poaro – promumlala je.

– Šta se dogodilo? Zašto sad? Zašto kad sve dolazi na svoje mesto? Logan se vratio u vaš život, i to s bratanicom koja vas voli, a vi imate velike planove za *Rajt čišćenje*...

Okrenula se i pogledala kroz prozor.

– Dozvolite mi da vam pomognem – rekao je tiho. – Molim vas, Tilda. Bili ste tako dobri prema meni.

Oči su je zapekle. Nije imao pravo da dolazi ovamo i uzme joj piće, ovo je bila njena kuća.

– Žao mi je ako sam vas postideo. To mi nije bila namera. Ja... ne želim da vidim kako ugrožavate sve za šta ste tako naporno radili, to je sve. Znam kako izgleda kad se život ruši oko vas.

– To je previše... Šejn... Ijan... mislim, Iv... ali ono što me je najviše zabolelo jeste... Logan. – Glas ju je izdao. – Tek nedavno sam shvatila koliko sam ga izneverila. Trebalo je odavno da vidim kako nije zadovoljan životom fudbalera. Umesto toga, sažaljevala sam sebe. – Majlo je odmahnuo glavom kad mu je ispričala za pisma koja nikad nisu bila poslata.

– Opa. Majka vas je gadno prevarila. – Tiho je zazviždao. – Mora da se osećate veoma frustrirano zbog onog što je... što je moglo da se dogodi da se nije umešala... Tako mi je žao, Tilda. Ali sad se vratio u vaš život – rekao je Majlo, prilično oštro, što ju je iznenadilo. – Pronašao je svoj poziv, usput dobio divnu ćerku... Suviše ste strogi prema sebi. Uživajte u lepim stvarima. Vas dvoje imate zajedničku budućnost. Sigurno ne vredi odati se alkoholu zbog toga.

– Dižem galamu ni oko čega? – kazala je, uvređena njegovim rečima. To joj je mama radila, da bi omalovažila njena osećanja. Tilda mu je pokazala spomenar.

– Ali makar ste ga videli. Budite zahvalni na tome. Toliko ste srećni. Ja bih uradio sve da ponovo vidim svoju sestru.

– Pozovite je onda – rekla je Tilda i skočila. – Ako već dajemo ozbiljne savete, što vi radite, onda ja vama kažem da je pozovete, Majlo. Vi ste se potrudili i pozvali brata u moje ime. Dajte mi broj ako želite, i ja ću stupiti u kontakt s njom.

– To nije tako lako... – rekao je. – Moja situacija je složenija.

– *Naravno* da jeste. Nema veze što je moj brat prošao kroz pakao, sasvim sâm, dok sam ja bila suviše sebična da to primetim. – Odmahnula je glavom i izašla u predsoblje. Obula je patike. – Moram da se prošetam. Neki pab će biti otvoren. Makar me konobar neće osuđivati.

– Tilda. Ne radite to. Bili ste neverovatno jaki prethodnih godina, koristili ste alat koji ste koristili da biste se oporavili.

– Alat koji ste vi uništili! – brecnula se i glas joj je zamro. – Dok se niste pojavili, imala sam određeni način života. To je otišlo dođavola.

– Tilda, jedenje istih jela svake nedelje, provođenje slobodnog vremena – a i radnog – u čišćenju, vođenje usamljeničkog života...

to nije oporavak, ne dugoročno, ne do kraja života. To je druga vrsta popuštanja pred zavisnošću. Morate da pronađete pravu meru.

– Kaže čovek koji bi trebalo da kontaktira sa svojom sestrom, ali je prevelika kukavica.

Majlo ju je pozvao, ali preplašena, ljutita Tilda ga nije slušala. Otrčala je do Kraučden parka, prošla kroz crnu metalnu kapiju, i svalila se na klupu kraj bare. Nije trebalo da pozove Majla u svoj život, da ga pusti da gura nos, da joj razmazi prokletu mačku. Njih dvoje su joj doneli samo haos. Jecaj joj se nadigao u grlu, ali ga je potisnula. Zamišljeno je gledala okruženje, trska kraj bare njihala se levo-desno, zelena glava divlje patke presijavala se na suncu – priroda, veliki uravnotežitelj, proveravala je da li je Tilda na svom mestu. Duboko je udahnula, a miris sveže trave i algi ju je umirio. Pčele su zujale, neka žaba je kreketala, ptice su cvrkutale, a lišće šuštalo, sunce je zagrevalo svaki list, priroda je obezbeđivala savršen letnji zvuk za meditaciju. Zatvorila je oči. Udahni. Izdahni. Vetar joj je dodirnuo nos. Ramena su joj se opustila i sela je na klupu.

Sat kasnije je ustala, samo želeći da ode u krevet. Hodala je ulicom, prema svojoj kući. Kad se približila, ubrzala je korak. Ne. Nemoguće. Da. Jeste. Prinela je ruku ustima. Dim se izvijao iz njene kuće.

26.

Tilda je stigla do svoje kuće i uteturala se u dvorište, gotovo padajući. Pritisla je nos na staklo na sporednim vratima i nije videla nikog u vešernici. Vadeći ključ iz džepa, otišla je do glavnog ulaza, jedva čekajući da vidi gde gori, kako bi mogla da ugasi vatru. Petljala je oko brave. Da je ušla kroz sporedni ulaz, možda ne bi mogla da uđe u dnevnu sobu, možda je u plamenu. Otvorila je vrata i stajala je u predsoblju. Dim je dopirao ispod vrata dnevne sobe. Miris je bio oštar, kao zapaljena plastika, gotovo hemijski. Sranje. Ostavila je električnu grejalicu, a ona nije bila korišćena otkad je bilo hladno vreme, pre nekoliko nedelja. Da li je to moglo da izazove neki problem?

– Majlo! Detol! – povikala je. Možda drema u svojoj sobi, a možda je Detol s njim. Bolan krik dopro je sa sprata. Tilda je potrčala i morala je da se zaustavi na vrhu stepeništa i sagne se, na odmorištu, jer ju je obuzela mučnina. Ovo je bila njena greška. Još jedan vrisak dopro je iz Majlove sobe. Da li je bio povređen i otrčao je na sprat da se skloni od vatre? Otvorila je vrata.

O. Hvala bogu. Niko nije bio tu. Ostavio je uključen CD *Džudas prista*. To je objašnjavalo vrištanje. U nekim drugim okolnostima bi se nasmejala.

Da li su možda u njenoj spavaćoj sobi? Sad ju je zaključavala samo noću. Dok joj je srce tuklo kao ludo, utrčala je u svoju sobu, ali videla je samo nered koji se Rajli toliko sviđao. Kupatilo. To je to. Ne, ponovo greška. Otrčala je u prizemlje, preskačući po dve stepenice. Kuhinja je bila prazna, a kad je pogledala iz dvorišta nisu bili u vešernici.

Sranje. Sranje. Sranje. To je značilo samo jedno.

Otrčala je u kuhinju, natopila kuhinjsku krpu i stavila je na usta. Vratila se u predsoblje i oprezno dodirnula metalnu kvaku na vratima dnevne sobe, koja nije bila vruća. Otvorila je vrata, prvo polako, razmišljajući da bi vatra mogla da se rasplamsa od kiseonika. Tresući se, zamišljala je najgori moguć prizor iza vrata. Trgla se kad su se začule sirene u daljini. Neki prolaznik mora da je pozvao vatrogasce. Hvala bogu. Trebalo je sama da ih pozove. Kako god, svaki minut je važan. Sranje. Nije znala kako se daje veštačko disanje. Setila se one prve noći kad je Majlo stigao, bio je bolestan u dnevnoj sobi, i stopala su mu visila sa sofe; kako je psovao kad ga je probudila, jer je verovao da ga pljačkaju. Muškarac toliko visok, inteligentan, zabavan, sveden na beskućnika, i pokazao je tako brzo da materijalne stvari ne određuju karakter.

Sirene su postajale sve glasnije, Tilda je gurnula vrata i začkiljila. O. Dim nije bio gust. Uzdahnula je. Soba je bila prazna. Pogledala je kroz vrata kad su se sirene ugasile a neki motor zagrmeo napolju. Električna grejalica bila je isključena iz struje, a protivpožarno ćebe iz kuhinje bilo je prebačeno preko hrpe rublja pored. Tilda je ponovo zatvorila vrata, i nameravala je da potraži mačku, kad je začula neki poznat glas, iz dvorišta. Ostavila je odškrinuta ulazna vrata. To je bio Majlo. Izletela je napolje i videla ga kako razgovara s dvojicom vatrogasaca. Tilda je istrčala i bacila kuhinjsku krpu na zemlju.

– Tilda? Šta ste radili tamo?

Nesposobna da govori, stajala je, drhteći zbog onog što je moglo da se dogodi. – Vratila sam se pre desetak minuta, videla sam dim, i zabrinula sam se da ste vi i Detol zarobljeni unutra... niste bili u dvorištu, tako da sam ušla na glavni ulaz. – Jurnula je i zagrlila ga čvrsto, a onda se brzo pribrala i povukla.

– Dobro... u redu. – Majlo je zurio u nju. – Bili smo napolju ali u vreme kad ste stigli ovamo izašli smo na sporedna vrata, nakon što sam pozvao vatrogasce.

– Mora da smo se mimoišli. Šta se, dođavola, dogodilo?

Pomerili su se kad su vatrogasci ušli u kuću.

– Ne znam. Žao mi je – rekao je, rumenih obraza. – Izgleda da sam digao galamu. Pozvao sam vatrogasce pre nego što sam shvatio da mogu da ugasim vatru. Bio sam u spavaćoj sobi i kad se oglasio alarm za dim na plafonu, verovatno sam se uspaničio. Zbog Detol, zbog vaše divne kuće koja će biti uništena. Pozvao sam Detol, i ona je dotrčala iz kuhinje. Zatvorio sam vrata dnevne sobe i izveo je u dvorište.

– Uradili ste ispravnu stvar. Da li je ona dobro? – *Molim te, bože, ne dozvoli da Detol bude uplašena ili povređena.*

– Pronašao sam nosiljku za mačke u vašoj šupi. Takođe sam se zabrinuo da bi sirene mogle da je uplaše, i zato sam je ostavio u nosiljci, pored sporednih vrata.

– Hvala bogu – rekla je jedva čujno.

Majlo je oklevao, a onda ju je zagrlio. – Razumljivo je da ste se uznemirili zbog mogućnosti da ostanete bez mog vrcavog društva...

– Ne šalite se – kazala je, ali morala je da se osmehne. – Izvinite što sam se ranije ponašala kao idiot. Nije trebalo da pomenem vašu sestru.

– Drago mi je što jeste... makar više niste ljuti na mene – kazao je i odmakao se. – Detol je besna što sam je zaključao.

Tilda je želela da otrči i obiđe mačku, ali morala je da razgovara s vatrogascima i kaže im da je ostavila uključenu električnu grejalicu. Nervozno je čekala da vatrogasci provere štetu. Gotovo sat kasnije, mogla je da ode iza kuće, gde je Majlo sedeo kraj kaveza, gledajući telefon. Skočio je na noge i podigao obrvu.

– Srećom, šteta je stvarno minimalna. Zapalila se hrpa rublja koju sam ostavila tamo, ali ništa drugo u dnevnoj sobi nije zapaljivo. Hvala bogu. Vatrogasni zapovednik mi je savetovao da noćas spavam na nekom drugom mestu i da dovedem električara da proveri instalacije i uređaje. Nameravala sam da kupim novu grejalicu. Prvo sam nabavila nov televizor za dnevnu sobu, čim sam se uselila. Glup prioritet, kad sad razmislim. – Tilda je čučnula pored kaveza. – Detol, ti... ti si tako dobra devojčica. – Tilda je gurnula prst kroz prorez. Detol ga je gledala, a onda liznula. Mačka je gurnula lice napred i Tilda je prešla prstom preko M na Detolinom čelu.

Matilda. Majlo. Detolino M. Kao da ih je sudbina spojila.

Ispravila se i duboko udahnula. Vreme je da se pribere i sredi ovaj haos. Najbolje bi bilo da prvo pozove osiguravajuće društvo.

Pogledala je Majla i setila se kad je tek došao u njenu kuću, kad je mašina za pranje rublja puštala vodu, i kako se iznenadila koliko je visok. Otkako ga je upoznala, Majlo se podgojio, i pokazao je obilje razumevanja i originalnosti. – Hvala, Majlo. Dugujem vam. – Glas joj je zadrhtao. – Drago mi je što ste dobro. Navikla sam se na muškarca koji je odglumio grip da bi prenoćio kod mene.

Protrljao je potiljak. – Prokletstvo. A ja sam mislio da sam toliko dobar glumac da će me *Vorner bros* uzeti za junaka nove fantastične serije.

– Danas ste bili junak – kazala je, a glas joj je zadrhtao.

– Samo sam se brinuo o sebi – rekao je i mišići na bradi su mu se trgli. – Napokon, ovo mi je radno mesto i dom.

Tilda je morala ponovo da se osmehne.

– Draga moja, šta se dogodilo, mogu li da pomognem? – Neka žena je ušla kroz otvorenu kapiju i krenula brzo ka njima, odevena u cvetnu haljinu i sjajne ljubičaste cipele. Proseda kestenjasta kosa bila je vezana u dugu pletenicu koja je bila prebačena preko jednog ramena i padala je napred. Noseći prazan poslužavnik, hodala je malo iskosa i protrljala je kuk kad se zaustavila. – Tilda, ja sam Anuška iz susedne kuće. Nismo propisno razgovarale otkako sam se predstavila kad ste se uselili, ooo... bilo je to davno. Vi ste zauzeta devojka, zar ne? – Oči su joj zablistale, ali lice joj je bilo izborano od brige.

– Tako mi je žao, mora da ste se uplašili da bi velika vatra mogla da se proširi na vaš posed – rekla je Tilda, brzo objašnjavajući šta se dogodilo.

– Nego šta, volim svoju kućicu, ispunjena je uspomenama koje mi daju osećaj da je moj pokojni Radžeš i dalje živ. – Progutala je knedlu. – Ali nameštaj može da se zameni. Više sam se brinula za vas, i drago mi je što niko nije povređen. Videla sam brzo da je to samo manji incident. Svi smo dobro prošli.

Reč *svi* navela je Tildu da se oseti kao deo nečeg. – Hvala vam... Anuška. Bilo je pomalo iznenađujuće. Ovo je Majlo.

Žena je pažljivo osmotrila njih dvoje i oči joj se skupiše.

– I Detol. – Tilda je pokazala na kavez.

– O, pogrešila sam, nastavila sam da je zovem Doti. Odlučna životinjica, navikla je da dolazi kod mene zbog mira i tišine;

prethodni vlasnik je imao dvoje male dece. Pristojna porodica, tako da sam se iznenadila što su ostavili mačku. Dan pre su pitali da li bih je ja zadržala, ali idem često na krstarenja s prijateljima, i to ne bi bilo pošteno. – Anuška se sagnula. – Uvek sam volela prugaste mačke. Tako si lepa, zar ne, Dot... mislim Detol. – Anuška se ispravila. – Oboje ćete doći kod mene kad završite i skuvaću ponovo čaj. Već sam nahranila i napojila te momke i devojke u uniformi. Lep topao napitak i malo čokoladnog kolača, to će vas smiriti.

O. To je bilo ljubazno. Tilda je klimnula glavom, iznenađena jer je iskreno želela da upozna neku komšinicu.

Anuška je otišla ponovo do nosiljke za mačke. – Detol je češće dolazila kad ste se tek uselili, verovatno joj se nije svidelo preuređivanje koje sam primetila dok sam prolazila pored kuće. Mačke umeju čudno da reaguju na mirise. Jedna moja prijateljica ima žutog mačka i treba da mu vidite lice kad stavim citrusni parfem. Međutim, Detoline posete su se proredile, posebno tokom poslednjeg meseca. Volela je da sedi iza mojih dvorišnih vrata kad sija sunce. Nadam se da vam ne smeta, ali ponekad joj dajem hranu za mačke.

– Tunjevina joj je omiljena hrana – rekao je Majlo, a oči mu zasvetlucaše, dok je Tilda pocrvenela izignorisavši ga.

– Mogla bih da je odnesem u svoju kuću, ako imate posla u naredna dvadeset četiri sata? Nedostaje mi njeno društvo. Mora da sad dobija dodatno maženje svuda. – Anuška je podigla nosiljku i krenula prema kapiji. – Daću joj omiljenu kutiju za cipele. Navratite i pozdravite se s njom, pre nego što odete, važi?

– Kakva carica – rekao je Majlo, dok se Anuška udaljavala.

Tildina komšinica bila je ljubazna, velikodušna, nije bila radoznala, nije krivila niti osuđivala. Možda Tilda više nije morala da krije svoje probleme. – Pozvaću Logana. Ili možda neću. Ne želim da se brine zbog tako male vatre.

Majlo joj je spustio ruku na rame. – Naravno da treba da ga pozovete. Logan vam je porodica.

Bio je u pravu. Tildine oči se ponovo napuniše suzama. Mora da taj dim još visi u vazduhu.

27.

Tilda i Majlo su prenoćili u jednom jeftinom hotelu. Insistirala je da ona plati, i rezervisala je dve sobe. Logan je bio na putu, u poseti jednom starom prijatelju s fudbalske akademije, i rekao je da će se odmah vratiti, i da mogu da ostanu u njegovoj kući. Ali Tilda nije htela da on menja planove. Logan joj je dao broj jednog prijatelja električara koji će joj naplatiti drugarsku tarifu i doći će sutradan. Takođe je insistirao da ih odvede na večeru u neki pab sutradan, dovoljno rano da im se Rajli pridruži, nakon škole, i da stigne kući do vremena za spavanje. Dogovorili su se da se nađu u *Vetrenjači*.

Te noći su Tilda i Majlo jeli u baru pored hotela. Nije mnogo govorila i ostavila je pola porcije pomfrita i ribe. Nevoljno se uključila u razgovor o idejama za posao, koje su bile rezultat zajedničkog obroka u *Vetrenjači*. Ove nedelje će Tilda razmotriti Koninu ideju o pranju rublja za starijeg klijenta, a Majlo će istražiti cene za Džezinu ideju za dubinsko čišćenje za one koji se sele. Uprkos naletima uzbuđenja u grudima zbog solidnih planova koji su dolazili na svoje mesto za širenje *Rajt čišćenja*, počela je da shvata koliko je sve moglo da bude gore. Zaćutala je kod Anuške, i s mukom je jela indijske slatkiše i pila čaj. Anuška je bacila kratak pogled na nju, i otišla u kuhinju vrativši se s jakom kafom. Anuškina kuća ju je podsetila na bakinu, s fascinantnim predmetima koje je njena majka nazivala đubretom, kao što su stare knjige svih žanrova, suveniri s godišnjeg odmora i godinama stari pozorišni programi. Anuška ih je ispratila s Detol u naručju, njenim gostom dok se Tilda i Majlo ne vrate sutradan.

Nakon kafe, njenog novog omiljenog pića, Tilda je poželela Majlu laku noć. Bio je u sobi kraj njene. Uključila je televizor i gledala neki kviz i dokumentarac, ne obraćajući pažnju na sadržaj. Na kraju je ugasila svetlo, i legla u krevet, vrela i lepljiva. Otvorila je prozor i otkrila se, ali sat kasnije i dalje je bila budna. Tilda je sela i obgrlila kolena. Bez Majla, bez Detol, život će joj ponovo utonuti u sivilo, kao neki stari, nemi film, bez boje, bez zvuka. O, mogla je da doda svoju muziku, pomoću plejlistâ i televizora, ali to ne može da se meri s Detolinim repertoarom mjaukanja: drsko kad je gladna, cvrkutavo kad bi se neka ptica usudila da priđe prozoru. Taj požar ju je naveo da shvati... Voli tu mačku. Oči su je zapekle. Prošlo je mnogo vremena otkako je upotrebila tu reč na V. Način na koji joj se Detol uvijala oko nogu dok je otvarala limenku s hranom, kako se lizala temeljno nakon ručka, kako je koristila svoje podmukle mačje načine da dobije željenu pažnju. Detol je bila odlučna, umela je da preživi, i pronalazila je zadovoljstvo u najjednostavnijim stvarima kao što je klupče vune koje se kotrlja po zemlji, blistavi omotač od čokolade, a što se tiče kutija, koje god da su veličine i oblika, pretvarala ih je u krevet ili skrovište. Detol je bila velikodušna. Razigrana. Kreativna.

Da Majlo nije tu, nedostajao bi joj njegov zarazni smeh i njegov tihi glas. Ta šolja, skrivena vinska boca... samo se brinuo za Tildu kad je prosuo sadržaj, to je shvatala sad. Zaštitio ju je od vrlo loše odluke. Tilda nije bila navikla da je ljudi štite. Mogla je to da radi sama, hvala na pitanju. Prešla je prstom preko kolena, zamišljajući kako izgleda da uvek imaš nekog kraj sebe. Možda joj nije bilo potrebno da je neko zaprosi. Možda joj je samo bio potreban dobar prijatelj, koji ne mora da kreira odeću u Parizu ili je naziva imenima od milja.

Najbolje što je mogla da kaže o mami jeste da se uvek lepo ponašala prema tati. Oboje su gajili strast prema britanskoj politici, olimpijskim igrama i tome da li se mleko sipa u čaj pre ili posle vode; to su bila zajednička interesovanja koja su, Tilda je sad shvatala, pokretala njihov brak. Tata jednom nije dobio unapređenje. Tilda je čula kako razgovaraju kasno jedne noći, u dnevnoj sobi. Gledala je kroz pukotinu u vratima, kad ga je majka zagrlila. Rekla je tati da će doći njegovo vreme, da je to gubitak za kompaniju, da zajedno, ako želi, mogu da smisle nov petogodišnji plan za njegovu karijeru. To je bila sušta suprotnost onome kako je terala Logana i kako se ponašala prema Tildi kad nije postala predsednica odeljenske zajednice u osnovnoj školi. Mama je predložila Tildi da se kandiduje i, u to vreme, Tilda je bila srećnija, imala je prijatelje, mislila je da bi to moglo biti zabavno. Međutim, bila je stidljiva kad je trebalo da se druži s nastavnicima, kad je trebalo da govori javno. Postala je zamenica predsednika, i to joj je savršeno odgovaralo. Uzbuđena, otrčala je kući da ispriča to Loganu i mami. Međutim, majka je prvo rekla: – Šta si zabrljala?

Prošle nedelje ju je jedan klijent pozvao da se požali, kazao je da osoblje *Rajt čišćenja* „čisti stvari previše temeljno tamo gde je dovoljno samo ovlašno obrisati", kako bi mogli da naplate više; dokaz je bio što su radili ono što su prethodni čistači preskakali. Majlo je slušao i gotovo se nasmejala ogorčenom izrazu na njegovom licu. Nakon poziva, obrušio se na neosnovane primedbe. Sitnica, ali mnogo joj je značilo da podeli taj teret s nekim ko ju je razumeo – ko je verovao da njena firma ima integritet, da su ona i njeni zaposleni s pravom pružali visokokvalitetnu uslugu.

Tilda je jače stisnula kolena. To nije sve. Tokom poslednje dve nedelje, kad bi je dodirnuo rukom, svaki put kad su gledali neki film zajedno, ili kad su se igrali s Detol na tepihu u dnevnoj sobi, nešto čudno se događalo u njoj. Nikad ranije to nije iskusila, sigurno ne dok je bila trezna. Tilda je bila odrasla žena, praktična, vredna i razumna, ali taj novi osećaj nije pripadao njoj nego nekoj neodgovornijoj Tildi, divljoj i nepromišljenoj. Kako je jačao, malo-pomalo, zauzimao je sve veći prostor u njenim mislima, upozoravajući je da će uskoro eksplodirati ako...

Dođavola s prijateljstvom, želela je da poljubi Majla.

Da se obavije oko njegovog visokog tela i prepusti mu se.

Da dâ sebe, potpuno, kao nikad pre.

Tildi se sviđao Majlo.

Sto odsto.

Ponovo je legla. Navlačila je pokrivač, sve više i više, a onda preko lica. Taj požar je mogao da bude fatalan. Ili je Majlo mogao da se spakuje i ode nakon onog što je rekla o njegovoj sestri. Šta li se *dogodilo* s tom Grejs? Da li je to bilo nešto više od otuđenosti? Ali ništa od toga se nije dogodilo. Da li je ovo druga prilika da mu se... približi?

Pošto nije mnogo spavala, Tilda je potisnula tu ideju u podsvest kad se probudila narednog dana, želeći da je kod kuće i da mogu da odu na jedno od onih jutarnjih trčanja, da razbistri glavu. Sastala se sa električarem i agentom osiguranja, a kad je ponovo ušla u kuću, obavila je neke hitne telefonske pozive i odgovorila na imejlove. Međutim, romantične predstave o Majlu vratile su se u prvi plan, i plesale su u njenom umu kad su se sastali s Loganom i Rajli ispred *Vetrenjače*. Čula su joj bila pojačana u njegovom prisustvu i pričala je bez razmišljanja, govorila je bratu kako je električar zaključio da je požar izazvao uređaj, da je ostatak instalacija, srećom, u redu. Logan joj je ponudio pomoć u renoviranju dnevne sobe, a Rajli je insistirala da ona pomogne. Tilda neće naplatiti osiguranje; šteta je bila minimalna, nije bilo razloga da plaća dodatnu premiju. Dala je sve od sebe da obrati pažnju na brata i bratanicu, dok je zamišljala kako bi izgledalo da prelazi prstom preko Majlovih usana, koje su se trzale kad ju je zadirkivao, pitajući se da li su mu usne nežne kao ton kojim je često govorio. Majlo je otišao do šanka da donese pića. Sok od pomorandže za Tildu. Žudnja je prošla. Zasad.

Rajli je crtala nešto.

– Kako si, sejo? – pitao je Logan, nakon što je pojeo poslednji zalogaj karija. Obrisao je usta. – Deluješ potišteno.

Seja. Tilda je progutala knedlu. Više joj nije smetalo. U stvari, sviđalo joj se to.

– Događaji kao što je ovaj nateraju te da preispitaš čitav svoj život, zar ne? Rajli se jednom razbolela, od nekog običnog virusa. Ceo svet mi se okrenuo naglavačke dok u bolnici nisu rekli da će biti dobro. Bio je to veliki korak prema spoznaji da više ne želim da budem fudbaler, to je previše zahtevna karijera.

– Drago mi je što su svi dobro. – Zalepila je osmeh na lice i pojela poslednji komad pice.

– Majlo je sjajan tip, zar ne? Ne bih se setio da stavim Detol u nosiljku, za slučaj da se uplaši. – Logan ju je pogledao u lice. – Vas dvoje se dobro slažete. Sad to vidim. Pogrešio sam u vezi s njim.

Vedro mu se osmehnula. – Da. Radimo dobro kao tim. Vrlo je opušten. I temeljan. S njim na čelu, *Rajt čišćenje* će doživeti velike uspehe.

– Ne... mislio sam... mogu da vas zamislim... *zajedno.*

Rajli se zakikotala. – Tetkice, obrazi su ti iste boje kao trešnja na mom sladoledu.

– Nije tako – kazala je brzo. – U svakom slučaju, on... on sutra izlazi s jednom od mojih radnica, Džez.

Logan se zavalio u stolicu i odmahnuo glavom.

– Šta je bilo? – pitala je Tilda.

– Tilda koju sam poznavao umela je da se bori za ono što želi.

– Čekaj malo, ko kaže... To je platonska veza, ništa više i...

Podigao je ruku. – Sećaš li se plišanog jednoroga koga si želela? Verovatno si imala osam godina. Bio je iz nekog crtaća kojim si bila opsednuta. Videla si ga u prodavnici, a mama i tata su rekli da već imaš previše igračaka. Plakala si sve do kuće. To je bilo neuobičajeno za tebe, ne sećam se da si se ponašala razmaženo, niti da si plakala.

– I dalje ga imam negde – promumlala je. – Taj crtać se zvao *Dugini jednorozi.* Tata ga je gledao sa mnom, subotom ujutro. Ta igračka je predstavljala moj omiljeni lik, Cvetni Oblak.

– Kul ime! – kazala je Rajli i udarila u sto. – Tvoji mama i tata su se predomislili?

– Nisu. Zaključila sam da su u pravu, tako da sam narednog vikenda pregledala plišane igračke, zatim iznela stolicu ispred kuće i prodala ih prijateljima za male pare. Tata me je čvrsto zagrlio i rekao da mi čestita jer sam smislila rešenje problema. Čak je i mama bila zadivljena – nema sumnje da je to prijalo njenom poslovnom duhu. Na tatin predlog, dali su mi razliku u novcu i odveo me je do te prodavnice.

– To je toliko ličilo na tebe – kazao je Logan. – Da preokreneš lošu situaciju. Kao kad si napunila deset godina. Mama je prekasno pokušala da rezerviše klizalište za tvoju proslavu rođendana, baš taj vikend kad je padao. Predložila si da odvede tebe i tvoje prijatelje u park, da tamo vozite rolere, a onda u *Mekdonalds.* Nije bila ljubitelj parkova, ali rekla si da će to biti znatno jeftinije nego zabava. To ju je ubedilo. Video sam da si razočarana, ali uvek si bila tako praktična i, na neki način, odlučna da uradiš ono što želiš. Zato sam se... iznenadio kad smo se ponovo videli, kad sam shvatio da mrziš internat ali ga prihvataš. Neko drugi bi pobegao ili bi stalno gnjavio roditelje, iz godine u godinu, da mu dozvole da se vrati kući. – Lice mu se smrklo. – Voleo bih da sam znao kroza šta si prolazila.

Rajli je ponovo crtala. Isturila je jezik dok se koncentrisala, koristeći razne bojice.

– Ti i ja smo se... otuđili – rekla je Tilda Loganu, tihim glasom. – Mama je očigledno htela da me skloni. A što se tiče sreće, vrlo brzo nisam više videla razliku između kuće i škole.

– Ali ništa te ne sprečava da budeš s Majlom. Očigledno voli da bude uz tebe. – Logan je spustio dlanove na sto. – Hajde, sejo. Navali!

– Kao što rekoh, ne...

Majlo se pojavio kraj stola. Spustio je pića. – Da li je neko za partiju bilijara?

Logan je podigao obrvu i pogledao Tildu. Mrko ga je pogledala. Rajli je izgledala kao da pokušava da se ne nasmeje dok je bojila.

– Naravno, druže, idemo – rekao je Logan. Dva muškarca su ponela pića. Majlo je otišao. Logan se sagnuo i pomilovao Tildu po kosi, pre nego što se osmehnuo i krenuo za njim. Mrzela je kad joj brat to uradi dok su bili mali!

Rajli je mahnula prstom. – Tata je u pravu, tetkice. Videla sam ti onaj ljubavan pogled.

– Molim?

– Tako tata gleda Kamerona. – Rajli se pretvarala da će povratiti. – Ti tako gledaš Majla. Videla sam to. Ljubavan pogled, tako ja to zovem. – Napravila je krugove prstima i stavila ih je ispred lica. – Tata kaže da si ti jaka osoba, kao moja mama. Želim da budem kao vas dve kad porastem.

Tilda je bila ispunjena nepoznatim osećajem – bio je topao, setan i slavio je život. Suprotan želji da se opije.

– Momci su fuj. Džoni, iz mog razreda stavlja crve u usta. – Rajli se stresla. – Ali kad ti se neki sviđa... – Gurnula je svoj crtež prema njoj. – Možda Majlo ima čaroliju. – Brižljivo je podigla čašu, obema rukama. – Mora da ima, jer ti lice zablista kad je blizu, kao da te je začarao.

Tilda je gledala četiri Čiča Gliše na crtežu – dete kovrdžave crne kose, s trouglastim telom, u crvenom, sa sladoledom u ruci. Kraj nje je bio muškarac, u košulji s cvetićima. Osoba kraj njega imala je trouglasto telo, znači da je bila žena, s crnom kosom kao kod devojčice, i prugastom mačkom kraj nogu. Imala je krupne, krupne oči i držala se za ruku s visokim muškarcem s druge strane koji je... Tilda je podigla crtež. Imao je rog na čelu i grivu u obliku duge koja mu je padala niz leđa.

– Ljubavan pogled nikad ne laže – šapnula je Rajli.

28.

Tilda se protegla i zatvorila laptop. Uradila je samo ono što je bilo neodložno, jer je provela dan čisteći dnevnu sobu. Majlo se dodatno potrudio i, nakon popodnevnog sastanka *Anonimnih alkoholičara*, proveo je ostatak dana razgovarajući s jednim posebno nezadovoljnim klijentom. Džez je otišla petnaest minuta ranije iz jedne kuće. Nakon što ju je pozvao, Majlo je otkrio da je ostala trideset minuta duže prethodne nedelje. Klijent to nije znao i izvinio se što je sumnjao u *Rajt čišćenje*. Tu je bio i jedan penzioner koji je insistirao da mu se Koni obraća sa „gospodine" i nije razumeo zašto nije reagovala kad je pucnuo prstima. Tilda ga se sećala... na prvi pogled je izgledao učtivo i starovremski. Neobično je bilo što ju je obmanuo. Slušala je razgovor. Majlo je bio dobar. Smiren, učtiv, odlučan i brzo je uverio Koni da će *Rajt čišćenje* prekinuti saradnju s tim klijentom ako uradi ponovo išta slično.

Tilda je pogledala frižider, rekla je da nije mogla da zalepi na njega crtež koji joj je Rajli dala sinoć u pabu, ali nije bilo šanse da ga Majlo vidi. Logan je predložio da preurede dnevnu sobu u subotu. Uprkos tome što su prozori danas ostali otvoreni, soba je i dalje vonjala na dim. Tilda je obrisala venecijanere i oprala zavese. Pomoću spreja za mebl očistila je sofu i fotelje. Dok je Majlo bio napolju, Anuška je došla da proveri štetu i ostavi kutiju domaćeg keksa. Predložila je da sipaju sirće u posude, to je navodno pomagalo oko smrada.

Prošlo je mnogo vremena otkako je Tilda imala nekog starijeg u svom životu, da je savetuje i hrabri. Uprkos obavezama, uprkos neobičnom osećaju što joj ljudi ulaze u kuću, Tilda je zamolila Anušku da ostane na kafi. Detol je skočila u Anuškino krilo i ona ju je mazila po prugastim leđima dok je pila i jela keksa. Razgovarale su o požaru, Anuškinim krstarenjima i pokojnom mužu.

– Lepo je imati nekog za koga možeš da kuvaš – rekla je Anuška dok je stajala na vratima i opraštala se. – Moj Radžeš bi progutao sve što spremim. Da li Majlo voli slatkiše? – pitala je, puna nade.

– Da. Čak dodaje šećer u toplu čokoladu!

– Koliko dugo vas dvoje izlazite?

– O, mi nismo... on radi za mene... sa mnom, otprilike, znate... I živi ovde... pa, stanuje... Mada nije... ali sad mi plaća stanarinu...

– Moraš da se pribereš, devojko. Šta je tebi Majlo zapravo? – Anuška se široko osmehnula na Tildin ogorčen izraz lica, namignula joj i otišla.

Ljubavan pogled. O, bože. Da li ga je i Anuška videla? Tilda je otrčala do kupatila na spratu. Zamislila je Majla i onda pitala ogledalo za mišljenje.

Jebote. To je bilo jadno.

Ne mogavši da prestane da pevuši, uprkos užasu, Tilda se vratila u prizemlje, i iznenada je prestala da pevuši kad se setila šta će se dogoditi večeras. Majlo za pola sata odlazi na sastanak sa Džez. Sedela je u kuhinji, pijući neko gazirano piće. Udahnula je. Izdahnula. Ne. Nije želela vino. Dobro, jeste, ali nije želela da se vraća do kredenca u kuhinji i vadi bocu koju je ponovo kupila i ostavila tamo. Neće je popiti kad ostane sama. Požar joj je dao novu perspektivu. Izgledalo je kao da je pre Majla njen život bio poput pravilnika, koristio je proste rečenice i suvoparan jezik, ali sad se pretvorio u pravu priču, sa opisnim pasusima, likovima i osećanjima.

Detol je spavala na jednoj kuhinjskoj stolici. Nagnula se i podigla je. Pridržavajući mačkine zadnje noge jednom rukom, kao što je Majlo radio, Tilda joj je mazila meko krzno.

– Volim te, Detol – šapnula je. – Izvini što sam ti dala tako sterilno ime. Doti je prilično lepo. Ali neću ga sad menjati. Detol ti pristaje.

Detol je tiho mjauknula i zarila glavu u Tildino rame. Tildino disanje se usporilo i zatvorila je oči, naslanjajući obraz na pruge. Detol se oslanjala na nju, dala joj je dodatnu svrhu osim rukovođenja firmom. O, ta mačka je oduvek bila tu, u pozadini, ali sad je Tilda marila za nju, to je bila razlika. Kupila je smrznutu ribu i spremiće je večeras. Detol je zaslužila raznovrsniju ishranu. Tilda je naručila neku igračku za mačke preko interneta, kao i četku. Rajli će biti toliko uzbuđena. Hevi metal muzika na spratu je prestala, i čvrsti odmereni koraci začuli su se na stepeništu. Ispeglana košulja. Smeđa kosa učvršćena gelom. Pantalone od kepera. Tilda je skrenula pogled.

Majlo je sišao i pomilovao Detol po glavi. – Jeste li dobro, Tilda? – Seo je kraj nje. – Dnevna soba već izgleda mnogo bolje. Doteraćemo je preko vikenda. Šta kažete na to da jedne večeri ove nedelje, nakon što kupimo tapete i boju, odemo do neke prodavnice van grada i kupimo novu električnu grejalicu?

– To zvuči dobro. Hvala vam, Majlo. Dobro. Bolje da krenete.

– Jedva čekate da me se otarasite?

– Ne. – Videla je o čemu razmišlja.

– Ne mogu da otkažem večerašnji sastanak, inače bih vam pravio društvo.

– Majlo. Ne treba mi dadilja! Zabavite se. – *Ne mogu da otkažem.* Mora da mu se ona stvarno sviđa.

– Nismo razgovarali o... o požaru... – Nakašljao se. – Četvrtak, Tilda. Pođite sa mnom na sastanak *Anonimnih alkoholičara.* Ne morate da kažete svoje ime niti da govorite, samo sedite i slušajte. Nikad nećete morati da idete ponovo ako vam se ne bude svidelo.

– Dobro sam. Iskreno. To je bila mala kriza. Ne morate da se brinete.

Ugrizao se za usnu. – Dobro, ali obećajte mi da ćete mi reći ako vam se vrate stare žudnje. Nema razloga da se stidite toga.

Izašao je na sporedna vrata, a Tilda se osetila bespomoćno. Kako može da se bori za muškarca koji je zainteresovan za nekog drugog? A Tildi se sviđala Džez, bila je dobra radnica, uviđavna. Poslala je Tildi imejl i zahvalila joj se na divnoj večeri i dodala da je posao u *Rajt čišćenju* najbolji koji je ikada imala. Ha. Tildi je bila potrebna čarolija jednoroga da reši ovu glavolomku.

Spustila je Detol na stolicu, i iz džepa izvadila Rajlin crtež. Kad je razvila papir primetila je, prvi put, da nešto piše na poleđini.

Okrenula ga je i pročitala tanka slova, a svaka reč je bila napisana različitom bojom.

Kako da uloviš jegnoroda
Plaža
Ples
Bijoskop

O. Svemir ju je slušao. Ali saveti za izlaske od šestogodišnjakinje? Da li je došlo do toga? Bojažljivo se osmehnula. Šejn je bio greška, onlajn upoznavanje je minsko polje, a Ijan je veliki blam. Šta ima da izgubi? Ponovo je pročitala spisak. Čitajući između raznobojnih redova i slovnih grešaka... možda je Rajli govorila kako Tilda mora da bude odvažnija. Sviđala joj se Džez, nije htela da se meša, ali nije moglo da škodi ako Tilda unese zabavu u prijateljstvo s Majlom.

Zabavu, kao kad Rajli pleše, ili se Detol igra kanapom; kao kad ju je Logan podsetio na detinje nestašluke, a Anuška, prva komšinica, donela keks; kao kad je Tilda odvela na večeru svoje zaposlene i to je ispala noć dobronamernog ćaskanja, i kao kad je Majlo oponašao nerazumne klijente. U stvari, toliko njenog vremena s njim bilo je ispunjeno smehom, izazvanim njegovim grimasama kad je čili s mesom bio previše ljut, ili ogorčenim komentarima kad nije bio zadovoljan završetkom svoje omiljene fantastične serije.

Tilda je ustala i koraknula sleva nadesno, okrenula se i podigla visoko nogu, izvodeći pokrete koje ju je Rajli naučila, ples koji niko nije video osim pomalo zbunjene mačke koju više nije smatrala uobraženom. Zabava je bila nova reč u Tildinom životu. Reč koja je počela da joj se sviđa.

Pustila je muziku i plesala još malo. Ponovo je podigla Detol i plesala je s mačkom u naručju. Nakon toga je otišla na internet i naručila hranu, iako nije bio vikend, iako to nije bila neka posebna prilika. Naručila je previše. Pa šta? Ona i Majlo mogu da pojedu rezance i piletinu s limunom, prolećne rolnice i hrskavu pačetinu sutra. Napunila je kadu vodom i sipala ostatak penušave kupke koju je pronašla u staroj boci ispod hrpe odeće u svojoj sobi. Sa čašom kole u ruci, Tilda je legla u vrelu vodu. Detol je ušla, sela i očistila lice. Tilda nije zatvorila vrata jer je bila sama. To je bila novost. Tilda se uvek trudila da zaključa kupatilo, ali uspomene na zlostavljanje u internatu nisu bile tako žive u poslednje vreme.

– Imaćemo pravo „devojačko veče" – kazala je.

Detol je mjauknula.

Pola sata kasnije, Tilda je sišla u prizemlje, bosa, u spavaćici. Zevnula je i svalila se na kuhinjsku stolicu, nakon što je sipala mleko u lonče. Telefon joj je zazujao. Majlo! Možda se vraćao vozom. Sačekaće ga da stigne, mogu zajedno da popiju toplu čokoladu. Mogla je čak da predloži noćnu partiju *monopola*. Toplina joj je oblila udove, ne zbog posledica tople kupke. Otvorila je poruku.

O.

Dobro.

Majlo će se vratiti kući sutra ujutro.

Provešće noć sa Džez. Vratiće se rano, spreman za posao.

Telefon je ispao iz Tildinih ruku i setila se Šejnovog prezrivog glasa, kako se smejao njenim izgledima za romantičnu budućnost. Pogledala je svoja bosa stopala, osetila miris sapuna na svojoj koži, a leđa su je bolela od ambicioznih plesnih pokreta... kakva je budala ispala. Tilda se trgla kad joj je Detol skočila u krilo. Njene bademaste oči boje ćilibara gledale su Tildu. Detol je dodirnula Tildinu bradu vlažnom njuškom. Pola dvanaest. Vreme za spavanje. Zabava je opasna, izaziva bol. A kolotečina je suprotna od toga. Tilda je isključila šporet i prosula mleko u sudoperu.

Kad je htela da isključi svetlo u kuhinji, začula je mjaukanje iz vešernice. Tilda je zastala i ušla. Detol je dotrčala do nje i legla na leđa, uvijajući se, tiho mjaučući.

Da, kolotečina je bila važna, ali i drugarice su važne, ili je popularna kultura uvek tako govorila Tildi. Podigla je mačku i otišla na sprat na njihov prvi prespavanjac. Kad je legla, Detol se popela na jastuk i zaspala pored nemirne Tilde, držeći nežno jednu šapu na ramenu svoje ljudske prijateljice.

29.

Tilda se probudila u sedam ujutro. Detol je podigla glavu dok je Tilda sedela na podu prekrštenih nogu i meditirala deset minuta. Zastala je. Nije bilo *votsap* poruka koje bi mogla da proveri. Da li je lažni francuski ljubavnik bolji nego da nema nikog? Prizvala se pameti nakon tuširanja hladnom vodom, zbog zdravlja, i zatresla je glavom kad se setila imena Iv Sen Loran, ali ipak se nadala da je Ijan popravio svoj život. Očešljala se, a onda obukla crne pantalone i belu bluzu. Stavila je svoj omiljeni parfem, i nekoliko sekundi bila je u bakinom naručju, što je bio trenutak nežnosti usred stroge kolotečine. Tačno u sedam i trideset ušla je u kuhinju i sipala mački hranu. U dvadeset do osam bilo je vreme za Tildin doručak: žitne pahuljice s voćem, pet polutki oraha, šakom suvog grožđa i dve kašike probiotskog jogurta.

Tačno u osam, nakon što je oprala zube i očistila ih koncem, i isprala ih vodicom za ispiranje, Tilda je sela za kuhinjski sto i uzela laptop, dok je sunce obasjavalo sto. Kako je to bio divan, vedar i sunčan julski dan. Sporedna vrata su zaškripala i Detol je otrčala u vešernicu. Neki dubok glas rekao je „zdravo" i Majlo je ušao u kuhinju široko se osmehujući, uprkos podočnjacima.

– Lepo ste se proveli? – pitala ga je veselo.

– Sjajno, hvala – odgovorio je. – Poslao sam vam poruku sinoć da se ne biste brinuli. Vidite...

Tilda je podigla ruku. – Vi ste odrastao muškarac. Nema potrebe da objašnjavate. Kako je Džez?

– Dobro. Stvarno dobro. Ali nije...

O, bože. Kakva sramota. Ponaša se kao da zna za Tildina... osećanja prema njemu i ne želi da je povredi.

Uzela je poslovni telefon. – Moram da se javim. – Otišla je u vešernicu i glumila je da razgovara s nekim, završavajući tu predstavu čim je izašla. Čekala je deset minuta, diveći se jatu čvoraka na zgradi pored, dok su im se pegice nalik na dragulje presijavale na jutarnjem suncu. Kad se vratila unutra, Majlo je bio za stolom, pred svojim laptopom. Ovo ne mora da bude neprijatno. Logan i Rajli će možda biti razočarani, ali neće se boriti za muškarca koji je u ozbiljnoj vezi s drugom ženom. To nije značilo da se neće boriti da sačuva prijateljstvo koje je počelo mnogo da joj znači. Nije imalo smisla da odbaci to zbog neuzvraćene ljubavi. Međutim, bila je zahvalna, prvi put, što je neko zvonio na vrata. Istrčala je iz kuhinje i vratila se nekoliko minuta kasnije, noseći paket i koverat s francuskom poštanskom markom. Pismo mora da je bilo od njene majke, mada joj nije bio rođendan niti Božić. Tilda se ujela za unutrašnjost obraza. Otišla je pravo do kante za smeće i bacila koverat. Majlo ju je pogledao u oči i klimnuo glavom s razumevanjem, kao što rade samo dobri prijatelji. Protresla je paket, pre nego što ga je pažljivo otvorila.

– Opa. Ovo sigurno privlači pažnju. – Dala je svežanj letaka Majlu. Korišćene su plava i žuta boja, koje su trenutno bile popularne kod oglašivača. Naručili su ih pre zajedničke večere u *Vetrenjači* prošlog vikenda, tako da nisu dodali nove ideje, kao što je popust za nove klijente. Ali razmotrili su ideje koje je Majlo prvobitno predložio, i na spisku usluga se nalazilo i čišćenje tepiha i nameštaja. Ona i Majlo su proverili koliko su lokalne kompanije naplaćivale, i uračunali nabavku opreme. Spisak se nalazio kraj živopisne fotografije korpe s proizvodima za čišćenje. Na poleđini su se nalazile cene. Oboje su se saglasili da je otvorenost najbolja politika, kako se ljudi ne bi ustručavali da ih pozovu jer su zabrinuti zbog cena. Naručili su samo malu količinu letaka, da vide kako utiču na posao. Ako uticaj bude pozitivan, za narednu turu će uključiti ideje kao što je čišćenje šupa i garaža. Možda dodati i cene za čišćenje prozora i odvoda. Kalum joj je već poslao imejlom telefonski broj svog strica, koji je hteo da razgovara s njom o tome šta podrazumeva nuđenje takve usluge.

– Ti leci su vam bili tako dobra ideja – rekla je Tilda. – Želim da odmah počnemo da ih delimo.

Majlo se ozario. – Hajde da uradimo to.

Tilda je dodirnula letke. – Hajde! Po Kraučdenu. Južnom delu. Predgrađe – dalje od železničke stanice – to verovatno jeste naša ciljna grupa.

– Mogli bismo da se trkamo... da svako uzme određene ulice. Ko se zadnji vrati kući moraće da...

Spremi večeru? Sredom je bila pita s mesom. Ništa u vezi s tim nije nadahnjivalo Tildu. Navikla se na Majlovo spontano kuvanje.

– Da ode tokom popodneva i donese naše omiljene kafe i kolače, da se okrepimo – predložio je Majlo.

– Dogovoreno. – Rukovali su se.

Majlov telefon je zazvonio. Prineo ga je uvu. – Zdravo, Džez. Naravno... Sačekaj... – Ustao je. – Vraćam se odmah, Tilda. – Pojurio je na sprat, smejući se dok je ulazio u svoju sobu. Zatvorio je vrata.

Sela je i podigla nekoliko letaka. Imala je mnogo razloga da bude zahvalna. Napravila je fotografiju letaka i poslala je Loganu. Odmah joj je odgovorio emotikonom sa otvorenim ustima i počeli su da se dopisuju. Rekao joj je da je pozvao radio-stanicu i da su mu već imejlom poslali ugovor za posao komentatora.

Majlo je sišao u prizemlje, odeven u trenerku i patike. – Spreman sam za polazak – kazao je. – Presvucite se, a ja ću odabrati ulice za svakog od nas. Odštampaću mapu sa označenim ulicama. Ne želim da nosim telefon dok trčim. Ionako je baterija prazna.

Dvadeset minuta kasnije, bilo je devet, oboje su stajali u dvorištu, s mapama u rukama, dok su se istezali, s rancima na leđima, a Detol ih je radoznalo posmatrala dok je čistila lice na suncu, nakon što je pojela još malo ribe koju je Tilda sinoć spremila.

– Jeste li spremni da budete poraženi? – pitala je. – Svako po četiri ulice. Dajte mi svoju mapu... moram da vidim da mi niste dali dužu rutu.

Zakolutao je očima, komično, i prišao da joj pruži mapu, ali ona ga je nežno munula u rame. – Ako sam vam poverila vođenje svoje

firme, valjda mogu da vam verujem oko ovoga. Vi ste izveli „opo-
ravak u dvanaest koraka"? Napravili ste moralni inventar, bili ste
veoma iskreni u vezi sa svojim manama, pomirili ste se s ljudima
koje ste povredili?

– Kako vi znate za to?

– Na terapiji su nam objasnili „oporavak u dvanaest koraka".
Zvučalo je iscrpljujuće.

Majlo je prestao da se isteže. – Da. Jeste. Promenilo mi je život...
i teško je kad ne možete da pozovete osobu kojoj ste želeli da se izvi-
nite, pre nego svima ostalima.

– Vašu sestru?

Njegova ćutnja je bila odgovor. Tilda je htela da ga pita nešto
više, ali izgledao je tako srećno pre nego što je pomenula to. Istrčala
je kroz kapiju i krenula ulicom.

– Hej! – viknuo je za njom. – To je varanje!

Zastala je i okrenula se. – Nije. To se zove taktika. Spremite no-
vac da mi kupite kafu. Trebalo bi da se nađemo ovde oko jedanaest.
– Tilda se nasmejala zbog njegovog odglumljenog zaprepašćenja i
potrčala. Anuška je stajala kraj prednjeg prozora, zalivajući biljke, i
mahnula joj je. Tilda joj je uzvratila protrčavajući kraj nje.

Četiri ulice su izgledale kao osam, jer je morala da trči od prilaza
do ulice i natrag, kod svake kuće. Kolena su je bolela i znoj se slivao
niz nju. Ušla je u poslednju ulicu, koreći sebe što nije ponela bocu
s vodom po ovom vremenu. Sad je mogla samo da hoda. Prošla su
gotovo dva sata otkako je videla Majla. Možda se već vratio kući,
istuširao se i čeka je. Tilda nikad neće moći da zaboravi tu sramotu.
Konačno je stigla do poslednje kuće. Jedan starac sa slamnatim še-
širom sedeo je na plastičnoj stolici na travnjaku, potkresujući neki
visok žbun. Ustao je i protrljao leđa, oslonjen na štap.

– Ne primam reklame, imam dovoljno tih prokletinja – rekao je.

Tilda se zaustavila. – O, dobro. Da, naravno. – Osmehnula se i
spremila se da ode.

– A šta prodajete? Komplet za sahranu? Delite letke o staračkim
domovima?

Tilda je uočila mrlju na njegovom džemperu, izgužvane panta-
lone. To ju je podsetilo na penzionerku koja je živela u susednoj kući

kad je ona bila mala. Tata joj je kosio travu. Tilda se igrala jednom napolju, i ta žena je glasno zacoktala. Izašla je s naočarima u ruci da pokupi neko smeće koje je vetar naneo u njeno dvorište. Tek kad ih je stavila da bi pročitala neki odbačen letak, primetila je da je prosula doručak po bluzi. Tilda nije razumela zašto se ona toliko uznemirila. Kad imaš osam godina, prosuta hrana je sastavni deo tvog života.

– Ne, usluge čišćenja – odgovorila je Tilda. – Imam svoju firmu. Radimo uobičajeno čišćenje kuće, kao i pranje tepiha i nameštaja. Dodaćemo i druge usluge, kao što je pomaganje oko pranja rublja i čišćenje garaža i šupa.

Čovek se oslonio na štap. – Pretpostavljam da su cene astronomske.

– Nisu. Ne bi se isplatilo, zbog trenutnog rasta troškova stanovanja. Moram da ostanem konkurentna.

– Moja Eni je mogla da uoči varalicu na kilometar. Sve dok nije umrla prošlog Božića. Uvek je umela da pronađe najbolje cene za vreme januarskih popusta, i zaobiđe nepoštene trgovce koji su nudili robu po cenama višim od uobičajenih.

– Žao mi je zbog vašeg gubitka – kazala je Tilda i otišla je do travnjaka, podigla grančicu koju je odsekao i stavila je u kesu sa strane.

Ponovo je protrljao leđa i izraz lica mu više nije bio tako ozbiljan. – Da budem iskren, ja... Malo sam se zapustio od Božića. Eni je bila mlađa od mene. Sad sam shvatio koliko je radila, održavala je kuću i dvorište. Ako se ne ljutite, izgleda mi da bi vam prijalo hladno piće. Da li biste mi se pridružili, upravo sam pošao da popijem limunadu? Onda možete da mi pokažete cene. Eto... bilo mi je teško da priznam kako mi je potrebna pomoć.

Ali onda će Majlo sigurno pobediti. Pogledala je starčeve oči ispunjene nadom. Pružila je ruku i kazala: – Tilda Rajt. Drago mi je što smo se upoznali.

Koščati prsti stegli su njene. – Bob. Bob Marlou. Drago mi je što sam vas upoznao, Tilda. – Krenula je za njim u kuću, pomažući mu da se popne uza stepenice.

Limunada je dovela do dva keksa, mada sa isteklim rokom sudeći po pakovanju, ali nije se brinula zbog toga. Njegovoj kući bilo je potrebno osveženje, mada je videla da se trudio najbolje što može. Tilda je videla i prljavije prostorije nekih firmi koje bi trebalo da imaju bolje održavanje.

– Predlažem vam dubinsko čišćenje za prvi put, a nakon toga ćemo raditi samo redovno čišćenje, recimo jednom u dve nedelje. Da li vam je potrebna pomoć oko pranja rublja?

– Nikad nisam umeo da peglam. Imao sam sreće kad sam oženio Eni, jer sam bio dugo samac i upoznao sam je na zabavi prilikom odlaska jednog prijatelja u penziju. Osim divne i brižne prirode – oči su mu zasuzile – uvek je govorila kako je kućni poslovi opuštaju. I šupi je potrebno dobro čišćenje. Nekad sam pravio modele vozova, u svoje vreme. – Lice mu je zasijalo. – Nalaze se tamo negde. Ja... mislio sam da možda ponovo pokušam, ruke mi ne drhte toliko kao noge. Kad bih tamo imao malo prostora...

– Rado bih videla vaše modele. Ja ne bih imala strpljenja za takav hobi. – Bob je sav živnuo kad ju je poveo, čavrljajući o tome koliko je uživao da otkriva istoriju svakog voza. Šupa je bila čvrsta građevina, a drveni zidovi su bili zaštićeni. Unutra je bio haos, ali bilo je suvo i nije mirisalo na buđ.

Vratili su se u kuću. – Hvala vam na limunadi, moram da krenem, posao zove... dobro, moj kuhinjski sto i mačka, hoću reći. – Malo se teturajući, Bob ju je ponovo uveo u kuhinju pre nego što su izašli u hodnik. – Zašto ne biste razmislili o našim uslugama koje vas zanimaju, i pozvali me za nekoliko dana? Imate li nekoga s kim možete da popričate o tome?

– Popričao sam s vama, devojčice. To je dovoljno.

– U redu! Pozovite me kad odaberete neke datume.

Tilda je otrčala kući, puna nove energije, zviždućući dok je stavljala ključ u bravu. Trljajući ruke, Majlo se pojavio iz vešernice, i dalje u trenerci.

– Gde ste bili poslednja četiri sata? – pitao je. – Da li je sve u redu? Mislio sam da ste imali neku nesreću. Bilo je glupo što nismo poneli telefone i...

– Majlo. Polako. Dobro sam. – Ispričala mu je kako je hodala poslednjom ulicom, a onda o Bobu, dok su ulazili u kuhinju.

Protrljao je rukom potiljak, kao i obično. – Izvinite. Samo sam se zabrinuo. Znao sam da nemate kondicije, ali nisam znao da je tako loša... – Pogledao ju je u oči i dao sve od sebe da se nasmeje.

– Jeste li dobro? – pitala je.

Zbog stidljivog izraza na njegovom licu poželela je da ga poljubi, više nego ikad. – Postali ste mi dragi, Tilda. Uradili ste toliko toga za mene. Sve mi je to novo, da se brinem za drugu osobu. Nisam veoma dugo dozvoljavao sebi toliku bliskost.

Tildino srce je udaralo kao ludo, i seli su za sto. – Požar me je naveo da shvatim kako i ja marim za vas – promumlala je. Toplina joj se proširila kroz ruku i zacrvenela se. Nije znala šta da kaže, ili šta da uradi, ali nije mogla da pronađe hrabrost.

Želim te, Majlo. Želim da budemo zajedno. Kao da sam živela sama u nekom zamku sve ove godine, i nekako si ti pronašao način da stigneš do njega, uprkos šancu i pokretnom mostu, stražarnici, uprkos zidinama i osmatračnicama. Uprkos odbrani, pronašao si način da uđeš.

Poskočila je kad mu je telefon zazvonio i izvadio ga je iz džepa. – Džez? Zdravo. Da, mogu večeras. – Izašao je iz sobe, razgovarajući o sastanku u sedam.

Imali su svoj trenutak, zar ne? Ona i Majlo.

Vratio se u prizemlje, i otvorio frižider. Izvadio je sendvič na tanjiru i dodao joj ga.

– Hvala.

Naklonio se. – Sve za moju šeficu i stanodavku. – Otvorio je laptop. – Pročitajte ovo dok jedete. Blog je bio prazan neko vreme. Razmišljao sam o desetak ideja za objave, kao što su šta treba proveriti kad zapošljavate čistača, pet saveta za uklanjanje mrlja, možemo da snimimo video kako se, recimo, pravilno čisti klozetska šolja, i da odgovorimo na često postavljana pitanja o održavanju kuće. – Majlo je uzeo poslovni telefon. – Dobro, moram da pozovem dva potencijalna klijenta. Biće mi uskoro potrebna ta kafa i kolači.

Usta su mu se iskrivila dok je okretao broj, i znala je da se smeje u sebi ali ne želi to da pokaže. Tilda ga je nežno šutnula ispod stola. Pogledao ju je i namrštio se. Pojavile su mu se borice oko očiju.

Nikad nije imala takvog prijatelja, kraj kojeg se osećala potpuno bezbedno, potpuno svoja. A imali trenutak ili ne, Tilda neće uraditi ništa glupo što bi ugrozilo to. A pogotovo neće početi ponovo da pije.

30.

Majlo je ponovo izašao u sedam, ležerno odeven, izgledajući zadovoljno. I podgojio se nakon što se redovno hranio poslednjih nedelja. Na njeno iznenađenje, spremio im je testeninu pre polaska, kako ne bi ponovo morao da ide na večeru sa Džez. Možda idu u bioskop ili „bijoskop" kao što reče Rajli. Tilda je upravo završila telefonski razgovor s bratanicom. Rajli je jedva čekala da podeli vesti o školskom izletu na kojem je bila, do muzeja šešira. Sitnica, ali to je Rajli toliko značilo da je jedva čekala da to kaže tetki. Sitnice koje su se promenile u poslednjih nekoliko nedelja izgledale su sve veće.

Tilda se protegla i oprala sudove, i dalje osećajući bol od dostave letaka prepodne. Bob Marlou ju je pozvao popodne, jedva čekajući da započne sa čišćenjem šupe. Pevušeći, ispraznila je sudoperu. Uvek je odmah brisala sudove, ali sad ih je ostavila da se ocede. Sipala je sebi čašu vode i pogledala u kantu za otpatke. Sad kad je ostala sama u kući, onaj neotvoreni koverat ju je glasno dozivao. Zašto je mama prekršila svoju naviku da joj šalje samo čestitke za rođendan ili praznike? Šta ako je to nešto važno u vezi s Loganom? Iznervirano je uzdahnula, preturala po kanti i izvadila koverat, sad umrljan sosom za testeninu. Izvadila je pismo i sela za kuhinjski sto, ignorišući glas u glavi koji joj je govorio da bi lakše pročitala pismo ako bi uzela votku. Duboko je udahnula i razmotala list papira. Ispao je jedan ček, presavijen napola.

Zdravo, Matilda,
Dakle, nakon toliko vremena, čujem da si ponovo stupila u kontakt sa svojim bratom. Logan mi je rekao da se dobro držiš. Nema sumnje da ti je preneo moje savršeno razumno

objašnjenje zašto sam skrivala ona pisma na tavanu. Ono što sam uradila možda ti izgleda nepošteno, ali ako ikad postaneš majka, možda ćeš razumeti majčinski poriv da pomognem svom potomstvu da ostvari svoj potencijal.

Kaže mi da vodiš firmu za čišćenje, i to u ne baš zdravoj četvrti Kraučden. Iz nekog razloga, oduševljen je tobom. Zato ti hitno pišem. Zabrinuta sam da pokušavaš da ga odvedeš na stranputicu, kao kad ste bili mlađi, govoreći mu da njegova majka ne zna sve najbolje. Očigledno, znam da je govorio o napuštanju fudbala od pre nego što si se ti pojavila, ali to je bila samo kratkotrajna kriza. Pol Skols se vratio fudbalu šest meseci nakon što je objavio povlačenje. Mesi je samo dva meseca bio u penziji, 2016. Ali sad izgleda da si se vratila u Loganov život, sa svojim prizemnim poslom i ponašanjem. Sin koga poznajem nikad se ne bi odrekao zvezdanog života zauvek. Njegova trenutna odlučnost da se ne vrati fudbalu mora da je tvoje maslo. Ko je ikad čuo da profesionalni fudbaler upisuje fakultet s dvadeset šest godina, kad je na ivici da ostvari veće i bolje stvari? Kako ću to objasniti svojim prijateljicama? To je ponižavajuće. I to da bi radio na nekoj pišljivoj radio-stanici. Oni koji mogu rade. Oni koji ne mogu podučavaju. A oni koji ne mogu ni da podučavaju... šta rade? Logan je čovek koji radi... to mi je bilo očigledno otkako se rodio. Prohodao je sa šest meseci! Kao i tebi, većini njegovih vršnjaka bilo je potrebno godinu dana.

Zašto ne možeš da budeš sestra koja je podrška, kao princeza En? Uvek si bila ljubomorna na brata i nikad nisi razumela šta znači naporno raditi. Dozvolila si da ti privatno obrazovanje isklizne kroz prste... prste koji su završili čisteći tuđe klozetske šolje.

Svaka ti čast. Gotovo si uništila sve za šta je vredno radio. Kažem „gotovo". Neće da me sluša. Ali ovo ti je poslednja prilika da uradiš pravu stvar i skloniš se od njega. Kaži svom bratu da se vrati u klub, da zaboravi tu smešnu ideju o *studiranju. Najverovatnije će se obrukati. Učenje nikad nije bilo Loganova jača strana.*

Žalim što su odnosi između nas tako loši, Matilda, ali dođe trenutak kad roditelj treba da misli kako da sačuva svoj zdrav razum, i da prizna kako ne može više ništa da uradi. Nisi se trudila da imaš dobre ocene u vrlo skupoj školi u koju sam te poslala, niti da se družiš sa ostalim devojčicama. Svako dete na početku ima probleme, na nekom novom mestu, ali ti nisi ni pokušala da se uklopiš. Rekla si da je to zlostavljanje, ali žalila si se i na skupe letnje kampove u koje sam te slala, i želela si da umesto toga dangubiš kod kuće. Nisam vaspitavala ćerku da odbaci tako sjajne prilike i napusti školu da bi živela sama, u nekoj bednoj garsonjeri, a da me prethodno nije obavestila. Sve te stvari su tvoja krivica.

Logan neće da razgovara sa mnom. On je dobar čovek i ne zaslužuje sve ove nevolje, niti da ga sestra izneveri.

Prilažem ček. Trebalo bi da ti bude dovoljno da odeš iz Mančestera i iz njegovog života. Ako ne možeš da se ponašaš pristojno, uradi to za novac. Nema potrebe da mi šalješ svoju novu adresu.

Klarisa

Pismo joj je ispalo iz ruku, na sto. Nije mogla da diše. Sagnula se, držeći se za glavu. Sve joj se na tren zacrnelo. Pomerila je stolicu i otrčala na sprat, i ispovraćala se svom silinom u klozetsku šolju. Pustila je vodu i pala na pod kupatila, dok su joj suze tekle niz obraze.

Mama je verovala da je Tilda takav ološ da može da je isplatiti? Krivila je Tildu za odluku koju je Logan doneo, govoreći da je izneverila brata, što je odgovaralo onome što je Tilda, iz drugačijih razloga, mislila o sebi. S mukom je sišla u prizemlje i krenula prema kuhinjskom kredencu gde je sakrila vino. Gurnula je ruku unutra i izvadila ga, uzela šolju i krenula ka dimom zahvaćenoj dnevnoj sobi. Nakon što je navukla sveže oprane zavese, sedela je u polumraku. A onda je odvrnula čep na boci i napunila šolju do vrha. Vino se prolilo sa strane dok je šolju brzo prinosila usnama.

31.

Tilda se probudila suvog grla, s paklenom glavoboljom. Isključila je budilnik i okrenula se. Sunce je prodiralo između zavesa. Zbog tako vedrog vremena, punog nade, osećala se još gore. Ništa nije moglo da je natera da ustane danas.

Mama je iskreno verovala da je uradila sve kako bi pomogla svojoj ćerki da ostvari svoj potencijal. Videla je zlostavljanje u školi kao Tildinu krivicu jer se nije uklopila. Mama je iskreno verovala da će Tilda pokušati da uništi Loganov život. Najgore od svega, deo pisma koji ju je najviše zaboleo, čak gore od nuđenja novca, bio je potpis. *Klarisa.* Da li je to značilo da Tilda više nema nijednog roditelja? Nije trebalo da se brine zbog toga, ali jecaj joj se oteo iz grudi i zarila je lice u prekrivač, vraćajući se u nemiran san. Na kraju ju je probudilo kucanje. Bilo je devet.

– Tilda? Da li je sve u redu? Doneo sam vam šolju čaja.

Sranje. Ustala je iz kreveta i zgazila na nekoliko komada čipsa i papirića od čokoladica na podu, pored upotrebljenih papirnih maramica, i otišla je na drugi kraj sobe. Pogledala je svoj odraz u ogledalu dok je išla ka vratima. Kakav nered. Nije marila. Majlo je zainteresovan za Džez. Nije morala da se trudi da ga zadivi. Otključala je vrata i odškrinula ih tek toliko da uzme šolju.

– Izvinite, Majlo. Nije mi dobro. Užasna glavobolja. – Dala mu je poslovni telefon. – Da li biste mogli da proverite poruke i vidite ima li nečeg hitnog?

– Naravno... – rekao je, nakon duže pauze. – Dozvolite da vam donesem nešto za jelo.

– Poješću limenku supe, ili dvopek, kasnije, ali hvala. Ostavite telefon na kuhinjskom stolu kad budete išli na sastanak *Anonimnih alkoholičara.* Verovatno će mi biti bolje popodne.

– Želite li da ostanem?

– Ne. Dobro sam. Hvala vam za čaj. – Tilda je odlučno zatvorila vrata. Vratila se u krevet i popila veliki gutljaj čaja, a onda ponovo legla. Zatvorila je oči. Pobesnela je zbog toga koliko je malo vere mama imala u Logana, koliko je sumnjala u njegovu odluku da napusti fudbal i prezrivo odbacivala njegovu sposobnost da stekne diplomu. Začulo se neko grebanje po vratima, sa spoljne strane. Tilda je ponovo ustala. Otvorila je vrata. Detol je jurnula i skočila na krevet. Tilda se ponovo zavukla ispod pokrivača. Mačka je prišla do njene glave, smestila se i počela da gnječi jastuk šapama, glasno predući. Tilda nije reagovala, i dalje je razmišljala o tom pismu, i kako je mama želela da je isplati, kao da je neka zločinka.

Mala njuška joj je dodirnula nos, i Detol joj je liznula vlažni obraz.

– Plačljivice jedna – promumlala je Tilda. Pomilovala je Detol ispod brade, šmrcnula i sela, jer je nisu svi smatrali neprijateljem. Sagnula se pored kreveta i uzela najbolji lek za raspoloženje... gomilu omiljenih fantastičnih knjiga. Sagnula se i izvadila još, ispod kreveta, a onda ih pregledala, osećajući naklonost prema požutelim stranicama i ofucanim koricama. *Eragon, Gospodar prstenova, Severna svetlost, Čuvar zmajeva*, knjige o Narniji i Hariju Poteru i, naravno... *Poslednji jednorog*. Kako je mogla da zaboravi tu lepotu? Čarobna priča u kojoj jednorog, Gospa Amaltea, kreće na put da bi otkrila da li je stvarno poslednja od svoje vrste.

Tilda je uvek sanjala da će upoznati druge Tilde – svoje pleme koje će je razumeti, koje neće misliti da je nešto previše ili premalo, kao ostali ljudi. Previše ćutljiva, previše povučena, previše uredna, premalo iskrena, premalo seksi, Šejn joj je rekao to nakon što joj je kazao kako se nikad neće udati. Možda te ostale Tilde ne moraju da budu ljudska bića. Detol se ponašala kao da je Tilda sve što joj je potrebno – hranitelj, čuvar i osoba koja je golica po pravim mestima.

Neko je ponovo pokucao na vrata. Tilda je pogledala budilnik. Dvanaest do dvanaest.

Majlov glas se začuo kroz vrata. – Idem na sastanak. Da li vam treba nešto pre nego što odem? Želite li da kupim nešto? Paracetamol?

– Ne. Osećam se... malo bolje. Možda se istuširam. Vidimo se kasnije.

Čekala je dok nije čula zatvaranje sporednih vrata u prizemlju, i onda je otišla u kupatilo. Nakon tuširanja je navukla široku majicu i donji deo trenerke, nevoljno je očetkala kosu i nahranila Detol. Izvadila je jogurt iz frižidera, a onda sela za sto s ličnim telefonom. Dobila je obaveštenje sa *Mesendžera*. Otvorila je Loganovu prepisku. Tu se nalazila Rajlina fotografija. Tilda je morala da se osmehne. Bratanica je sinoć napravila papirni šešir, nadahnuta izletom. Bio je to trorogi šešir prekriven cvećem, koji joj je padao na oči i uši.

Tilda je prešla prstom preko fotografije, pustila hladnu vodu i popila čašu soka, odmah znajući šta mora da uradi nakon pisma primljenog od *Klarise*. Ostavila je napola pojeden jogurt, brzo obula patike i uzela ključeve. Detol je istrčala u dvorište ispred nje, a Tilda je zaključala vrata za sobom.

Trčeći što je brže mogla, stigla je do drugog kraja Kraučdena za dvadeset minuta. Sva oznojena, usporila je kad je ušla u prometnu ulicu i prošla pored prodavnice mešovite robe. Jedan krupan prodavac stajao je na vratima, sumnjičavo gledajući mušterije. Nastavila je dalje i skrenula u Čerč roud. Kad je prošla kroz groblje, stigla je do crkve, zgrade od sivog kamena.

Ovo je možda loša ideja. Poželela je da ode, ali neka žena koja se spremala da zatvori crkvena vrata je ugledala Tildu. Imala je mnogo kikica na glavi i alku u nosu.

– Ulazite? – pitala je.

Tilda je oklevala.

– Makar popijte čašu vode, izgledate kao da vam je tečnost potrebna više nego mojim sobnim biljkama koje uvek uspem da ubijem.

Stežući pesnice, Tilda je ušla. Na stolu desno od zatvorenih vrata, nalazio se bokal s vodom i čaše. Žena je sipala Tildi vodu i dodala joj čašu.

– Tokom pauze imaćemo tople napitke i keks, ali donela sam vodu jer je danas vruće. – Žena je otišla do vrata. – Ima slobodnih mesta pozadi i ne morate da govorite, niti da kažete svoje ime... Niste ranije bili ovde, zar ne?

Tilda je odmahnula glavom. Želudac joj se suviše zgrčio da bi mogla da popije vodu i spustila je čašu na sto, i krenula za tom ženom. Niko se nije ni najmanje zainteresovao za nju, bili su suviše obuzeti slušanjem nekog muškarca koji je sedeo na stolici ispred, okrenut licem ka svima. Na sebi je imao fudbalski dres i bio je okružen polukrugom stolica. Sela je tiho, tri reda iza, zadovoljna zbog osećaja nevidljivosti.

– Dakle, to je moja priča i razlog zbog koga sam veoma zahvalan *Anonimnim alkoholičarima* – rekao je. – Dobro. Imamo li nove ljude danas?

Jedan mladić s desne strane podigao je ruku. Tilda je pognula glavu.

– Dobro došli – kazao je muškarac u fudbalskom dresu. – Još neko?

Svi su ćutali. Trajalo je nekoliko trenutaka. Tilda se vrpoljila na stolici.

Muškarac koji je sedeo ispred, progovorio je ponovo. – Dobro, moj savet je da samo slušate, u ovom trenutku. Možda nećete moći da se identifikujete sa svim što su ljudi možda doživeli, ali možda ćete saosećati. Ovde smo da vam pomognemo. – Pogledao je naokolo. – Dobro. Hajde da krenemo.

– Zovem se Džordži i alkoholičar sam – začuo se jedan nestrpljiv glas s leve strane.

– Zdravo, Džordži – jednoglasno su odgovorili prisutni.

Tilda se nagnula u stranu i uočila jednu tridesetogodišnjakinju, u tesnoj majici, uredno frizirane kratke kose.

– Prošlog vikenda sam bila na velikom porodičnom okupljanju. Nisam se radovala tome. Uvek sam bila crna ovca. To je prvi porodični događaj na kojem sam bila otkako sam prestala da pijem prošle godine. – Osmehnula se. – Sad sam trezna osam meseci i četiri dana.

Svi su se osmehnuli.

– Otišla sam pripremljena. Postavila sam granice. Ako me bilo ko bude omalovažavao, uvežbala sam šta da kažem, i rekla sam sebi da ću imati puno pravo da odem. – Glas joj je zadrhtao. – Toliko sam zahvalna *Anonimnim alkoholičarima*. Pomogli su mi da shvatim kako sam pila da bih se uklopila – i da nisam morala, da je u redu da budem takva kakva sam. – Izvadila je papirnu maramicu i obrisala je nos. – Mama je prva počela. Pitala me je zašto ne pijem. Rekla mi je da sam „manje zabavna nego inače" kad nisam pijana.

Tilda je mirno sedela i upijala svaku reč.

– Pitala me je da li sam našla pristojan posao, umesto što se glupiram sa umetnošću, iako sam vredno radila u prodavnici suvenira da bih platila račune i unapređena sam u nadzornicu. – Džordži se osmehnula. – Uspela sam, ljudi... oduprla sam se sukobima i potrebi da opravdavam sebe. Jednostavno sam joj rekla da, ako ne može da me podrži, ne želim da razgovaram s njom. Za ručkom sam sedela kraj rođake s kojom sam se uvek slagala, a onda sam otišla ranije. Dakle... hvala *Anonimnim alkoholičarima*. Ovi sastanci su mi dali snagu da ne pijem, da... ali i da zahtevam poštovanje koje zaslužujem. To je velika stvar.

Jedna starija žena kraj Džordži potapšala ju je po ruci. Neki muškarac se okrenuo i verovatno osmehnuo, jer mu je Džordži uzvratila.

Svi su ponovo zaćutali. A onda kašalj. – Zovem se Majlo, i alkoholičar sam.

– Zdravo, Majlo – odgovorili su prisutni.

Tilda se okrenula da pogleda ka drugom kraju svog reda, skroz ulevo. Majlo ju je pogledao u oči. Iskolačio je oči. Obraza vrelijih od julskog sunca, uputila mu je osmejak. Izraz lica mu se nije promenio na tren, a onda joj je uzvratio osmeh.

– Poslednjih nekoliko nedelja bilo mi je vrlo teško, ali i sve se završilo pozitivno – rekao je Majlo, okupljenima, dok mu je glas podrhtavao. – Snaga *Anonimnih alkoholičara*, ovih sastanaka – telefonski razgovori sa sponzorom su se proredili, ali ipak mi je nudio saosećanje kad sam zvao – sve mi je to pomoglo da ne pijem kad su se stvari raspale, kad sam završio kao beskućnik pre nekoliko meseci... Ali život mi se odnedavno promenio. I to zbog jednog dobrog dela koje mi je učinjeno, što je na mnogo načina uticalo na moj život. Jedno delo čija je važnost samo rasla.

Tilda je zasuzila kad ju je pogledao u oči, pre nego što je nastavio.

– To nije bilo mirno putovanje. Bio sam prinuđen da više razmišljam o svojoj porodici. – Uzdahnuo je. – O ovome sam dosad pričao samo svom sponzoru... Pretpostavljam da sam možda nešto pomenuo ovde, ranije, kad sam pričao o sebi, kazao sam da je nesreća koja se dogodila mojoj sestri bila okidač za moju zavisnost. Ali spreman sam, sad, da ispričam sve. Shvatam da se nikad neću oporaviti u potpunosti, da će senka alkoholizma uvek vrebati, osim ako ne budem pričao o tome. – Progutao je pljuvačku. – Grejs je bila najbolja sestra. Zabavna, brižna, ljubitelj životinja, plesačica. Grejs je uvek delila čokoladu.

Ostali su se osmehnuli.

– Jednog vikenda, mama i tata su otputovali... moj stric nas je čuvao. Nije imao dece, ali imali smo deset i osam godina, nismo bili tako mali. Čuvao nas je ponekad, naručivao nam picu i gledali smo filmove. Tog vikenda je rekao da možemo da idemo sami u prodavnicu, do glavne ulice, i kupimo sebi šta želimo iz poslastičarnice i restorana s brzom hranom. Kazao je da sam ja glavni i da je moj posao da čuvam Grejs. Kasnije se ispostavilo da je dogovorio da mu dođe devojka i da je želeo da nas istera iz kuće. – Zastao je. – Bili smo tako uzbuđeni. Osećao sam se odraslo. Nikad ranije nismo smeli sami da idemo u prodavnicu. Čvrsto sam je držao za ruku, bilo je dosta automobila. Naleteli smo na grupu dečaka iz škole, starijih od mene. Razgovarao sam i smejao se s njima. Nisam primetio da mi je Grejs pustila ruku. Jedan svedok je kasnije rekao da je videla novčanik na putu. Otrčala je da ga podigne. Grejs je uvek htela da pomogne i verovatno se nadala da će pronaći vlasnika. Kočnice su zaškripale. Ugledao sam Grejs, skamenjenu, kako zuri u vetrobransko staklo kola koja dolaze. Potrčao sam pravo prema njoj, ali bilo je prekasno. Kola su mi zasekla šaku, tako sam zaradio ovaj ožiljak... – Zurio je u svoju šaku. – To je stalni podsetnik na to kako sam izneverio sestru. – Progutao je knedlu. – Mama i tata su bili skrhani. Krivili su za sve mog strica, rekli su da sam dete i da nije trebalo da me proglasi za glavnog. Ali ja nisam mogao da oprostim sebi, nisam mogao da gledam... da osećam njihov bol. I zato sam, sa šesnaest godina, napustio kuću. Nikad se nisam vratio. I dalje imam košmare o tom događaju. Ali... – Obrisao je oči – osoba kod koje sad živim, ona koja je bila ljubazna prema meni, navela me je da shvatim da nije prekasno da se ponovo povežem s nekim koga sam mnogo voleo. Pozvaću mamu i tatu. – Ispravio se na stolici. – Mnogo sam vam zahvalan. Nema šanse da bih bio ovde bez *Anonimnih alkoholičara*... ili da jesam, bio bih potpuno sluđen.

O, Majlo. Da je Tilda samo znala, da je nekako dokučila, iako je on skrivao istinu, da mu je sestra zapravo mrtva... Tilda je samo želela da ga zagrli. Prvo, morala je da sasluša još nekoliko ispovesti, svaki put zaprepašćena koliko deli osećanje očaja, beznađa i gađenja prema sebi, svakodnevnu borbu da se ostane trezan tokom teških trenutaka, razna sredstva koja su koristili, uprkos različitim putevima koji su ih doveli do alkoholizma. U više priča su pomenuti porodični problemi, i setila se terapije kad joj je rečeno da je njena reakcija na situaciju glavni problem. Moćna spoznaja, jer nikad nije mislila da je promena moguća.

Zato je došla danas. Od nje je zavisilo da li će dozvoliti da je mamino pismo odvuče na dno.

Muškarac na stolici objavio je petnaestominutnu pauzu za osveženje. Tilda je ustala i otišla do broda crkve. Nekoliko članova krenulo je pravo napolje sa elektronskim i običnim cigaretama. Majlo je, konačno, izašao kroz pokretna vrata. Žena s kikicama ga je udarila u mišicu i podigla palčeve. Nakratko su razgovarali, a onda ga je neko zagrlio. Tilda je krenula tamo, propela se na prste i čvrsto ga zagrlila.

– Bravo. To nije bilo lako – kazala je.

– Začudo, osećam se... mnogo lakše. Olakšanje je počelo čim sam progovorio.

– Sad shvatam zašto si se naljutio na mene, pre požara, kad si prosuo moje vino kroz prozor. Pričala sam o tome kako sam izneverila Logana jer nisam bila tu. Ali i dalje je imao život, postigao je mnogo toga... sad razumem zašto si mi rekao da budem zadovoljna kako je sve ispalo. Za razliku od Grejs, moj brat je i dalje živ.

– Nije trebalo da se naljutim, Tilda. Žao mi je. Psihička patnja nije nešto što može da se upoređuje.

Otišli su do stola i uzeli kafu.

– Riđokosa devojka, s fotografije iz tvog ranca... Mislila sam da ti je to ćerka, ali to ti je sestra, zar ne?

Klimnuo je glavom.

– Izgledala je divno... tvoja slika i prilika. Zar te nije rad u noćnim klubovima stalno podsećao – mladi koji plešu svake noći – na nju i ono što si mislio da je propustila? Mislim, ako te je šou za pronalaženje talenata toliko uznemirio...

– Možda sam, baveći se tim poslom, kažnjavao sebe na neki uvrnut način. – Majlo je odmahnuo glavom. – Bez *Anonimnih alkoholičara*, potpuno bih poludeo. – Lice mu se razvedrilo. – Ponosan sam što si došla danas. Detol je jutros ušla u dnevnu sobu, ušao sam i pronašao tu vinsku bocu, kraj pune šolje, prve koju si sipala, kako je izgledalo. Bila si blizu, zar ne, ali nekako je nisi popila?

– Vrlo blizu – šapnula je. – Umesto toga, sedela sam čitave noći u svojoj sobi, jedući kojekakvo smeće, pijući kafu i plačući.

– Video sam pismo... ali ga nisam pročitao. Da li to ima veze s tim?

U tom trenutku prišao im je jedan grmalj, viši čak i od Majla. Potapšao ga je po leđima. – Divna ispovest, ortak. Svaka čast.

Majlo je uočio nekog i mahnuo i... *Džez* je došla? Pokazala je Majlu podignute palčeve i onda se zaustavila kad je videla Tildu.

– Nisam znala... – kazala je Džez.

– Ni ja za tebe – odgovorila je Tilda.

– Zaprepastila sam se kad sam videla Majla u *Vetrenjači*. Poznajemo se preko *Anonimnih alkoholičara*.

Majlo je otišao da uzme keks.

– Sad mi je jasno zašto ste vas dvoje zajedno – rekla je Tilda. – Srodne duše i tako to.

– Zajedno? – Džez se namrštila.

– Pa... izlazak u utorak... Majlo je prenoćio? – Tildine uši su se zažarile.

Džez je otvorila usta, a onda se nasmejala. – Jao meni, Tilda, nema teorije! On mi je više kao stariji brat... – Počela je da šapuće.

– I to vrlo naporan. – Široko se osmehnula. – Dobar je momak. Preko humanitarne organizacije za koju radim u slobodno vreme, držim govore o zavisnosti i imala sam ih u omladinskim klubovima ove nedelje. Osoba s kojom sam to radila u utorak – koja je htela da ispriča svoju priču – naglo je odustala, tako da se Majlo ponudio da je zameni. Ostali smo čitave noći zbog neke krize – naše priče su podstakle jednog klinca da prizna kako ima problem s drogom. Roditelji su došli po njega, i razgovarali smo o svemu. Prošla je ponoć kad smo završili i bili smo baš iscrpljeni. Živim blizu i ponudila sam Majlu svoju sofu. Očigledno, *Anonimni alkoholičari* su anonimni, ne pričamo ostalima o drugim članovima, tako da Majlo ne bi mogao da ti ispriča kako me poznaje i zašto se sastajemo.

Džez i Majlo nisu u šemi? To je značilo... Zadovoljstvo je prošlo Tildinim telom kao što joj se nikad nije događalo od alkohola.

Majlo se pojavio s pakovanjem keksa. – Jesam li propustio nešto? – pitao je.

Džez je namignula Tildi. – Ne. Ništa značajno. Dobro, moram u toalet pre nastavka. – Otišla je.

Žena s pirsingom je prišla i uzela jedan keks. – Ostajete li za nastavak? – pitala je Tildu.

Tilda je pogledala po prostoriji, osećajući se kao ono što stvarno jeste... jedna od njih.

– Da – rekla je i uzela keks.

32.

Tilda i Majlo su ručali u dvorištu. Pijuckala je kolu, Detol joj je bila kraj nogu, a nekoliko komadića tunjevine ostalo je na zemlji. Razgovarali su o nepopustljivoj julskoj vrelini i čak toplijem avgustovskom vremenu. Na kraju je ćaskanje zamrlo, a zamenio ga je zvuk saobraćaja.

– Pismo je napisala mama – naglo je rekla Tilda.

Majlo je prestao da jede. – Šta je želela?

Sve je pokuljalo iz nje... mamine optužbe, njeno mišljenje o Tildinoj teškoj prošlosti.

– Ali bila si zlostavljana u školi – rekao je i spustio kolu na zemlju. – Kako ne shvata to? Zašto joj prvi instinkt nije da te zaštiti?

– Nemam predstavu. Baka je jednom rekla nešto slično, kad me je mama jednom ostavila kod nje za vreme letnjeg raspusta, na kraju prve godine. Mama je kazala da je ženama, da bi uspele u životu, potrebna čvrstina i da su devojke koje su naučile da se snalaze uradile to u internatu, i da i ja moram to da uradim. Nikad nisam videla baku tako ljutu. – Zagrizla je sendvič. – Nisi čuo najbolji deo. – Ispričala mu je za ček.

– *Šta*? – rekao je i skočio na noge, obarajući kolu.

Tilda se široko osmehnula. To je bilo jače od nje. Ali opet, podjednako brzo, suze su joj potekle. – Zašto njoj nije stalo koliko tebi?

Majlo je čučnuo kraj nje, zagrlio ju je oko struka. – Ne muči sebe onim što je moglo da bude. Radio sam to godinama zbog sestrine nesreće. Zašto se to dogodilo? Zašto je život toliko nepošten? Zašto ona? Zašto ne ja? Šta da taj novčanik nije bio tamo? Shvatam sad da ne mora sve da ima objašnjenje ili odgovor. – Obrisao joj je suze prstom. – Šta ćeš da uradiš s novcem?

– Ne znam. – Da li da kaže Loganu za ček, za sve što je majka rekla? Šmrcnula je. – Nakon poslednjeg pisma, uz ona koje Logan i ja nikad nismo dobili kad smo bili deca, setila sam se još jednog koje mi je promenilo život. – Oklevala je. – Dođi gore na tren. – Majlo je krenuo za njom u kuću. Tilda je otišla do svoje spavaće sobe i zastala ispred vrata. Obliznula je usne. – Uđi – promrmljala je. – Pazi da se ne sapleteš. Moram da očistim pod.

– Samo ako želiš da uđem. To je tvoj privatni prostor.

– Ja... više mi nije potreban nered. Želim da izložim svoje knjige i složim odeću. Rajli jedva čeka da me odvede u kupovinu odeće veselijih boja. – Osmehnuli su se jedno drugom. – Nikad neće biti besprekorno čista, ali počinjem da prihvatam da je to u redu, da ne moram da sakrivam nered. Život je neuredan i pretpostavljam da je normalno da moja soba, moja kuća, ponekad to odražava. – Pokazala je na krevet. – Sedi. – Zadržala je dah, gledajući ima li na njegovom licu nezadovoljstva zbog pribora za higijenu i odeće na krevetu.

Umesto toga, samo je raščistio mesto, seo i oduševio se kad je uzeo njenu knjigu. – *Poslednji jednorog*? Čoveče, nisam to čitao od srednje škole. – Listao ju je dok je Tilda pretraživala fioke. Kad je nameravala da odustane, ponovo je pogledala gornju fioku. Lice joj se ozarilo i izvadila je izgužvano pismo.

Sela je na krevet, kraj Majla, a on je spustio knjigu sa strane. – Da li si napisao pismo alkoholu? – pitala je.

– Šta?

– To je nešto što su nama savetovali tokom terapije. Oproštaj. Neki ljudi su se zahvalili alkoholu na podršci, ali rekli da im više nije potreban. Drugi su pisali kao da je alkohol stari otrovni prijatelj i objasnili, sasvim jasno, zašto ne žele da ga ponovo vide. Sve je to izgledalo glupo, ali u stvari je mnogo pomoglo i učinilo me odlučnijim.

– Kakvo je bilo tvoje?

Tilda mu je dodala pismo. – Pročitaj ga, ako želiš. Nakon nekoliko nedelja bez alkohola, uvidela sam koliko toga mi je alkohol oduzeo. Sigurno mi nikad nije bio pravi prijatelj. Bio je dvoličan, uvek mi je govorio da će sve biti bolje nakon sledećeg gutljaja.

Majlo je sedeo ćutke i okrenuo drugu stranu da pročita do kraja. Kad je završio, ona je uzela pismo. – Dok sam te slušala danas, kad si pričao o svojoj sestri... reci mi ako preterujem, Majlo, i izvinjavam se ako je tako... ali ne mislim da ti treba da napišeš pismo alkoholu. – Tilda se brinula kad se tek uselio, ali iz dana u dan, sve više je verovala u njegovu trezvenost. – Poslednjih nekoliko meseci pokazalo je koliko je jaka tvoja rešenost da ne poklekneš. Izdržao si gubitak doma, gubitak posla. Pregurao si to.

– Uz pomoć i ljubaznost drugih. – Nežno ju je munuo telom, postrance.

Dah joj je zastao, samo nakratko, zbog fizičkog kontakta od koga joj se ubrzao puls.

Okrenula se ka njemu. – Moraš da napišeš pismo svojoj sestri. Oproštajno pismo za Grejs, u svetlu nesreće.

Majlo je podigao obrve. – Grejs? Ali ne bih znao odakle da počnem.

– Ispričaj joj o svom sadašnjem životu.

– Ali...

– Šta može da se dogodi? Napravio si prvi korak, na sastanku. Veoma mi je žao, Majlo, zbog svega što si prošao. Ona mi izgleda kao divna devojčica. Nadam se, duboko u sebi, sad kad je prošlo dosta vremena, sad kad si stariji, da sad shvataš kako su tvoji roditelji bili u pravu i da tvoj stric nikad nije smeo da vas pusti same. Već si zaključio, kao što si mi rekao, da se sve stvari ne mogu objasniti. Možda sad možeš prestati da mučiš sebe.

– Napiši pismo svojoj sestri.

– Prestani da bežiš, Majlo.

– Konačno se suoči s njom.

Tilda je uzela beležnicu sa stočića, a onda pronašla olovku. Otvorila ju je, iscepila prazan list i dala ga Majlu, koji je sedeo na krevetu, i pružila mu beležnicu kao oslonac. Potapšala ga je po ramenu.

– Idem da spasem naše sendviče od osa – kazala je i otišla.

Dva sata kasnije, Majlo je i dalje doterivao pismo. Sendvič mu je nepojeden ostao na krevetu. Tilda je radila u prizemlju, donoseći za oboje hladna pića. Zatvorila je laptop kad je začula korake na stepenicama. Ušao je u kuhinju i dao joj list papira.

– Jesi li siguran da želiš da ga pročitam? – pitala je nežno Tilda.

– Da. Ti i Grejs biste se slagale, znaš? – Seo je na stolicu kraj nje. Spustila je pismo na sto, između njih, i uhvatila ga za ruku. Priljubio se uz nju.

Najdraža Grejs,

Zdravo. To sam ja, Majlo. Nedostaješ mi. I jesi, svakog dana, poslednjih dvadeset godina. Sada bi imala dvadeset osam godina, kao moja prijateljica Tilda. Znaš li da se Džulija pojavila u nekoj TV emisiji za talente? Vas dve ste mnogo volele ples. Izluđivalo me je kad je pesma benda Grls alaud treštala iz tvoje sobe, a kuća vibrirala od vaših pokreta.

Radio sam dugo u noćnom klubu i zamišljao sam te kako plešeš s društvom, možda s momkom... ili devojkom. Tako mi je žao, Grejsi, što te nisam spasao. Nije trebalo da razgovaram s tim starijim momcima, ali bio sam polaskan što su se zaustavili, želeo sam da ih zadivim. Nikad to nisam ranije priznao. Moja prijateljica, Tilda, krivi sebe što je izneverila brata i nije uočila da on ne želi da bude fudbaler. Ali kao autsajder, ja lako vidim da nije ona bila kriva. Nije mogla da zna, u datim okolnostima. A ja sam pokušao, u poslednje vreme, da takođe budem autsajder i tako posmatram svoj život, tvoju nesreću. Stric Kal nije trebalo da nas pošalje same. Imao sam samo deset godina. Da se ti dečaci nisu zaustavili i da novčanik nije bio na ulici, ništa od ovoga se ne bi dogodilo.

Drugim rečima, ponekad se događaju sranja nad kojima nemamo kontrolu.

Nikad neću zaboraviti kako sam te držao u naručju, boja ti je napuštala obraze, a ja sam te drmusao, preklinjao te da ostaneš budna. Kako si mi, sasvim očekivano, nekoliko trenutaka pre nego što si umrla, sestrice moja, uputila širok osmeh, sa suzama u očima, i klimnula si glavom kao da si znala šta sledi. Bila si tako hrabra da mi je to iskidalo srce na komadiće.

Neću da kažem da sam te izgubio, jer srećne uspomene su i dalje u meni, svakodnevni podsetnici na tebe. Kad ostane samo jedan keks u tegli, u glavi se borim s tobom za njega. Sećaš li se kako smo se oboje grabili da ga uzmemo, mama je kolutala očima i lomila keks nadvoje? Kad god vidim crvendaća, setim se koliko si bila uzbuđena za Božić; uvek si mi ukazivala kako se crvena boja na grudima te ptice slaže s Deda Mrazovom odećom. Ako uočim kolonu mrava, setim se kako smo hodali tamo-amo pretvarajući se da smo mravi; rekla si da mora da je divno provesti život s mnogo prijatelja, kao oni. Jednom smo se igrali na livadi pored kuće, i neka deca su gazila kolonu mrava koja se pojavila iz zemlje. Odgurnula si tu decu i zaštitila ostale mrave dok se nisu bezbedno sklonili u žbunje.

Svi ti znaci, Grejs, govore mi kako nisi mrtva. Ne sasvim.
Uvek ćeš biti deo mog života.
Nikad te neću zaboraviti.
Volim te.
Majlo xxxx

Suze su potekle niz Majlove obraze. I Tilda je zaplakala.

– Predivno je – kazala je.

– Moram da izađem na svež vazduh – prokrkljao je.

Tilda ga je uhvatila za ruku i povela u dvorište. Njih dvoje su stajali na suncu koje im je sušilo suze svojim zracima. Detol je izašla i zagledala se u zemlju, kraj jedne od stolica. Tilda i Majlo su pratili mačji pogled.

Na mestu gde je Majlo prosuo sok, pojavili su se mravi. Gledao ih je nekoliko trenutaka, pre nego što je podigao pogled prema nebu. Osmeh mu je prešao preko lica.

33.

Tilda se probudila i protegla. Majlo je ćutao juče nakon što je napisao pismo Grejs, jedva čekajući da se izgubi u obavezama radnog petka organizujući nekoliko razgovora za narednu nedelju, dok su njih dvoje nastavljali s planovima za širenje *Rajt čišćenja*. Primiće samo još jednu osobu, dok ne vide efekte letaka, ali zasad su stvari bile pozitivne. Sigurno se povećao broj telefonskih poziva potencijalnih klijenata.

Buka đubretarskog kamiona prigušila je gugutanje golubova ispred njenog prozora. Ona i Majlo su se dogovorili da ustanu rano, iako je bila subota, i preskoče trčanje, kojim su sad često započinjali dan, kako bi spremili dnevnu sobu za preuređivanje.

Iako je bila subota. Pre nekoliko nedelja, Tildi je bilo normalno da ustaje u zoru, bez obzira na to da li radi ili ne.

Logan i Rajli će doći za dva sata da pomognu. Tilda je iskočila iz kreveta i razmakla zavese, i ugledala nebo koje je bilo plavo kao leptir koga je videla sinoć u dvorištu. Ona i Majlo su sedeli i uživali u hladnom piću nakon posla, i jeli su tortu od manga koju im je Anuška donela. Sledeće nedelje ide na krstarenje, i rekla je da samo želi da se oduži Tildi na ljubaznoj ponudi da je odveze na aerodrom.

Beležnica koju je Majlo pozajmio privukla joj je pogled, nalazila se na stočiću s desne strane. Kakvih je to nekoliko meseci bilo. Prvi put posle... ko zna otkad, zamišljala je kako seda u avion i leti do nekog opuštajućeg, egzotičnog ostrva, daleko od mančesterske vreve. Osim što to ne bi bilo mirno, jer srećna slika koja joj je došla u misli uključivala je i Rajli, koja pliva i maše iz mora, pored Logana, koji pluta na leđima, sunčajući se, i Majla koji pije bezalkoholne koktele, odeven u havajsku košulju i s naočarima za sunce.

Nešto joj je palo na pamet.

Pre nego što je stigla da se predomisli, poslala je Loganu poruku. Odgovorio je odmah nizom smajlija i pojavio se pre nego što je dogovoreno. Tilda i Majlo su završavali doručak. Rajli je uletela u kuhinju i pomazila Detol, pre nego što je stala ispred Tilde, prekrštenih ruku.

– Tatica je rekao da imaš iznenađenje, ali nećeš da kažeš kakvo. Šta je to? – Počela je da skakuće i pljeska rukama.

Majlo je podigao obrvu. – Nadam se da uključuje i mene. Volim iznenađenja.

Tilda je namignula Loganu. – Uključuje. Predomislila sam se u vezi s današnjim preuređenjem. Svi zaslužujemo mali odmor. Tvoj tata je spakovao tvoj kupaći kostim i mišiće za ruke, Rajli, jer idemo na plažu Lidam!

Zacičala je i dotrčala do Tilde i zagrlila je oko vrata. Tilda je odmakla bratanicu, smejući se, ne prihvatajući zdravo za gotovo naklonost koja joj je u životu nedostajala.

– Da li i ja mogu da ponesem pojas na naduvavanje? – pitao je Majlo i napravio smešnu grimasu. Rajli se zakikotala.

– Moraš da obučeš kupaći kostim ispod odeće, Rajli, i onda ćemo napraviti piknik – kazala je Tilda. – Tvoja dužnost biće da namažeš maslac na hleb. Imamo čips i sokove, tortu od manga koju je donela komšinica Anuška, a sigurna sam da će biti mnogo sladoleda na plaži.

– Opalac! – Rajli je uhvatila Tildine šake i insistirala da ova ustane i pleše. Logan je izvadio telefon, malo oklevao, a onda pustio pesmu „Doctor Pressure“. Prišao je Tildi i Rajli.

– Sećaš li se? – pitao je stidljivo sestru.

– Kako bih mogla da zaboravim? – Uhvatila ga je za ruku.

– Grejs je volela tu pesmu – rekao je Majlo i glas mu je zamro. – Izluđivala me je, a ona i Džuli su je stalno puštale i plesale uz nju.

– Ko je Grejs? – pitala je Rajli, pustila je tatu i tetku i otišla do njega.

– Moja... sestra. Ona je... imala nesreću pre mnogo godina. Mnogo mi nedostaje.

Rajli je nakrivila glavu. – Onda ti i ja treba da plešemo. Ona bi želela to. To bi je zasmejalo, kako plešemo uz pesmu koju si ti mrzeo a ona volela.

Majlove oči su zablistale. – Malena, potpuno si u pravu.

– Nisam tako mala! – pobunila se kad je on ustao. – Ti si mega-visok.

Logan se nasmejao. – Izvini, ortak. U pravu je.

Rajli je uhvatila Majla za ruke, pomerila ih levo-desno, a Detol se protegla i ležala je na podu, na suncu, daleko od ludila ljudi. Kad su se svi smirili, Tilda i Rajli su počele da prave sendviče. Ona i Majlo su obukli kupaće kostime i spakovali peškire. Pošto je bio roditelj, Logan je poneo mnogo kreme za sunčanje. Ponudio je da ih odveze. Majlo je rekao da će sedeti pozadi s Rajli. Tilda ga je povremeno gledala, u retrovizoru sa suvozačke strane. Nakon što je konačno progovorio o Grejs, možda ga je vreme provedeno s Rajli podsećalo na sestru.

– Imam dobre vesti u vezi sa svojom karijerom – kazao je Logan, dok se Tilda pitala kako da mu saopšti za majčino pismo. Skrenuo je na auto-put i prava deonica se pružala pred njima. – Uprkos tome što sam zakasnio, jedan fakultet u Stokportu ima mesta da upišem studijski program koji mi je potreban. Trajaće dve godine. Moraću da nađem manju kuću. S novcem koji nam je baka ostavila i zaradom od fudbala, kupio sam četvorosobnu stambenu kuću. Ali to mi sad nije potrebno. Pronašao sam neku novogradnju kraj Rediša, dvosobna stambena kuća, Rajli će i dalje imati svoju spavaću sobu. Imaću prihod od komentarisanja, a Tim – prijatelj tipa koji me je zvao s radio-stanice – misli da može da mi pronađe još jedan posao, da izveštavam o fudbalu za lokalne novine. – Logan je pogledao Tildu. – Tako sam uzbuđen! Šta god da se dogodi, konačno se osećam kao da sam na pravom putu, kao nikad pre.

– Znam na šta misliš – rekla je Tilda. – Tako mi je drago zbog tebe, mali batice Lo.

– Hvala ti, velika sejo.

– Vas dvoje ste uvrnuti – povikao je jedan dečji glas sa zadnjeg sedišta.

Stigli su do Lidama za nešto više od sat vremena, Tilda je bila zahvalna što kola imaju klima-uređaj. Gužva je bila velika i morali su da se voze naokolo dvadeset minuta dok nisu pronašli mesto na parkingu kod plaže Sent En. Izvadili su stvari iz kola i smestili se nedaleko od viktorijanskog doka. Kad su ugledali lažne tjudorske plaže, Rajli je zacičala i povukla Majla za ruku, vukući ga prema gomili ljudi. Tilda i Logan su ih sustigli dok se zlatni pesak pojavljivao pred njima. Rajli je stajala, bosa, s rukama na kukovima. Pokazala je na more.

– Voda je tako daleko. Bolje da potrčimo.

Logan je pogledao Tildu. – Da li misliš isto što i ja?

– Na onaj put kad smo došli ovamo s mamom i tatom. Nisu proverili kad je plima i mama se bojala da će nam biti potrebno pola sata da stignemo do mora. Jurio ju je, proizvodeći čudovišne zvukove, da bi je naterao da trči. To je jedna od retkih situacija kad je raspustila kosu i glasno se smejala.

– Šta kažete da ručamo i pravimo zamkove od peska dok ne dođe plima, kasno popodne? – rekao je Logan. – Ići ćemo na dok, posetiti zabavni park.

Nije trebalo mnogo vremena da Rajli svuče odeću i ostane u crvenom kupaćem kostimu. Bilo joj je teško da stoji mirno dok ju je Tilda mazala kremom za sunčanje. Tilda je udahnula miris kokosa, zahvalna na skretanju pažnje dok se Majlo svlačio. Nije želela da primeti kako ga gleda, zbog Rajline teorije o ljubavnom pogledu. Čim je Rajli završila, Tilda je raspakovala hranu, jer je bilo već dvanaest. Terajući muve kojima je dosadila morska trava naneta na obalu, sedeli su prekrštenih nogu i jeli sendviče sa sirom i paradajzom. Ćutke su gledali kako ljudi prolaze: stariji parovi u dugim pantalonama i sa šeširima za sunce, grupe mladih sa odbojkaškim loptama i pištoljima na vodu, porodice s bebama crvenih lica i ručnim frižiderima, i mladi parovi, zagrljeni, koji se zaustavljaju da se poljube.

Sve je istovremeno bilo tiho i glasno, zbog vetra i slanog vazduha. Tilda se udaljila od života, od svog posla, od mame, i mogla je samo da *postoji* – dok se nije ponovo usredsredila i život je udario posred lica: plač beba, glasno ćaskanje tinejdžera, lavež pasa s betonske promenade i kreštanje galebova, koraci dece koja trče pored, razbacujući pesak. Beleg na Loganovom vratu privukao joj je pažnju. Setila se odlazaka na lokalni bazen. Tata ih je vodio vikendom, i njih troje su se igrali plutajućih pečuraka, obgrlili bi kolena, zaronili lice u vodu, i poskakivali po vodi.

Rajli se vrpoljila, iznenada govoreći da joj se piški. Tilda je ponudila da je odvede, ali Logan je kazao kako ionako želi da razgleda dok. U svom jednodelnom crnom kostimu, Tilda se protegla na peškiru i oslonila na laktove.

– Jesi li rekla Loganu za pismo? – pitao je Majlo, gužvajući praznu kesicu čipsa u loptu.

– Nisam. Reći ću mu danas. Mora da zna koliko mama može nisko da padne. I to ne zato jer želim da joj naudim, više da bih njega zaštitila od njenih pokušaja da ga natera da se odrekne svog sna. Neću mu ga pokazati. Ne želim da Logan vidi kako je rekla da on nije u stanju da uči. To bi moglo da mu potkopa samopouzdanje pre nego što i počne.

Majlo je legao kraj nje. – Ti si dobra sestra.

Okrenula je glavu. – Trudim se. Moram da nadoknadim mnogo toga. Zahvalna sam na prilici.

– Poslao sam sinoć poruku mami na staru imejl adresu.

Tilda se uspravila. – Majlo... to je fenomenalno. Šta je rekla?

– Nemam pojma. Retko smo kontaktirali tokom godina. Prestao sam da odgovaram i nisam se dugo javljao. Možda sad ne želi da razgovara sa mnom. U jednom od poslednjih imejlova je napisala kako je tati bilo previše bolno da pokušava da uspostavi kontakt. Tad sam pio i blokirao sam bol koji sam im izazivao. Nisam se usudio danas da proverim imejl. Šta ako su ljuti? Šta ako je prekasno i jedno od njih je bolesno ili...

– Postoji samo jedan način da saznaš. – Tilda se okrenula ka njemu. – Preživeo si traumu u detinjstvu, zavisnost, prebili su te na ulici... Ti si jedan od najjačih ljudi koje poznajem, Majlo Kembele. Možeš da otvoriš imejl.

Seo je. Izvadio je telefon. Duboko je udahnuo. – Možda si u pravu. – Pritisnuo je ikonicu programa za imejlove. – Odgovorili su

– rekao je, glasno. Prst mu je lebdeo iznad ekrana pre nego što ga je ponovo pritisnuo. Okrenuo je telefon da i Tilda može da pročita.

Sine,

Tata i ja smo veoma srećni što si se javio. Veoma srećni. Tata piše sa mnom. Oboje plačemo. Da, želimo da te vidimo. Toliko godina smo želeli, nadali se, da će doći taj trenutak. Ne krivimo te ni za šta... nesreću, napuštanje porodice... Nijedno dete ne treba da doživi to što si ti doživeo.

Čišćenje nam zvuči sjajno. Uvek si bio uredan dečak i čak si čistio i Grejsinu sobu. Sećaš li se kako si počeo da joj naplaćuješ, kesu bombona nedeljno? Sad imamo psa, Bendžija, on je najbezobrazniji, najdivniji terijer koji ne razume šta znači urednost.

O, Majlo. Mnogo nam nedostaješ. Molim te, vrati se brzo. Kaži nam da je ovo stvarno i odredi datum sastanka. Gde god želiš. Samo hoćemo da te zagrlimo.

Mnogo te vole, mama i tata xxxx

Majlove ruke su se tresle.

– Odgovori im na poruku, Majlo. Nemoj da čekaju ni trenutak duže – kazala je tiho Tilda.

Ustao je. – Moram da se prošetam. Moram da razbistrim glavu. – Otišao je, s mobilnim telefonom uz lice. Tilda je gledala ka moru koje se polako približavalo, poredeći imejl Majlovih roditelja s pismom koje je ona dobila od Klarise.

Klarisa. Kako su stigle dotle? Da li tata gleda odozgo svoju porodicu, sa suzama u očima? Njegova smrt je promenila mamin život, pogodila ju je kao što je pogodila Tildu i Logana. Njih troje su bili neutešni na sahrani. Ali to nije izgovor za to što je mama htela da razdvoji Logana i Tildu kad su bili deca, i što je odbacila svoju ćerku.

– Tilda! Tilda! – Rajli je prišla, vrlo oprezno. Držala je ogroman čokoladni ekler, dugačak kao Rajlina potkolenica. Lidam je bio čuven po njima.

– Opa. Hvala ti – rekla je Tilda. – Šta ćete vi da jedete?

229

Logan se široko osmehnuo i uzeo nož iz torbe. – Morali smo da kupimo to čim smo ga videli, i odmah smo se vratili. Rajli jedva čeka da proba to. – Isekli su ga načetvoro i ostavili jedan komad za Majla. Kasnije je Rajli počela da gradi najveći peščani zamak sa šancem. Nije želela pomoć osim donošenja školjki, kasnije, za ukrašavanje.

Tilda je obrisala usta; ležala je kraj brata, a oboje su gledali njenu bratanicu. – Želim da ti kažem nešto, Logane... pre dva dana, dobila sam pismo od mame. – Lice mu se smrklo dok je slušao većinu onog što je majka napisala. Nije mogao da veruje da je pokušala da podmiti svoju ćerku. – Rekla sam ti za slučaj da pokuša da te obrlati, govoreći kako je novinarstvo glupa ideja, ili pokuša da te uveri kako sam te ja pokolebala.

– Hvala ti, sejo, ali nema šanse za to. Nešto se promenilo u meni, kada sam pronašao pisma koja je sakrila. Neću više ugađati mami. Nemam više nikakvu želju da joj udovoljavam. Imam Rajli i Kamerona. Takođe, Petsi i ja se dobro slažemo, a njeni roditelji su sjajni... A ponovo imam i tebe. To je sva porodica koja mi je potrebna. – Provukao je ruku kroz njenu. Reči nisu bile potrebne i Tilda nikad nije osetila takvu pomirenost sa svetom.

– Taj ček... prvo sam pomislila da ga pocepam.

– Stvarno? – Logan je odmahnuo glavom. – Može sebi da priušti da izgubi tu sumu novca. Zadrži ga.

– Misliš? Pitala sam se... kako bi bilo da ostavimo malo novca za Rajlinu budućnost? I nakon svega što se dogodilo s Majlom, volela bih da uradim nešto za beskućnike. To mi je otvorilo oči, saznala sam od njega kako to stvarno izgleda, živeti na ulici. Samo mu je bilo potrebno bezbedno mesto da ponovo stane na noge.

– I neko velikodušan i otvorenog uma ko će mu dati priliku – rekao je Logan i nežno joj gurnuo rame.

Tilda se zacrvenela. – On je poslovan, ima sjajnu inicijativu, sigurna sam da ćemo biti uspešni. Šta ti misliš?

Stegao joj je ruku. – To zvuči sjajno... pretvoriti maminu surovost u ljubaznost.

Kad se Majlo vratio, more se približilo dovoljno da odu na plivanje. Spakovali su stvari i pokrili ih peškirima, pre nego što su ih stavili kraj jedne peščane dine. Rajli je insistirala da nosi svoj šlauf oko struka, dok je hodala. Logan ju je uhvatio za ruku i krenuli su napred. Tilda i Majlo za njima. Pogledala ga je, krajičkom oka. Bilo je vreme da otkrije istinu.

– Moram nešto da ti kažem! – istrtljali su oboje istovremeno.

Tilda se široko osmehnula. – Prvo ti.

– Nema šanse – kazao je Majlo i podigao ju je, pre nego što je potrčao ka vodi. Stigao je do plime i zagacao.

– Majlo Kembele! Da se nisi usudio da me baciš! Spusti me odmah! – zaurlala je.

Spustio ju je na noge, smejući se. Voda joj je dosezala gotovo do struka.

– Ko poslednji zaroni govori prvi – kazala je i osmehnula se pre nego što je čučnula i nestala ispod vode.

34.

Tilda je ustala i zakašljala se. Usta puna mora. Ispljunula je vodu.

– Nemaš sreće – kazao je Majlo. – Ništa nije bolje od ukusa slane morske trave.

Doplivala je i krenula hodajući kroz vodu ka njemu. Logan i Rajli su prišli, on ju je okretao uaokolo u ogromnoj žutoj krofni. Rajli je napravila krugove oko očiju i značajno pogledala Tildu. Tilda je ponovo zaronila i kad je izronila, Rajli se kikotala.

– Tatice, idemo do te crveno-bele lopte.

– To je bova.

– Ne budi smešan, ne liči na buvu.

Logan je pogledao svoju sestru i Majla kao da mu je naneta nepravda, pre nego što je krenuo, vukući krofnu iza sebe. Tilda je otplivala do pliće vode kako bi mogla da ustane. Zaronila je ramena pod vodu da joj bude toplo.

– Dobro. Drago mi je što govorim prva – rekla je Majlu. Pod vodom je uhvatila Majla za ruke. – Rekao si na sastanku *Anonimnih alkoholičara* da ti je pomoglo jedno dobro delo... To što sam ti dala mesto za život, zar ne?

– Da. To je bilo ljubazno... hrabro. Bio sam neznanac.

– Ali stvar je u tome da si ti pre toga bio dobar prema meni.

– To što sam pomogao kad je mašina za pranje rublja puštala vodu?

– Ne samo to. Kad si obrijao bradu, znaš... Prepoznala sam te od pre tri godine. Ti si bio čovek koji me je sklonio s tramvajskih šina, rano jednog jutra.

Majlov izraz lica nije se promenio.

– Ti zaslužuješ zahvalnost. To mi je promenilo život, ti si doprineo tome, pomogao si mi da shvatim kako sam pala na dno i da moram da odem na terapiju. To je pravi razlog zbog koga sam te primila. Ti mi nisi bio neznanac.

Majlo ju je privukao bliže. – Tilda... stvar je u tome... Prepoznao sam i ja tebe.

– *Molim*?

– Ne na početku, ali tvoje tamne oči su mi izgledale poznato, i onda, kad sam bio prebijen, pomogla si mi da ustanem tako što si preplela prste s mojima da bi me podigla. To me je podsetilo kako smo se držali za ruke kraj tramvajskih šina... kao i tvoj parfem. Ja... Nisam mislio da me se sećaš.

– Kako bih mogla da zaboravim čoveka koji mi je spasao život? – Odmahnula je glavom. – Sve ovo vreme... Znao si?

– Da, i nama muškarcima je potrebno ohrabrenje – kazao je i osmehnuo se. – Ni ja se ne bih uselio kod potpune neznanke, ali kad su nam se prsti tako spojili, osetio sam neku vezu. – Sklonio joj je zamršenu, mokru kosu s lica. – Pretpostavljam da ne postoji samo jedno dobro delo, zato što... ljubaznost rađa ljubaznost.

Tildina mama nikad to nije razumela. Kao ni većina profesora u internatu, niti ostali učenici. Ne izvlačiš najbolje iz ljudi kritikujući ih, usađujući im strah. Moć ljubaznosti je kao tajna za koju ne znaš dok te ne dodirne. U jednom kratkom trenu sažaljevala je svoju majku.

– Nisam ništa rekao, nisam želeo da te podsećam na tu traumatičnu noć – kazao je – ne kad sam shvatio da si na to mislila kad si govorila da te je nešto značajno nateralo da odeš na rehabilitaciju.

– Ne bi tad prihvatio moju zahvalnost, zato ti se zahvaljujem sad. Ti si bio moj junak. Ti si dobra osoba. Taj tramvaj je mogao da te udari.

Majlo je stisnuo usne. – Trudim se – rekao je, na kraju – trudim se stalno da verujem da nisam loš. Osećam se mnogo bolje otkako sam napisao to pismo. Juče sam shvatio koliko sam bežao od Grejs i uspomene na nju, ali više ne moram.

– Tako mi je drago – promrmljala je.

Zurili su jedno drugom u oči, a nijedne nisu bile onako tamne kao pre.

– Tilda! – viknula je Rajli.

Okrenula se i videla Rajli kako se drži za bovu. Devojčica je sklonila ruke i počela da mlatara po vazduhu, a onda pokazala prstom na Majla.

– Šta Rajli radi? – pitao je Majlo.

Govori mi da se borim za ono što želim. Tilda ga je uhvatila oko struka. – Veruješ li u čaroliju? – šapnula je.

– Naravno. Samo treba da pogledaš velike guštere da bi shvatila kako su zmajevi koji su nadahnuli naše omiljene knjige nekad stvarno postojali.

– I ja – kazala je i propela se na prste. Uhvatila ga je za obraz. – Majlo, promenio si moj život kao da si me začarao.

Možeš ti to. Na sastanku *Anonimnih alkoholičara*, Džordži je pričala o postavljanju granica. Ponekad, da bi krenuo napred u životu, moraš da srušiš granice. – Izađi sa mnom – istrtljala je.

Te kestenjaste oči su se razrogačile, zenice proširile, a on je pognuo glavu. – Nema nikog s kim bih radije izašao – šapnuo je. Kad su im se usne dodirnule, voda nije bila tako hladna, a srećni povici kupača potpuno su nestali. Nije čitala mnogo ljubića, osim bakinih romana, ali da jeste znala bi bolje reči da opiše svoja osećanja. Znala je samo da je u tom trenutku jedan potpuno slomljen život, koji je počeo da zaceljuje u poslednjih nekoliko nedelja, konačno postao celovit. Osećala se kao Bastijan u *Beskrajnoj priči*, kao zadovoljni Bilbo na kraju *Hobita*, kao Hari kad je porazio Voldemora. Tilda se osećala kao da je obavila neki zadatak.

Njih četvoro su doplivali do obale, Tilda i Majlo jedno kraj drugog, a Rajli se držala za tatu. Kad su stigli do peska, uhvatili su se za ruke, Tilda i Rajli bile su u sredini, a prsten sa zmajevim jajetom sijao je na Tildinom prstu.

– Šta kažete na trku na krkačama? – kazao je Logan. – Sejo, ja ću nositi tebe. Majlo, hoćeš li da poneseš krofnu?

Rajli je počela da pleše i svukla je šlauf. Majlo ga je stavio ispod ruke. Tilda i Rajli su se popele muškarcima na leđa.

– Priprema, pozor... – kazala je Tilda.

Ali Logan nije čekao i potrčao je, kikoćući se dok je Rajli ogorčeno vikala. Gotovo kod peščanih dina gde su ostavili svoje stvari,

Majlo je okrenuo glavu i pogledao Tildu, jer ih je sustigao pošto je nosio devojčicu na leđima.

Namignuo joj je.

Tilda je namignula njemu.

Njen brat je zaurlao u poslednjem naporu kako se bližila linija cilja, ali sapleo se na morsku travu, i velika seja i mali batica Lo pali su zajedno na pesak, smejući se kao deca.

Zahvalnice

Moja dvadeseta knjiga. Opa. To je bilo sjajno putovanje od prve knjige 2013. Radila sam s nekim divnim ljudima tokom godina, i ne bih mogla da tražim boljeg izdavača od trenutnog, *Boldvud buksa*. Od marketinškog tima, preko dizajna, do raznih urednika, svima dugujem zahvalnost. Posebno se zahvaljujem Izobel Ejkenhed. Veoma cenim njen entuzijazam, pronicljivost i humor... i priče na *Instagramu*! Čitavo iskustvo u *Boldvudu* vrti se oko saradnje i transparentnosti, što su dve osobine koje najviše cenim kod izdavača.

Takođe sam zahvalna svom sjajnom agentu, Kler Volas iz književne agencije *Darli Anderson*, na stalnom vođstvu, podršci, brizi i efikasnosti; što je verovala u mene; što nije tražila da budem išta drugo nego ono što jesam.

Zahvala sam svojoj porodici, kao i uvek, što me je podržala, tokom izazovnih trenutaka. Martine, Imi i Džeje, volim vas više nego što mogu da izrazim rečima... a to vam kaže jedna književnica!

Prijatelji pisci, hvala vam što ste bili tu i dali mi perspektivu kad se ova vratolomna karijera suočila s padom. Posebno se zahvaljujem *Fejsbuk* grupi *Boldvudovih* pisaca i svojim kolegama iz Mančestera.

Moram da pomenem grupu za podršku na *Fejsbuku* koja ohrabruje toliko pisaca i obezbeđuje beskrajno ćaskanje i dobronameran humor – sve dok niko ne pomene brioš!

Blogeri, stalno sam vam zahvalna na velikodušnosti, vremenu izdvojenom za prikaze knjiga, često u kratkom roku. Mnogo vam hvala.

Moram da pomenem ljude zbog kojih ovo radim... čitaoce. Vaše zanimanje mi mnogo znači. Hvala. Hvala. Hvala.

Jedno dobro delo – tema ovog romana je u naslovu i posvetila sam ovu priču Dženi koja radi za biblioteku u Viganu. Trebalo je da odem na neki događaj u organizaciji tamošnje biblioteke 2023, ali morala sam da se izvinim i objasnim da mi se zdravlje neočekivano pogoršalo i da moram da odustanem. Srela sam Dženi samo jednom, ali u imejlu mi je napisala da se čuvam i kazala da mi je na raspolaganju ako ikad budem poželela „da me neko sasluša". Dala mi je svoj broj telefona. Bila sam veoma dirnuta tim dobrim delom, i nisam ga zaboravila.

Srećna sam, imam sjajnu podršku i nisam morala da prihvatim Dženinu sjajnu ponudu. Ali nemaju je svi. Ljubaznost je važna, i o tome govori ova knjiga. U svetu punom težnji da se ljudi zadive posedovanjem sportskih kola, bavljenjem visokoplaćenim poslom, posedovanjem velikog broja pratilaca na društvenim medijima, važno je i BITI LJUBAZAN. Ljubaznost može da promeni nečiji život. Neko može zauvek da je pamti. Čak i kad to nekom znači samo na tren, šta je moćnije od toga? Ništa ne košta i svi je imamo u srcima.

Mnogo vas volim.

Sem x

Beleška o autoru

Samanta Tong je autorka dvadeset bestselera i nagrađivanih ljubavnih romana. Živi u Mančesteru s porodicom.

**Knjige Samante Tong u izdanju
Izdavačke kuće TEA BOOKS d.o.o.
(digitalna i/ili štampana izdanja)**

Jedno dobro delo
Pod istim krovom

www.ingramcontent.com/pod-product-compliance
Lightning Source LLC
Chambersburg PA
CBHW060355030726
47497CB00003B/719